多维视角下的德国浪漫主义文学研究

文学研究

周芳蓉　著

北京工业大学出版社

图书在版编目（CIP）数据

多维视角下的德国浪漫主义文学研究 / 周芳蓉著
. — 北京 ：北京工业大学出版社，2020.4（2021.8 重印）
ISBN 978-7-5639-7349-1

Ⅰ．①多… Ⅱ．①周… Ⅲ．①浪漫主义—文学研究—
德国 Ⅳ．① I516.06

中国版本图书馆 CIP 数据核字（2020）第 061535 号

多维视角下的德国浪漫主义文学研究

DUOWEI SHIJIAO XIA DE DEGUO LANGMAN ZHUYI WENXUE YANJIU

著　　者：周芳蓉
责任编辑：郭志霄
封面设计：点墨轩阁
出版发行：北京工业大学出版社
　　　　　　（北京市朝阳区平乐园 100 号　邮编：100124）
　　　　　　010-67391722（传真）　bgdcbs@sina.com
经销单位：全国各地新华书店
承印单位：三河市明华印务有限公司
开　　本：710 毫米 ×1000 毫米　1/16
印　　张：11.5
字　　数：230 千字
版　　次：2020 年 4 月第 1 版
印　　次：2021 年 8 月第 2 次印刷
标准书号：ISBN 978-7-5639-7349-1
定　　价：45.00 元

作者简介

周芳蓉（1988—　），女，汉族，浙江绍兴人，浙江越秀外国语学院德语系副系主任，讲师，硕士研究生。发表期刊论文 8 篇；参与编撰市重点教材 1 本；主持省教育厅一般项目 1 项，主持市课堂教改 1 项。研究方向：德语教学法、德语文学。

前　言

在浪漫主义文学发展史中，作为其发源地的德国浪漫主义对它有着非常重要的影响，可以说，浪漫主义的基调都是由德国浪漫主义文学奠定的。浪漫派一直没有失去其现实性，在德国更是与政治和意识形态之间有一种剪不断理还乱的关系。本书从多角度探索德国浪漫主义文学，突出了德国浪漫主义文学在浪漫主义思潮中的重要地位，有利于人们进一步认识浪漫主义。

全书共七章。第一章为德国浪漫主义文学的发展历程，主要阐述浪漫与浪漫主义文学、德国浪漫主义文学的渊源以及德国浪漫主义的发展阶段等内容；第二章为德国浪漫主义文学的理论研究，主要阐述德国浪漫主义的文学革命与纲领、德国浪漫主义文学的主题以及欧洲浪漫主义文学与德国浪漫主义文学的比较研究等内容；第三章为德国浪漫主义文学典型人物的文学创作研究，主要阐述蒂克的文学创作、弗里德里希·施莱格尔的文学创作等内容；第四章为德国浪漫主义文学对德国文学创作的影响，主要阐述海涅与浪漫主义文学、托马斯·曼与浪漫主义文学等内容；第五章为德国浪漫主义文学中的反讽研究，主要阐述反讽手法概述、德国浪漫主义文学中的反讽以及德国浪漫主义反讽的文学创作分析等内容；第六章为德国早期浪漫主义文学中的女性诗学，主要阐述浪漫派的诗学、德国早期浪漫主义文学中女性诗学的观念以及德国早期浪漫主义女性诗学的典型人物研究等内容；第七章为德国浪漫主义儿童文学研究，主要阐述德国浪漫主义对儿童文学创作的影响、德国浪漫主义童话创作以及德国浪漫主义童话代表作品分析等内容。

为了确保研究内容的丰富性和多样性，笔者在写作过程中参考了大量理论与研究文献，在此向涉及的专家学者们表示衷心的感谢。

最后，由于作者水平有限，加之时间仓促，本书难免存在一些疏漏，在此恳请同行专家和读者朋友批评指正！

目　录

第一章　德国浪漫主义文学的发展历程

在世界文学之中，德国浪漫主义文学无疑是德国文学史上一朵璀璨的奇葩，它以独特的审美思考和感知为德国的民族文化开创了一个新时代，同时也对德国现代派文学的兴起、发展产生了不可低估的影响。本章将从浪漫与浪漫主义文学、德国浪漫主义文学的渊源和德国浪漫主义的发展历程三方面进行阐述，主要包括浪漫的概念、德国早期浪漫派世界文学观产生的社会背景等内容。

第一节　浪漫与浪漫主义文学

一、浪漫的概念

对于现代人来说，德语中的形容词"romantisch"及其在汉语中的对应词"浪漫"或许意味着篝火旁的相互陪伴、吉他声中的和谐无间、烛光下的甜蜜晚餐，或者落日余晖下的湖光山色。而在弗里德里希·施莱格尔兄弟所在的那个历史时代，所有的一切都和浪漫没有丝毫的关系；或者可以说，以现代人的眼光来看，那个时代就根本谈不到浪漫。浪漫主义时期是一个并不令人感到舒适的时代。那个时代充斥着矛盾，充满了张力，在当时所有的艺术形式中，失望和迷惘对文艺创作所产生的作用和意义要比生活中的乐趣大得多。

法国大革命时期的德国是由三百多个小国组成的，其中绝大部分都是微不足道的小诸侯国，只有普鲁士和奥地利在欧洲范围内具有一定影响力，紧随其后的是巴伐利亚和萨克森，也还能占一席之地。虽然从名义上来说，以维也纳为中心的哈布斯堡王朝还统治着当时的德国。但事实上，各个诸侯国从1648年起就开始在各自辖地里行使统治的权力了。在那个时代，各种对立集中体现，各种思潮百家争鸣，都以多种多样的方式对那个时代的矛盾和动荡做出了反思。可以说，矛盾性就是那个时代的主要特征：梦与现实、童话与社会批判、过去与未来、有限与无限、严肃与幽默等各种矛盾相互对立、相互交织、相互融合。

所以，当时的人们既在寻找形式上、宗教性的东西，也在追寻神秘的现象，他们对人类内心深处未知的层面也很感兴趣。而与此同时，浪漫主义文学具备认清事物本质、洞察一切的敏锐性，它们既鞭挞当时市民阶层的庸俗品味，又立刻对自身进行反思。在这个自我反思的过程中，浪漫主义反讽起着很重要的作用。

德国浪漫主义文学思潮是围绕着弗里德里希·施莱格尔兄弟展开的，但是这个以施氏两兄弟为核心的文学团体并没有把他们自己的文学运动称为"浪漫主义"。他们所开创的文学新思潮更多是为当时已经存在的"浪漫"一词增添了一些特殊的性质，并尝试把这一概念转化为自己的思想和追求的标志。

追根溯源来看，"浪漫"一词来自中世纪时期十二世纪的古法语，本来指的是罗马民族语言，相对于受过良好教育的人所使用的拉丁语而言。后来又指称以民间语言写成的叙事诗，特别是那些在中世纪盛期及晚期广为流传的描写骑士历险的故事。再到后来，"roman"才由法语的"romance"一词演变而来。自十七世纪以来，"roman"一词一直作为外来词在德语中使用；直到十八世纪，它还是被用来特指那些当时仍然流传广泛、依然受人喜爱的骑士冒险故事。

德语中的形容词"romantisch"源自英文"romantic"，已经有学者考证出，早在三百多年前的1650年英格兰就开始使用"romantic"这个词了。大约在1700年，"romantisch"作为名词"roman"的形容词形式在德语中出现，用来形容"野蛮的、无拘无束的、热情奔放的、夸张的、不真实的事物"。这些特性大多还跟民间尤其是底层人群有关，而与之相关联的是成歌的咏调和形象的文字。在十八世纪，名词"roman"所对应的形容词形式还有"romanhaft"（小说一样的）、"romantisch"（罗马语的）。

从词源学角度看，"romantisch"在浪漫主义文学兴起时有以下含义：人们把它当作今天的"romantisch"一样使用，用来指拉丁语的派生语言以及用这些语言写成的作品，主要是指十三世纪到十六世纪以但丁和塔索为代表的古罗马文学。由于这些用罗马民间语言撰写的文学作品并不遵循古希腊罗马时期文学创作的格律，甚至还以非韵体的方式写成，所以，"romantisch"指与古希腊罗马文学相对立的文学。在这里，"浪漫"指的是一种文学形式。

由于"romantisch"是非古典形式小说的形容词，所以，在它和小说的关系还不清晰的情况下，它也有内容方面的含义：和小说里写的一样，很惊险、很有想象力，想象出来的，与现实很遥远，像那些过时了的骑士小说一样令人难以置信。

另一方面，"浪漫"在十八世纪的含义非常广泛。在某些情况下，它与文学的关系就被人们慢慢地遗忘了，尤其是在描述风景印象时。按照当时的惯例，人们如果说哪个风景是浪漫的，那通常指的就是有着高贵风范但却拥有粗犷之美的景物，如高耸的岩石、陡峭的山脉、幽深的峡谷等。

二、浪漫主义文学的产生

早期浪漫主义文学理论家重新为浪漫下了定义。在弗里德里希·施莱格尔那里，浪漫主义文学被定义为"渐进的总汇文学"。值得注意的是，弗里德里希·施莱格尔本人并没有为浪漫主义文学建立纲领，他并不认为自己所处的时代是"浪漫主义的"。在《关于文学的谈话》一文中他曾这样说："我在这些地方寻找并且找到了浪漫主义的因素：在老一些的现代作家那里，在莎士比亚、塞万提斯的作品中，在意大利的文学中，在骑士、爱情和童话的那个时代中，正是从这个时代产生了浪漫主义的事物以及'浪漫主义'这个词本身。"

因此，弗里德里希·施莱格尔也从来没有把"浪漫主义"用来称呼我们今天所说的哪个作家群。通常情况下，弗里德里希·施莱格尔把诺瓦利斯、蒂克、施莱尔马赫、自己的哥哥奥古斯特·威廉·施莱格尔以及他自己所组成的文学团体称为"新流派"。这个文学团体中第一个使用"浪漫派"这一术语的是蒂克，而且是在 1849 年到 1853 年间的系列谈话中。海涅出于论争的需要，在《论浪漫派》一书中对浪漫主义文学大加嘲讽；正是在这本书的影响下，"浪漫派"一词才蒙上了贬斥的含义。而海姆的同名论著更是推波助澜，进一步确定了这一名称在文学批评中的负面含义。其实，那个时代的作家们也没有自称为"浪漫主义者"，这一称呼实际上来自浪漫主义文学的反对者阵营；意大利和法国的情况也很类似，也是浪漫主义文学运动的反对者在抨击和批评对手的过程中首先使用"romantique"一词的。

自有浪漫主义文学以来，除了文学研究在使用"浪漫"一词外，日常生活中常常把浪漫与爱情、风景联系起来。为了有所区分，这里把"romantic"译为浪漫主义，"romantisch"译为浪漫主义的，"romantische Literatur"译为浪漫主义文学，"romantische Ironie"译为浪漫主义反讽。

这里探讨的是德国浪漫主义文学中的反讽现象，而所谓浪漫主义文学的开端是很难界定的。德国的第一代浪漫主义作家大多出生在 1770 年前后，他们中的好些人都出生于德国的北部或东部，家庭大多信奉新教。在"乡愁"的驱使下，这些人来到德国南部这个虔诚地信仰天主教并且富有中世纪色彩的地区。德国早期浪漫主义主要有四个代表人物：威廉·亨利希·瓦肯罗德、路德维希·蒂克、弗里德里希·施莱格尔、弗里德里希·冯·哈登贝格（诺瓦利斯是他的笔名）。他们是在古典主义作品的熏陶中成长起来的，理论批评是他们的强项。瓦肯罗德和蒂克是早期最为活跃的浪漫主义诗人，他们两人在柏林同启蒙主义者发生了直接冲突，自 1793 年起就漫游到德国南部的班贝克和纽伦堡，并陆续以《一个热爱艺术的修士的内心倾诉》《彼得·勒贝莱西特的民间童话》和《施特恩巴尔德的游历》开创了浪漫主义文学的先河。

然而，德国早期浪漫主义的核心并不在班贝克和纽伦堡，它的真正核心在耶拿，席勒的《论素朴的诗和感伤的诗》、费希特的《全部知识学的基础》、谢林的《自然哲学观念》等著作均在耶拿写成，这里闪烁着文化的光辉，成为当时文化的焦点。可以说，这些人在耶拿的理论著述和文学创作对后世的文化发展产生了巨大影响。与此同时，诺瓦利斯与弗里德里希·施莱格尔兄弟一起创办了刊物《雅典娜神殿》，阐释浪漫主义文学的理论。早期浪漫主义文学的主要作品也是在耶拿完成的，比如诺瓦利斯的《亨利希·冯·奥弗特丁根》、弗里德里希·施莱格尔的《路琴德》、布伦塔诺的《高德维》，还有奥古斯特·威廉·施莱格尔以及蒂克翻译的莎士比亚作品。

另外还有一种观点认为，德国早期浪漫主义文学的结束时间应该划定在 1804 年至 1805 年间。实际上，从 1800 年起，耶拿的浪漫主义者所组成的圈子就已经显现出破裂的痕迹。1801 年初，本来就只能算个边缘人的蒂克离开了耶拿。也是在当年，诺瓦利斯不幸英年早逝。实际上，当弗里德里希·施莱格尔于 1802 年前往巴黎并于次年创办《欧罗巴》杂志时，早期浪漫主义文学可以说就已经结束了。正因为如此，将早期浪漫主义的尾声划定在 1801 年到 1802 年间似乎更加合适。

之后的德国浪漫主义文学还有两个分期：盛期截至 1815 年，而晚期则持续到 1848 年。浪漫主义盛期也叫海德堡浪漫主义，其主要代表人物是阿尼姆和布伦塔诺，他们比早期浪漫主义作家年轻十来岁。晚期浪漫主义作家主要是霍夫曼、艾辛多夫和蒂克，当然阿尼姆和布伦塔诺还相当活跃。从严格意义上讲，海涅并不是德国浪漫主义作家，尽管他自称是"浪漫主义的最后一位诗人"，但主要还是被看成浪漫主义文学的终结者。

第二节　德国浪漫主义文学的渊源

一、浪漫主义文学是启蒙运动的延续和发展

在当今的浪漫主义文学研究中，浪漫主义与启蒙运动的关系一直是文学研究者们热衷探讨的一个重要话题。关于启蒙运动时期的界定，一般都认为大约从 1730 年起至 1770 年止。但是，若从社会历史发展的角度看，启蒙运动时期并没有明显的时代界限，它其实是"一场跨时期的运动，是整个 18 世纪社会发展的一个重要组成部分。18 世纪的其他文学流派，如感伤主义、狂飙突进、古典主义，甚至早期浪漫主义也可以说都归属于启蒙运动"。早期浪漫主义的基本思想和理论主张在很大程度上可以归入启蒙运动，甚至还可以说早期浪漫主义是对启蒙运动的继承和批判。

传统的文学史研究者曾经认为，德国早期浪漫主义文学完全反对启蒙运动的思想，浪漫主义甚至是一种与启蒙运动体系相对立的思想流派。也有学者认为，启蒙运动和浪漫主义的对立源于它们各自的社会、阶级基础。启蒙运动的思想体系鲜明地表现出反封建的性质。而德国乃至整个西欧的浪漫派思想体系生长在错综复杂的氛围中，一方面是封建社会制度的毁蚀和倾覆，另一方面是新的资本主义关系的发展。故它在所有方面首先是在主要方面，具有反资产阶级的性质，与启蒙运动对立。德国早期浪漫派的代表人物之一奥古斯特·威廉·施莱格尔在《启蒙运动批判》中主要从四个方面对启蒙运动展开了批判：启蒙运动过分强调理性，反对想象力的作用；一切囿于有限；宗教不再神秘；虽然主张宽容与人性，但恰恰成为冷淡主义的借口。而浪漫主义则注重主观想象，崇尚"无限"和"永恒"，提倡形式自由，极富神秘主义色彩。但是，奥古斯特·威廉·施莱格尔对启蒙运动所做的这些批判，并不意味着浪漫主义文学与传统文学完全决裂。其实，从很多方面来讲，德国早期浪漫主义文学不能简单地被看作是对启蒙运动的颠覆或反拨；相反，早期浪漫主义作家肯定了启蒙运动的一些重要思想，并延续了启蒙运动的精神。

对此，德国图宾根大学基础神学教授、当代基督教最有影响力的大思想家汉斯·昆从宗教角度给予了有力的佐证和肯定，他认为启蒙运动和早期的浪漫主义同样反对诸侯和宗教统治，拒绝偏见、迷信和残忍的刑罚，同样致力于解放人性。对浪漫主义而言，重要的是把理性与非理性，即人类灵魂、自然和历史中尚未被意识所达及的领域加以调和。由此得知，浪漫主义是对启蒙运动的

批判性继承和发展。

德国早期浪漫主义文学对启蒙运动的继承与批判主要反映在对待理性和文化传统的态度上。启蒙运动强调了理性的重要性，摒弃了欧洲几千年的文化传统，弱化了人性的力量。而早期浪漫主义文学则突破启蒙理性的局限性，返回到一种更为宽广、更为丰富多彩的传统。这种传统既是民族的、大众的、中古的和原始的，也是现代的、文明的和理性的传统。因此，德国早期浪漫主义文学在讲求突破创新的同时，既尊重中古文学传统，又注重突出德国文学的民族感，意在促进德国民族文学的发展。

早期浪漫主义文学中所体现出来的"世界文学"的主张，正是源于启蒙运动的人文思想，并在这里进一步得到体现和发扬。可以说，德国浪漫主义文学的形成本身就是在批判和吸收传统文学的过程中完成的。而这种批判与吸收主要反映在以下两个方面：一是对德国民族文学的发现与挖掘，二是对欧洲传统文学的整理与介绍。严格地说，德国早期浪漫主义文学实际上是 18 世纪启蒙运动的延续。从这一意义上讲，1790 年始出于乌兰德笔下的"世界的文学"一词应该也是具有启蒙意义的一个说法。他甚至认为，启蒙运动的追求与世界公民的理想其实殊途同归。因为有了世界主义、世界公民这些说法，歌德在此基础上才正式提出了"世界文学"这个概念。

文学史论者在论及德国浪漫主义诗人对民族民间文学的挖掘搜集工作时，都认为这些丰硕的成果不仅振兴了德国民族文学的发展，同时还表现出了浓厚的世界主义精神及乌托邦色彩。

早期浪漫主义的大多数代表人物都出生于 1770 年前后，是在启蒙运动的熏陶下成长起来的。他们经历了社会和政治的特殊历史转型时期，处境尴尬而矛盾。在启蒙运动时期，理性曾经是衡量一切事物的最高尺度。在理性精神的指引下，人们相信进步的学说，相信科学技术的力量。但是，现实的状况表明，理性并不能给人们带来理想中的幸福生活。青年一代对现实表示怀疑、对未来表示担忧，于是试图开辟新的天地、找寻新的方向，所以他们一方面沿袭了启蒙运动的进步思想，拓宽和深化了启蒙理性的内涵，既珍视现实，也珍视理想；另一方面则努力在此基础上有所批判、有所突破，既尊重传统，也敢于创新。比如诺瓦利斯原名叫弗里德里希·冯·哈登贝格，而"诺瓦利斯"这个笔名本身含有创新的意思。

诺瓦利斯作为早期浪漫主义的代表人物，对浪漫主义的内涵做出了纲领性的定义，浪漫主义者不仅要浪漫地描述生活，而且要将生活艺术化，让自己陶醉在艺术的乌托邦中。这种浪漫化的做法首先是简化和统一生活，让生活从一切历史存在的令人痛苦的辩证关系中解脱出来，将生活中不可解决的矛盾清除出去，将反对美梦和幻想的理性阻力减弱。每一个艺术作品都将是一个梦幻虚境，每一种艺术都将用乌托邦代替真实存在。浪漫主义者在现实中无法适应历史和社会处境，因此他们选择了逃避，追求梦幻、黑暗、虚无和无限，试图从宗教和复古中寻找乌托邦式的满足。

早期浪漫主义者认为，文学应该体现时代精神，所以他们试图重新建立所谓的"整体诗学"，从诠释学的角度理解"整体诗学"的各个部分。早期浪漫主义者试图建立"整体诗学"的初衷，就是为了创立德国语言的世界文学。

早期浪漫主义文学从本质上说就是一种探索。浪漫主义者试图以语言为工具探讨人们获得认知、信仰、经验等方面新的可能性。对于传统的所谓文学准则，浪漫主义者首先是感到失望、不满，继而产生怀疑。所有那些通常的、普遍的、自然的惯例，浪漫主义者都提出质疑，具有鲜明的挑战传统的创新精神。他们力主冲破启蒙运动以来的清规戒律，重视民间文学，大量搜集中古民族史诗和民间故事作品，主张运用历史比较的方法去研究欧洲范围内的民间文学。

"整体诗学"理论继承和发扬了法国启蒙思想家的现代主义学说，特别是法国早期启蒙运动的哲理作家丰丹耐尔的进步思想。丰丹耐尔一反传统的保守观点，认为古希腊、罗马时期的文化并非不可超越的神圣偶像，大家不必对此顶礼膜拜，也不要受它的束缚而裹足不前。根据丰丹耐尔的观点，在启蒙运动的新形势下，现代诗学具有同样重要的地位，甚至可以说远远超出了古希腊、罗马时期文化的霸权地位。诺瓦利斯在他著名的宗教、政治、诗歌文献《基督教或欧罗巴》一文中以文学化的方式表达了一种崭新而生动的浪漫主义态度——重新思考过去，同时"向极端的现代诗前进"。

自此，德国文学也一下子从中解放了出来，摆脱了古希腊、罗马时期文化典范的禁锢，并且已经意识到古希腊、罗马时期的传统艺术标准不一定能够适应新的时代发展。同时，文学创作者们也认识到，任何艺术创作都是富有个性的、实实在在的创造活动。

早期浪漫主义者为了能够更好地理解久远的或外国的文化，他们很早就开始努力学习外语，有的甚至从中学就开始学习好几门外语，包括拉丁语、希腊语、英语、法语、意大利语和西班牙语。掌握了外语这门工具，也就打开了通往古希腊、罗马文化等文学宝库的大门，他们借此可以系统地研究、学习古希腊、罗马的文学，研究并翻译薄伽丘、莎士比亚、塞万提斯等伟大作家的作品。早期浪漫主义文学的代表人物深感自己所背负的历史使命，就像掌握外语一样，国外的优秀文学作品和创作方法、进步的新思想等，都是通过翻译得来的。外语是金钥匙，翻译则是打开宝库大门之后的必经之路。

蒂克、瓦肯罗德和奥古斯特·威廉·施莱格尔对文学和艺术情有独钟。他们在介绍和传播欧洲传统文学方面做了大量的工作，孜孜不倦地翻译介绍欧洲其他国家著名作家的经典之作。早期浪漫主义文学时期的文学翻译活动影响深远，其作用一直持续到 20 世纪中期。莎士比亚作品的德译本以及蒂克翻译的《堂吉诃德》真正把其他民族的伟大文学作品纳入到了德国民族自己的精神财富中。而早期浪漫主义文学的另外两名代表人物弗里德里希·施莱格尔和诺瓦利斯在接受了康德的思想之后，把兴趣从文学转向了哲学，继而开始研究费希特、莱布尼茨、斯宾诺莎等人的理论，从而为浪漫主义文学理论的形成奠定了基础。

二、德国早期浪漫派世界文学观产生的社会背景

（一）文学市场与读书革命

德国早期浪漫主义文学的"世界文学"观之所以能够成为一个特殊的文学、文化现象，与当时德国的社会背景和经济发展状况有着密切的关系，其渊源甚至可以追溯到 18 世纪中期的启蒙运动之初。自启蒙运动以来，德国就逐渐形成了一个文学市场，作家也逐渐成为一个专门的、正式的自由职业；与之相呼应的是，社会上兴起了一场空前的读书革命，新兴的市民阶层积极投身到这场读书革命中，这一切都为德国早期浪漫主义文学理论的形成奠定了基础。

严格地讲，如果没有始于 1750 年的一系列文学演变过程以及社会的变革，那么也就无从产生早期浪漫主义的文学理论。这种变化包括两方面：在文学上，逐步形成了一些新的文学概念以及新的认识；从社会发展方面，随着不断加快的市民化进程，涌现出很多新的社会领域和行业，特别是在文化领域，市民化进程反映得尤为突出。

自启蒙运动以来，德国为了抵制法国的文化霸权，努力建构德国自己的语言以及文学体系。曾经一味模仿法国文学形式和内容的文学作品不再受到青睐。读者渴望读到经典的文学作品，这其中首先是经典的文学译作。

18 世纪末到 19 世纪初，德国的文学市场出现了一个发展高潮，市民阶层由于受到启蒙运动的思想熏陶，情感类型和思维模式发生了转变，文化意识开始觉醒，随之兴起了盛况空前的"读书革命"。弗里德里希·施莱格尔在《〈雅典娜神殿〉断片集》第 216 条断片中称，当时三大划时代的历史事件从政治、哲学和艺术方面催生了这场"读书革命"：法国大革命、费希特的《全部知识

学的基础》、歌德的《威廉·迈斯特》。以德国市民阶层为主而掀起的这场"读书革命"标志着市民阶层意识的觉醒，推动了德国文学的发展以及文学市场的最终形成。要知道，与当时的德国相比，法国和英国的市民阶层已经发展成为居统治地位的资产阶级，在政治和经济上已经远远走在了前面。

法国资产阶级经过本国历史上最大的一次革命已经跃居统治地位，并且征服了整个欧洲大陆；而英国资产阶级在政治上得到了解放，并完成了工业革命，垄断了世界的经济命脉。如果单纯从政治和经济发展的角度来看，也许这种社会现实情况可以用来解释为什么有些文学评论家认为浪漫主义文学的真正辉煌不在其发源地德国，而且德国浪漫主义文学的艺术成就远不及同时期的法国和英国的浪漫主义文学了。

（二）市民阶层的崛起

与德国其他时期的文学相比，18 世纪的德国文学与当时社会的发展及历史的变迁有着最为紧密的联系。从文学与社会发展之间的关系来看，18 世纪的德国社会史实际上就是一部文学史。当时，德国的艺术、文学都具有一个相同的特征，那就是市民化特色。旧有的等级秩序被打破，教士及贵族阶层不再独享接受教育的特权。在世俗化的冲击下，人们的观念也发生了巨大的变化。新兴的市民阶级不仅发展成为一支经济上的新生力量，而且在他们中间还形成了一个新的市民阶级——知识分子阶层。整个社会结构也出现了一次大的转型：从以前贵族阶层的洛可可时期发展为新兴市民阶层的浪漫主义时期。

崛起的市民阶层逐渐上升为社会的主要力量，他们的经济实力也日益强大。最为主要的是，随着经济地位的上升，市民阶层也显示出越来越大的阅读兴趣。特别是 1760 年以后，德国一下子出现了大量的市民阶层读书社团。上至市民阶层的精英分子，下至普通的手工业者，都被卷入了这场历史性的读书大潮中。他们无论从事何种职业，不分高低贵贱，都无一例外地表现出市民阶层特有的阅读方式。有教养的阶层力求提升自己的人格力量，力求借此摆脱陈旧的社会秩序。在过去，教士和贵族阶层独享阅读的特权，他们主要是以一种深入式的阅读方法集中在少量的必读书目上，包括《圣经》等宗教类的修身书籍等，而且是反复阅读背诵。

现在，市民阶层则表现出更加广泛的阅读兴趣，他们不再满足于重复阅读同一书目，而是广泛涉猎不同的题材，通过阅读获取新的知识。在这场空前的读书革命中，作为主要读者群的市民阶层所涉猎的阅读题材明显不同于先前的教士和贵族阶层，因此，宗教类的修身书籍不再是广大读者的必读书目，取而代之的则是更加世俗化的大众阅读题材。

市民阶层阅读书籍不是为了冥想修身，而是作为一种社交方式，就所阅读的内容进行思想交流，在碰撞中产生火花。大家通过阅读获取新知识，在交流中形成不同的文化圈子。因此，在18世纪末期的德国，随着社会的市民化进程，文学具有越来越重要的社交功能，因而形成了不同的社交和文化圈。市民阶层掀起的读书革命不仅促进了文化的发展，同时也在整个思想领域引起了翻天覆地的变化。广大市民读者对新知识的渴求使得书籍这一文化与思想的载体被赋予了空前重要的意义。

在这种历史形势下，文学阅读和文学创作已经不再是贵族阶层或僧侣教士的特权。市民阶层成为主要的书籍消费者，他们对阅读的浓厚兴趣是推动书籍市场化发展的直接原因。有统计资料显示，德国在18世纪初，每年新出版的书籍不到一千种；到了1750年左右，每年出版新书也不过一千三百种；但是仅1800年这一年，德国新问世的书籍就已经达到了四千余种。虽然社会上有教养的读者还是少数，但是他们在民众中所占的比例却在迅速递增。市民阶层的阅读兴趣以及随之而形成的社交文化圈都促使图书市场上的书籍发生了量的巨大变化以及质的飞跃。曾经，书籍主要是教士的修身读本或学者文人的典藏，如今市场上的书籍不再仅限于神学书籍，也不再只面对特权阶层。相反，大众读物和通俗文学作品广受欢迎。

（三）文学翻译活动的繁荣发展

在市民阶层崛起的同时，德国兴起了一股文学翻译热潮，不管译自哪个国家、哪种语言，也无论是现代的还是古代的，只要是好的作品，都会被翻译成德语。可以说，是新兴市民阶层的阅读需求推动了早期浪漫主义文学翻译活动的繁荣发展。

奥古斯特·威廉·施莱格尔盛赞当时的文学翻译活动，称文学翻译者是国家与国家之间的友好使节，是促成民族与民族之间彼此了解与尊重的重要桥梁。奥古斯特·威廉·施莱格尔的话不由得让人想起歌德在1827年提出的"世界文学"的说法。歌德对于翻译活动同样也非常重视，他认为："应当这样来看待翻译家，他是作为这一普遍精神贸易的中介人而尽心尽力的，他把促进交换当作他的事业。尽管人们可以说，翻译有这样那样的不足之处，但现在以及将来它都是普遍的世界交往中最重要的和最有价值的工作。"

如果说歌德所提倡的、终将要来临的世界文学和德国的民族文学分别是一个发展过程的终点和起点，那么，德国早期浪漫主义文学正好处在这个发展过程的中间阶段。也就是说，德国早期浪漫主义文学是处于民族文学和世界文学之间的一个文学现象。

由此可见，德国早期浪漫主义者真正关心的是建立"德国的世界文学"，让德国也拥有世界著名的文学作品。对此，许森曾做过如下论述："德语语言属于屈折语，而且19世纪的历史比较语言学认为，原始印欧语（也称为原始日耳曼语）即所有印欧语言的共同原始语言。因此，印欧语系中所有语言的基本特点都在德语语言中得到体现。通过文学翻译（把其他语言的文学作品翻译成德语），可以进一步说明德语语言的普遍性；通过文学翻译，可以把欧洲其他国家不同时期的文学作品都纳入一个大的历史统一体中。这样一来，任何一个人，只要他懂得德语语言，就可以阅读德语版的世界文学作品，从而了解全部的欧洲文学。任何一个外国人，只需掌握德语这一门语言，而不用学习任何其他外语，就能够从德语的世界文学翻译作品中了解欧洲的全部作品。"这也正是德国早期浪漫主义文学的"世界文学"观所努力追求的远大目标，即把文学翻译作品纳入文学的总范畴，让读者可以看到不同民族的经典之作；通过学习与借鉴创作出德国自己的民族文学作品，并最终成为世界文学的一部分。

歌德也在很长一段时间内抱有这种看法。1825年1月10日，歌德在接待来访的英国青年时提到："……不仅我们德国文学本身值得学习，而且不可否认，如果把德文学好，许多其他国家的语文就用不着学了。我说的不是法文，法文是一种社交语言，特别是在旅游中少不了它。每个人都懂法文，无论到哪一国去，只要懂得法文，它就可以代替一个很好的译员。至于希腊文、拉丁文、意大利文和西班牙文，这些国家的优秀作品你都可以读到很好的德文译本。除非你有某种特殊需要，你用不着花时间和精力去学习这几种语言。德国人生性就恰如其分地重视一切外国的东西，并且能适应外国的特点。这一点连同德文所具有的很大的灵活性，使得德文译文对原文都很忠实而且完整。不可否认，靠一种很好的译文一般可以学到很多的东西。"按照歌德的观点，德国读者可以从译自其他国家优秀文学作品的德译本中了解到每个民族的不同特点，进而与每个民族进行友好的来往与交流。"达到真正普遍宽容的最可靠的途径是，承认每个人和每个民族的特点有其存在的权利，但同时又坚信，真正值得赞扬的东西之所以不同凡响，是因为它属于全人类。"歌德在1827年1月31日将这一论断进一步扩展，从更广泛的跨民族、跨文化、跨时空的角度宣布了"世界文学"时代终将来临。

与歌德所理解的"世界文学"相比，早期浪漫派对"世界文学"的理解更具体、更丰富。能够真正算得上是世界文学的优秀作品，应是那些人类发展史

上最高层次的经典文学成果。对这些作品进行翻译介绍，让德国读者能够更好地理解和学习，并最终有助于促进德国民族文学自身的发展。而歌德则更多是从世界主义的角度出发，按照他的理解，"世界文学"指的是各民族文学以及促成各个民族之间进行交流和理解的文学作品；通过这些作品，各民族可以获取其他民族的优秀精神食粮，并以此增进相互间的理解与宽容，成为真正意义上的世界公民。

第三节　德国浪漫主义的发展阶段

一、早期浪漫主义

（一）早期浪漫主义的产生

早期浪漫主义的产生，通常是从弗里德里希·施莱格尔兄弟、诺瓦利斯、蒂克等于 1796 年聚首耶拿时算起，但是考虑到蒂克和威廉·亨利希·瓦肯罗德此前的创作和意义，往前推算到 18 世纪 90 年代初期，也未尝不可。

蒂克是位多才多艺多产的作家，在世时颇具影响力，后世把他视为德国浪漫主义的代表性作家，德国著名女作家里卡达·胡赫在她的论著《浪漫主义》中称他为"浪漫性格的化身"。他的代表作品有"童话小说"，或称为"艺术童话"的《金发的艾克贝尔特》，以及长篇小说《施特恩巴尔德的游历》，它们在浪漫主义文学中开了"艺术童话"和"艺术家小说"的先河。蒂克生前享有很高的荣誉，晚年极受崇敬，亚历山大·洪堡甚至把他与歌德、席勒并称为"我们祖国的三大英雄"。歌德逝世后，蒂克常被尊称为德国最伟大的诗人。作家弗里德里希·黑贝尔在蒂克去世时将其誉为"浪漫主义之王"。这种赞誉之词显然是言过其实，蒂克虽然才华横溢、著作等身，且驾驭语言的能力和修辞技巧都十分了得，但他那种商业化的写作习惯，往往使他的文学作品流于肤浅，他的大部分文学作品早已无人问津。但是这位早熟多产的作家和他的同窗好友瓦肯罗德，各以自己的文学创作为德国浪漫主义的产生和发展做出了贡献。

蒂克和瓦肯罗德相识于柏林读中学时期，他们两人的成就得益于他们维持终生的深厚情谊和密切合作。他们的友谊在德国文学史上是"引人注目的"，"他们的友谊合作，标志着浪漫主义的诞生"。1793 年秋，两位年轻好友做了一次长达半年之久的古代艺术考察旅游，先后游历了埃尔朗根的近郊、远郊，纽伦堡、班贝克、爱尔福特、耶拿和拜罗伊特等地的风景名胜和文化古迹，参观了画廊，从游历中对中古时代和文艺复兴时期的宗教艺术有了新的认识和感受。考察的见闻和感受为瓦肯罗德的代表作《一个热爱艺术的修士的内心倾诉》的创作提供了素材。它是早期浪漫主义一部纲领性作品，对此后浪漫主义的发展产生了影响。作品以艺术与现实生活、艺术家与社会的矛盾为题材，通过一个"热爱艺术的修士"，表达了对拉斐尔、达·芬奇、米开朗琪罗、丢勒等艺术大师的崇敬，对其生活的中世纪和文艺复兴时代的赞美。同时以拉斐尔的绘画为例，赞颂了古代大师表现丰富内心世界的宗教艺术，借以批判以温克尔曼为代表的古典主义文艺教条，宣称最高的创造力源自艺术与虔诚的融合。这部作品名义上是长篇小说，其实是一个把短篇小说、散文、文艺评论、随笔等多种文艺形式熔于一炉的大杂烩，开创了浪漫主义打破各艺术门类界限的先河。

柏林自然是早期浪漫活动的一个据点，世纪更迭前后，在这里活动的除了瓦肯罗德和蒂克外，还有克莱斯特和施莱尔马赫。但是耶拿却是它的主要活动地盘，因此早期浪漫主义又称为耶拿浪漫主义。浪漫主义作家选择这座城市作为他们的活动中心并非偶然。当时耶拿借助其享誉全德的学府，即耶拿大学成了德意志学术中心。一些欧洲的大学者，如生物学家洛德和化学家德贝赖纳都在这儿讲学；席勒、费希特、谢林和黑格尔先后在此执教。难怪奥古斯特·威廉·施莱格尔的妻子卡罗利妮 1803 年称耶拿为"哲学王国"。1796 年 7 月，奥古斯特·威廉·施莱格尔偕同新婚妻子从布伦瑞克迁到耶拿，在席勒主办的《季节女神》杂志社充当编辑，后经席勒推荐，还担任《文学汇报》评论员。弗里德里希·施莱格尔和他的未婚妻子多罗苔娅也先后来到耶拿，在哥嫂家落脚。在耶拿，很快就形成了一个以弗里德里希·施莱格尔兄弟和诺瓦利斯为核心的新流派，史称早期浪漫主义或者耶拿浪漫主义，其成员包括作家蒂克和瓦肯罗德，哲学家谢林和神学家施莱尔马赫。

（二）早期浪漫主义的特点

早期浪漫主义作为德国浪漫主义发展的第一个阶段，活动时间很短，主要活动期只有五六年，从其先行者瓦肯罗德和蒂克算起，也不过十来年。但是同中期（或盛期）和晚期浪漫主义相比，甚至与同时期欧洲其他国家的浪漫主义相比，它有自己的鲜明个性。

其一，从队伍的构成来看，这基本上是一支理论型的队伍。除瓦肯罗德和蒂克外，多为理论家、学者，或者是哲学家和自然科学家，他们学识较渊博。诺瓦利斯以诗人著称，但也是个理论型的诗人，他像弗里德里希·施莱格尔一样选修过哲学，有深厚的理论功底。

其二，主张诗与哲学的结合。弗里德里希·施莱格尔把他们所推行的浪漫主义运动说成是一场"文学哲学运动"，诺瓦利斯则称之为"诗化的唯心主义"，把浪漫诗称为"包罗万象的诗"，声称诗应该富有哲学的内涵，而哲学应该具有诗的外形，两者应该融为一体。

其三，富有革新精神。法国大革命的爆发，令年轻的德国浪漫主义作家欢欣鼓舞。但是由于德国经济落后，资产阶级软弱无力，因而无法步这个伟大邻国的后尘。德国虽然在政治上是个矮子，但在思想文化上却是个巨人，周边邻国无法望其项背。年轻的德国浪漫主义作家热切盼望，并力图在本民族占据优势的领域进行一场革命，以补偿政治领域的缺陷。弗里德里希·施莱格尔在《雅典娜神殿》第216条断片里声称，法国大革命、费希特的《全部知识学的基础》和歌德的《威廉·迈斯特》是时代的伟大倾向。这种提法足见早期德国浪漫主义代表人物对思想文化领域的革新持有多么高的期望和评价。他们利用断片、讲座等形式阐明自己的理论主张，竭力鼓吹文学艺术要从内容到形式进行改造和革新，鼓吹诗与哲学的结合，倡导打破各艺术门类的界限，以期在思想文化领域，尤其在文学领域掀起一场革命。

其四，崇尚友谊与协作。德国浪漫主义的斗士们厌恶庸俗的实用主义人际关系，祈求各派成员之间坚持真诚的友谊与合作。部分早期浪漫主义成员本来就是挚友，例如弗里德里希·施莱格尔与诺瓦利斯在莱比锡大学深造时就是同窗好友；瓦肯罗德与蒂克在柏林读中学时就结成了莫逆之交，他们两人的友谊可称为德国文学史上的一个"范例"，他们用自己的友谊与合作掀起了一股德国文学艺术的新思潮；弗里德里希·施莱格尔兄弟的关系，则是同胞加挚友。早期浪漫主义作家间的这种亲密关系，自然有助于他们所倡导的"协作"精神的发扬，他们曾经大力提倡"协作诗"和"协作哲学"，以便在朋友之间无拘无束地切磋诗艺和哲学问题，探讨文化精神领域中的各种未知现象，以达到互相启迪、共同提高的目的。1798年，早期浪漫主义在"协作"方面采取了一个新的举措，是年夏天，弗里德里希·施莱格尔兄弟、卡罗利妮、诺瓦利斯、费希特和谢林利用在德累斯顿度假的机会，一道参观了德累斯顿画廊，并集体讨论了参观中所遇到的各种艺术问题。这种讨论就是一种"协作"精神的体现。实际上，所谓的"协作"形式和精神，主要是体现在创作当中，而"协作诗"和"协作哲学"就是早期浪漫主义特有的创作方式。

实际上，所谓的"协作"形式和精神主要是体现在创作当中，而"协作诗"和"协作哲学"就是早期浪漫主义特有的创作方式。他们的一些作品具有"你中有我，我中有你""你我不分，你我难分"的特点，譬如，《一个热爱艺术的修士的内心倾诉》的问世，无疑主要是瓦肯罗德的功劳，但是它从酝酿直到编辑出版，都凝结了蒂克的心血，其中有蒂克补充的诗文。时至今日，又有谁能分辨清楚哪些内容是蒂克添加的？谁又能准确评定二人功劳的大小？又如，《雅典娜神殿》第二期上刊登的断片，惯称"《雅典娜神殿》断片"，均不署名，以显示浪漫主义"不分你我"的小集体主义精神或者"协作"精神。当然，关注该刊物的读者不难猜到其中多数断片出自弗里德里希·施莱格尔的手笔，但是除了弗里德里希·施莱格尔兄弟以及圈内少数几个当事人之外，很难说清楚哪些断片是谁写的。经过专家的认真细致考证，现已查明，在《雅典娜神殿》这一期全部 451 则断片中，有 85 则是奥古斯特·威廉·施莱格尔写的，29 则是施莱尔马赫写的，13 则是诺瓦利斯写的，320 则是弗里德里希·施莱格尔写的，其中还有 4 则被判定是集体写作的。但这只是后人的判断而已。

其五，女性作用突出。弗里德里希·施莱格尔兄弟的妻子卡罗利妮和多罗苔娅，都不是一般的女流之辈，而是见多识广、有判断力，用新的思想观念武装起来的时代女性，尤其是卡罗利妮对浪漫主义发展的作用和意义是不可低估的。卡罗利妮在与奥古斯特·威廉·施莱格尔于 1796 年结婚之前，就曾以其人格魅力、较高的政治敏锐性、较强的审美判断力，对时年 21 岁的弗里德里希·施莱格尔的发展产生过举足轻重的影响。在 1796 年弗里德里希·施莱格尔与席勒的论战中，卡罗利妮让弗里德里希·施莱格尔兄弟意识到席勒作品中存在着道德说教倾向，改变了兄弟两人对席勒的看法和态度。难怪对此耿耿于怀的古典派诗人席勒把卡罗利妮称作"路齐弗尔"，所谓"路齐弗尔"，指的当然不是罗马神话中的启明星，而是指基督教神话中的堕落天使。卡罗利妮和多罗苔娅虽然不是什么重要作家，但她们以其远见卓识、见解独到的评论，对早期浪漫主义的发展产生过不可低估的作用。

（三）早期浪漫主义代表刊物《雅典娜神殿》

《雅典娜神殿》是早期浪漫主义在谋求自身生存和事业发展形势下创办的刊物。早期浪漫主义代表人物弗里德里希·施莱格尔兄弟与诗人席勒的关系原先是不错的，后因弗里德里希·施莱格尔与席勒之间爆发的一场笔墨官司而最终导致关系破裂。弗里德里希·施莱格尔看到无法再在席勒的刊物上发表文章，便于 1797 年从耶拿来到柏林，想把稿件投给作曲家兼作家赖夏特创办的刊物《艺苑断片》。同赖夏特的关系破裂后，形势迫使弗里德里希·施莱格尔另谋出路。于是他便约请他的哥哥奥古斯特·威廉·施莱格尔合办一份浪漫主义自己的刊物。这样，《雅典娜神殿》便成了早期浪漫主义宣传、贯彻自己生活观和文艺理论主张的园地。弗里德里希·施莱格尔野心勃勃，竭力要把《雅典娜神殿》办成一个为群众所喜闻乐见、拥有尽可能多的读者的刊物，同时希望借助它，不仅改善自己不时陷入手头拮据的窘境，而更为重要的是，使他们兄弟俩、诺瓦利斯和施莱尔马赫成为一种新诗与哲学的开路先锋，在当时所谓的"派系"斗争中独领文艺批评的风骚。

在同时代的刊物中，《雅典娜神殿》颇具特色。在合作者队伍方面，弗里德里希·施莱格尔并不希望拥有一支有社会名流参加的庞大作者群，而是只邀请少数几个志同道合者合作共事，因此除施莱格尔兄弟外，撰稿人仅有诺瓦利斯、施莱尔马赫以及哲学家许尔森、多罗苔娅·施莱格尔和索菲·贝哈特。在内容上，强调诗与哲学的紧密结合；在形式上，偏爱断片；在风格上，尤其是在后期，偏爱神秘莫测、晦涩难懂、不为外行人所接受的东西。《雅典娜神殿》问世后，早期浪漫主义的代表人物充分利用自己的舆论阵地，阐明自己的文艺理论和主张，就诗的含义、文艺体裁与形式诸问题亮明自己的观点，力图在文坛上掀起一场"文学革命"。早期浪漫主义随着《雅典娜神殿》的发行而迎来了自己的发展高潮。

二、中期浪漫主义

（一）时代背景

不可一世的拿破仑自 1799 年通过政变当上法国第一执政官后，野心勃勃，对内实行军事独裁，对外疯狂推行侵略和扩张政策，力图在欧洲乃至欧洲以外地区建立法国大资产阶级政治和经济上的霸权。1806 年，他把德意志西部（莱茵河沿岸）和南部 16 个小邦国组成所谓"莱茵联盟"，从而给"德意志民族神圣罗马帝国"以致命的打击。这些小邦国都正式脱离帝国，变成接受法国保护的附属国。这样，帝国事实上成了个有名无实的空架子，很快就土崩瓦解了。同年 10 月，拿破仑军队在耶拿－奥尔施塔特战役中给普鲁士和萨克森军队以毁灭性的打击。紧接着，狂妄自大的拿破仑同沙皇亚历山大一世签订了《提尔西特和约》，使普鲁士失去了半壁江山。异族的统治和奴役使德意志民族置身于水深火热之中，蒙受奇耻大辱，促使民族内部各阶层人民和各种社会力量奋起反抗，掀起救亡图存的爱国运动。卡尔·冯·施泰因男爵、格哈德·冯·沙恩霍斯特、奥古斯特·奈哈特·冯·格奈森瑙等改革家，先后推出了济世安邦的举措。与此同时，各行各业、各界人士纷纷投身救亡运动，哲学家费希特、诗人恩斯特·莫里茨·阿恩特、学者威廉·冯·洪堡和著名"体操之父"弗里德里希·路德维希·雅恩就是他们中的杰出代表。德国中期浪漫主义正是在国家和民族处于危难的历史时刻走上历史舞台的。

（二）中期浪漫主义的特点

路德维希·阿希姆·冯·阿尼姆作为著名作曲家和音乐家约翰·弗里德里希·赖夏特家的常客，通过中期浪漫主义的代表人物与早期浪漫主义作家多少有过接触。阿尼姆通过后者结识了蒂克等早期浪漫主义作家，后通过克莱门斯·布伦塔诺在耶拿结识了弗里德里希·施莱格尔等人，参加了早期浪漫主义的活动，接触到浪漫主义的思想观念。不难看出，中期浪漫主义是在早期浪漫主义的直接或间接影响下产生的，两者在世界观和美学思想方面自然存在某些联系。但同时也必须看到，随着时间的推移和社会历史的急剧变化，两者也存在明显的差异，这些差异构成了中期浪漫主义的显著特点。

第一，队伍构成上的差异。如果说早期浪漫主义基本上是个理论型的队伍，那么中期浪漫主义则基本上是一队生产型或者创作型人马，当然他们中也有学者型人物，如格雷斯和亚当·米勒。

第二，队伍规模上的差异。早期浪漫主义队伍虽精干，但不外是"七八条枪"。而浪漫主义发展到第二阶段，即中期浪漫主义阶段，成员成倍地扩大，在社会上所起的作用日益明显，真可谓事业兴旺发达，因此中期浪漫主义也被称为盛期浪漫主义。

第三，政治热情空前高涨。面对异族的侵略和统治以及民族的危难，中期浪漫主义与国内广大知识阶层一样，格外关注时政问题，关注国家和民族的命运和前途。本着救亡图存的精神，他们以不同的形式，或拿起枪杆子，或以笔杆代枪，投身爱国救亡运动。克莱斯特以办报、写剧本和逸事等形式投身战斗。由约瑟夫·格雷斯主办，阿尼姆、布伦塔诺和格林兄弟等协办的《莱茵水星报》，被誉为抗击拿破仑的"世界第五势力"。神学家和古典语言学家施莱尔马赫于1807年被迫离开任教的城市哈雷，迁入反抗拿破仑的中心柏林后，四处发表演说，鼓动民众抗战。弗里德里希·施莱格尔力图以令人振奋的文告和诗歌激发同胞的斗志。以童话小说《温亭娜》遐迩闻名的小说家兼剧作家富凯，力图通过士兵歌曲，如《志愿的狙击手战歌》去鼓舞战士的斗志。诗人艾辛多夫则一手拿枪，一手拿笔，奥地利蒂罗尔农民揭竿而起的壮举激发了他的诗兴，他在《致蒂罗尔人》一诗里把起义农民称为"伟大时代的同志"。

第四，工作重心转向民间文学。如果说早期浪漫主义的代表人物主要着力于理论革命与创新，那么中期浪漫主义则更多着眼于民间文学，引导人民大众关注本民族的优秀传统文化，从而唤起民族意识，为抵抗战争做精神上的准备。

中期浪漫主义成员众多，活动地盘也多，他们主要分散在海德堡、德累斯顿、柏林和维也纳等地，浪漫主义成员在这些城市里形成了中期浪漫主义的"派中之派"。

（三）海德堡浪漫主义

海德堡浪漫派孕育了路德维希·阿希姆·冯·阿尼姆和克莱门斯·布伦塔诺，他们两人在大学时代便结下友谊，两人在莱茵河之旅期间曾经制订了编纂出版一部古老民歌集的计划。布伦塔诺和阿尼姆先后于1804年和1805年来到海德堡，在这里以他们为核心，很快形成了一个以搜集、研究和普及民歌和德国古代文艺为己任的小圈子，俗称海德堡浪漫派。其成员包括约瑟夫·格雷斯、亚当·米勒、扎哈利亚斯·维尔纳和年轻的艾辛多夫。艾辛多夫是法学系的学生，他在1807—1808年间听过格雷斯授课。另外，格林兄弟也可归入该派之列，这不仅因为他们两人搜集整理的《儿童与家庭童话》（俗称《格林童话》）是在海德堡浪漫派的影响和启迪下，从1806年起在海德堡搜集记录下来的，而且兄弟两人也是该派刊物《隐士报》的撰稿人，与海德堡浪漫派人士过从甚密。

1.《隐士报》

《隐士报》是海德堡浪漫派的刊物，由阿尼姆和布伦塔诺合办，这是他们两人继《男童的神奇号角》后又一次重大"协作"。细心的读者不难发现，《雅典娜神殿》与《隐士报》虽说都是浪漫派的刊物，但两者在办报方针等一系列问题上存在明显的差异。在办报原则上，前者强调协作精神、小集体主义原则，文章概不署名；后者放弃这一原则，主张文责自负。在发行对象上，前者面向少数知识精英，后者面向广大读者。在内容与形式方面，前者偏重理论，偏重哲理性内容和断片形式；后者内容五花八门，形式不拘，既创作诗文，也有改写或翻译的中世纪史诗；既有文学史评论，也有翻译作品、东方文艺导读；既有幽默、讽刺小品，也有戏剧选录；等等。在作者队伍构成上，前者实行关门主义，就是说稿件由弗里德里希·施莱格尔兄弟以及少数几个挚友包办，拒绝接纳社会名流参与合作；后者实行开门办报，因而作者群体中人才济济，除了阿尼姆和布伦塔诺外，还有贝蒂娜、格雷斯、让·保尔、弗里德里希·施莱格尔兄弟、格林兄弟、狂飙突进作家米勒，以及作为施瓦本浪漫派作家崭露头角的乌兰德、克尔纳、富凯和画家龙格等。不过，《雅典娜神殿》与《隐士报》

有一点是一致的：它们全都"短命"，前者的发行期比后者略长，后者停刊时印行了一本图书，名为《安慰孤独》，内附一篇讽刺性的告别演说——《致尊敬的读者》。

在德意志民族蒙受异族统治和奴役，处于水深火热形势下的时候，浪漫派适时地改变了航向，遵照启蒙思想家赫尔德和"狂飙突进运动"开创的重视民歌搜集的传统，按照"历史法学派"创始人萨维尼发扬"民族才智"思想的指引，德国浪漫主义把注意力和工作重心转向对民间文学的搜集、整理和研究上。在他们看来，民间文学是高于其他一切文学种类和体裁的，搜集、整理、出版古代民间文艺作品，不仅是为了发掘、抢救古代文化宝藏，免遭历史的湮没。同时也是为了让长久被分裂的民众看到民族统一时代的灿烂文化，以唤起民族意识，把各阶层人民的力量汇聚成抗击异族侵略和占领的洪流。在搜集、整理、出版古代民间文学作品方面，阿尼姆和布伦塔诺以他们的《男童的神奇号角》、格雷斯以他的《德国民间故事书》、格林兄弟以他们的《儿童与家庭童话》做出了杰出的贡献，成为众人的榜样。

2.《德国民间故事书》

格雷斯编纂的这部故事书，也属于海德堡浪漫派的重要文学成就之一。格雷斯于1806到1808年在海德堡当私人教师，受阿尼姆和布伦塔诺的影响，对古代民间文艺产生了浓厚兴趣，布伦塔诺的私人图书馆为他的研究提供了方便。格雷斯耗费很多精力编写这部六卷本的巨著，其目的主要不是深入探索古代民间文艺问题，而是对民众进行民族文化教育，让他们了解古代民间文艺，从而唤起民众的民族意识。这一文学形式在启蒙运动时期曾经遭到忽视，几乎被世人遗忘。

格雷斯在《德国民间故事书》中介绍了古代49位代表人物的作品，包括史诗、传奇故事、旅行记、短篇论文等，他对其中的每部作品都做了内容陈述、文学评价，以及与同类题材作品的比较等。

这部《德国民间故事书》问世以后，人们对它的评价也是见仁见智、毁誉参半。不仅蒂克、让·保尔等对它没有好感，就是海德堡浪漫派圈内的人，对它也颇有微词。但它却博得奥古斯特·威廉·施莱格尔和歌德等人的赏识。格雷斯除了搜集、研究、出版《德国民间故事书》外，还编写了《亚细亚神话史》和《古代德国民歌金曲》等书。

3.《格林童话》

《格林童话》是一部令德国浪漫派享誉世界的作品，也是德国浪漫派对世界文化所做的一个伟大贡献。《格林童话》是在阿尼姆和布伦塔诺的影响下，受到《男童的神奇号角》的启迪而产生的。格林兄弟在1802年前后曾经在马尔堡师从"历史法学派"创始人萨维尼攻读法律，通过萨维尼结识了他的妻舅布伦塔诺，接着又通过布论塔诺结识了阿尼姆。在这两位中期浪漫派代表人物的影响下，格林兄弟对本民族古代民间文艺产生了浓厚兴趣，决定放弃大有前途的法学专业，与海德堡浪漫派诸公一起献身于民间文艺研究。大约自1806年春天起，兄弟俩便着手为阿尼姆、布伦塔诺主持的《男童的神奇号角》搜集民歌。

早在1805年12月17日，阿尼姆便在《帝国日报》上发表文章，公开号召对德国民歌感兴趣的同好，为继续出版《男童的神奇号角》开展搜集合作。格林兄弟在为海德堡浪漫派朋友们的《男童的神奇号角》提交了他们搜集的民歌以后，便于1807年初着手搜集民间童话，以拯救这一有被历史湮没危险的文学形式。兄弟俩原先并没有以自己的名义出版童话集的计划，倒是布伦塔诺早在1805年就有了这样的打算，格林兄弟遵照他的要求，无私地把自己搜集的资料提供出来。阿尼姆在一次访问卡塞尔市的时候，当时格林兄弟正在那里生活和工作，便鼓励他们以自己的名义把这些童话印成书籍。

在搜集民间童话过程中，格林兄弟逐渐形成了自己的文艺观，形成了对民间文艺特别是民间童话的看法。在他们看来，传说和童话虽然同属民间文艺，但两者地位不可同日而语，童话是"最高层次的诗歌艺术"。在所谓的"自然诗"中，或者说在民间文学中，童话对兄弟俩格外富有吸引力，他们坚信，这一体裁中保存着古老的自然诗和古老神话传说的痕迹，读者可借助童话开辟一条返回自己先民生活时代的道路。

格林兄弟对民间文艺特别是对童话的高度重视和关注，受到赫尔德的影响和启发。这位颇具影响力的"狂飙突进"文艺理论家、思想家，多年致力于民歌的搜集、整理和研究工作，对德国民歌的研究发展做出了重大贡献。在赫尔德之前，民歌曾被贬为枯燥乏味的东西。赫尔德赞扬它是民众喜闻乐见的文艺形式，他的整理和研究使这一体裁身价倍增。

在格林兄弟看来，"自然诗"保存在民间，保存在民众的口头上，人们通过民间广泛流传的东西，可以接近诗歌的"源泉"。基于这样的认识，他们把搜集工作的重点放在民间广为流传的作品方面，兄弟俩深入下层民众，把他们口述的故事记录下来。在编辑加工方面，格林兄弟十分强调忠于原作，务求保留原汁原味。这不是说他们把记录下来的资料原封不动地发表，而是也利用编者享有的权利，在文字上进行加工润色，以保持全部童话风格的统一。兄弟俩反复表示，他们对原作不会添枝加叶，更不会加以改编，甚至塞进个人的"私货"，以此表明他们在编辑加工上不同于阿尼姆和布伦塔诺的做法。但是此后的文艺学研究成果表明，一些被格林兄弟证实为德国童话的东西，并非地道的"德国货"，而是以意大利人斯特拉帕罗拉和法国诗人佩罗图的作品为素材改编的。

自 1816 年起，雅各布·格林单独负责这部童话的出版事务，不断地对童话的文字进行修改润色，使它们的风格日臻统一，经过数十年的努力，终于形成一种优美、标准的童话风格。1857 年，童话集推出最后一版，共收入 216 篇。它们反映了劳动民众丰富的想象力、善良的心灵和高度的智慧，表达了他们朴素的伦理道德观念和美好愿望。《格林童话》是格林兄弟的传世之作，属于世界文化瑰宝，它是青少年不可缺少的精神食粮，哺育了一代又一代少年儿童，自问世以来不断再版，至今已被译成大约 70 种文字。

（四）维也纳浪漫主义

主要涉及弗里德里希·施莱格尔兄弟，特别是弗里德里希·施莱格尔，他于 1808—1815 年间在维也纳的活动构成了维也纳浪漫派活动史的重要篇章。

奥古斯特·威廉·施莱格尔在早期浪漫派解体后，曾经在柏林担任过家庭教师，经诗人歌德推荐，从 1804 年起开始陪伴法国著名女作家斯塔尔夫人在德国和欧洲其他国家旅游观光。作为一名出色的文艺批评家和文学史家，奥古斯特·威廉·施莱格尔写过许多出色的评论，在他众多的著述中，最值得称道的是他在柏林逗留期间所作的《论文学与艺术》，以及 1808 年在维也纳写的《论戏剧艺术与文学》。

早期浪漫派解体后，弗里德里希·施莱格尔先后在巴黎和科隆谋生，因没有固定职业，时常为经济拮据所困扰。其胞兄奥古斯特·威廉·施莱格尔因在维也纳举办文学史讲座，在社会上产生了轰动效应，于是便利用自己的威望，为其胞弟在维也纳谋得一份职薪兼顾的工作——任卡尔大公爵参谋部下属的皇家军队宫廷秘书。此前弗里德里希·施莱格尔以《印度人的语言和智慧》的研究，在德国创建了印度语言文化学和比较语言学；之后，他在《海德堡年鉴》上发表了一系列评论文章，其中的《〈歌德作品（1～4卷）〉评论》属于德国浪漫派文艺批评最重要的成就之列。

1809 年春天，弗里德里希·施莱格尔因肩负创办一份奥地利报纸的使命而卷入了卡尔大公爵发起的奥地利征战，他跟随卡尔大公爵和首相施塔迪翁伯爵的作战司令部，参加了抵抗法兰西的战争。战争失败后，又跟随部队撤退到匈牙利。返回维也纳以后，弗里德里希·施莱格尔于 1810 年创办了梅特涅时代居于主导地位的报纸《奥地利观察者》，他本人主管《副刊》的小品文部分，很少参与报纸政治部分的事务。1810 年 2～5 月，他向部分高层贵族和地位显赫的听众进行了一系列历史讲座，阐明他对帝制的看法，讲演稿于 1811 年以《论近代史》专著形式出版。对查理五世的论述是其中最精彩的一章，后来这部著作被译成多种语言。弗里德里希·施莱格尔来维也纳之前、在波恩逗留期间，曾对近代史做了深入的研究，从而奠定了他作为历史学家的地位。德国学术界认为，他的《论近代史》之所以取得惊人的成功，得益于他那流畅的文笔和吸引人的风格。的确，弗里德里希·施莱格尔非常重视修辞学，他在《雅典娜神殿》第 116 则断片里说过，所谓"渐进的包罗万象的诗"，务必把诗歌、哲学和修辞学结合起来，而把各种不同的体裁连接起来，把诗歌、哲学和修辞学连接在一起，是浪漫派的使命。

　　1812 至 1813 年间，欧洲各国人民正在奋起反抗拿破仑的侵略战争，与法国入侵者进行生死决战，这时的弗里德里希·施莱格尔在维也纳发行了一份重要刊物，名为《德意志博物馆》。他为该杂志确立的主旨是，用爱国的、完全德意志式的精神去观察历史、哲学、艺术和文学，促进它们的继续发展。弗里德里希·施莱格尔在邀请让·保尔合作时表示，凡是真正属于德意志精神的，就欢迎；凡是令敌人高兴或者向敌人献媚的，就排斥。《德意志博物馆》因其强烈而鲜明的爱国主义基调，而被同时代人视为德意志反抗异族侵略的刊物，成为德国文化史上具有文献性质的杂志。弗里德里希·施莱格尔重视体裁和题材的多样性，杂志不仅刊载如《尼伯龙人之歌》《埃达》这样的古代文艺作品，以及北方诗艺、语言史、文艺批评诸方面的评论文章和论文；同时还发表随笔、旅游通讯、农业通讯、诗歌、新的"浪漫戏"和爱国主义戏剧等。

　　弗里德里希·施莱格尔非常重视寻求各方面的精英参与合作，其中包括奥古斯特·威廉·施莱格尔、亚当·米勒、格林兄弟、作家让·保尔、画家米勒、剧作家扎哈利亚斯·维尔纳、小说家富凯、语言学家和艺术理论家威廉·冯·洪堡、法国女作家斯塔尔夫人、学者约瑟夫·格雷斯、诗人兼剧作家特奥多尔·克尔纳和诗人马蒂亚斯·克劳迪乌斯等。弗里德里希·施莱格尔创办《德意志博物馆》的根本目的，是实现他的包罗万象的"民族教育"纲领。实际情况表明，《德意志博物馆》的影响远远超越了奥地利的界限，成为弗里德里希·施莱格尔这个时期最具影响力和最令人敬佩的刊物，它是中期浪漫派继《隐士报》之后最有代表性的杂志。在弗里德里希·施莱格尔创办的几份重要杂志中，如果说《雅典娜神殿》具有世界主义倾向，《欧罗巴》具有欧洲爱国主义倾向，那么《德意志博物馆》则表现了对本民族文学传统的重视，这是德国浪漫主义自海德堡时期以来形成的传统。

在德意志和欧洲其他各国人民抗击拿破仑统治的岁月里，弗里德里希·施莱格尔在维也纳还曾致力于他那部最著名、最重要的文艺学论著《古今文学史》的写作，从 1812 年起，他一边写作，一边在维也纳举办商业性讲座。1814 年年末，他的讲稿被编成两卷，以书的形式出版。弗里德里希·施莱格尔研究专家恩斯特·贝勒教授指出，虽然说该书有致梅特涅的献辞，但从内容上看，它"突破了任何时事政治、宗教信仰或者其他实用主义的框框"，弗里德里希·施莱格尔自己把这部文学史形容为"一幅欧洲最奇特的诸民族的画卷"，"可以毫不夸张地说，这些讲稿的发表标志着一个文学史撰写的新时代"。著名欧洲文艺批评史家雷内·韦勒克提到奥古斯特·威廉·施莱格尔的《论戏剧艺术与文学》时，称弗里德里希·施莱格尔兄弟是一流的文学史家，他们以渊博的学识阐述了一种包罗万象的文学史观念。

自 1813 年 4 月起，弗里德里希·施莱格尔受奥地利首相梅特涅委托，为未来的德意志联邦起草一部宪法，以便在维也纳会议上供所谓的"德意志委员会"进行讨论。他在向维也纳会议提供的宪法草案中，提出了在德国建立邦联制国家的构想和"重建古老帝国"的想法。后来人们在改革家卡尔·施泰因的遗物中发现了他的一个宪法草案，这表明弗里德里希·施莱格尔在维也纳会议期间所代表的利益，与这位男爵所代表的利益几乎是一致的。维也纳会议期间，弗里德里希·施莱格尔还在《汉堡超党派通讯员》上发表一系列文章，对维也纳会议谈判要点表明个人态度。弗里德里希·施莱格尔奉命起草《宪法草案》，但这并不表明他是梅特涅的应声虫。实际上，他是要借助撰写《宪法草案》和在报刊上发表文章的机会，阐明并宣传自己的思想。

梅特涅对弗里德里希·施莱格尔在维也纳会议上所做的贡献表示满意，考虑到这位浪漫派作家在文学界的声望和影响，任命他为奥地利驻法兰克福公使馆参赞。1815 年，弗里德里希·施莱格尔抵达法兰克福，在联邦议院发挥其写作专长。除此之外，弗里德里希·施莱格尔还为《汉堡超党派通讯员》和科塔的《大众报》撰写了一系列文章，捍卫奥地利的反普鲁士立场。与此同时，他还与教皇极权主义的教会首领们来往密切，招致了奥地利当局的不满，于 1818 年被调回维也纳，从此结束了他的政治生涯。

三、晚期浪漫主义

（一）历史背景

拿破仑战败后，欧洲各国君主于 1814 年 10 月 1 日至 1815 年 6 月 9 日，在奥地利首府维也纳召开了一次国际会议，名义上是"处理战后事宜"，实际上是共同策划恢复和巩固欧洲封建专制制度，阻止新的革命运动的发生，史称"维也纳会议"。这次会议是整个欧洲实行封建复辟的标志。在这次会议上，德意志各邦并未解决统一问题，而是按照梅特涅的计划，于 6 月 8 日组建了一个"德意志邦联"，并在法兰克福设立一个由各邦代表组成的"联邦议会"。"德意志联邦"包括 34 个君主国，如巴登、巴伐利亚、符腾堡、萨克森等，还有 4 个自由市，分别是汉堡、不来梅、吕贝克和法兰克福。德意志联邦实际上是德意志各邦之间的一个松散联盟，并未改变德意志四分五裂的政治局面。

维也纳会议后，欧洲各国反动势力用尽一切方法维护维也纳会议建立的秩序。1815 年 9 月，在俄国沙皇亚历山大一世倡议下，俄国、普鲁士和奥地利三国统治者在巴黎发表共同宣言，结成所谓的"神圣同盟"，公然互相勾结。它们还号召欧洲所有君主参加，旨在维持维也纳会议所建立的欧洲封建统治秩序，镇压革命与民族独立运动，本质上这是个反革命同盟。在法国大革命和拿破仑战争以后，欧洲走上资本主义发展道路已经不可避免，各国人民的革命运动也是一波未平一波又起。对此，各国反动派相应采取了各种反动措施。1819 年 3 月 23 日，定期向沙皇汇报德意志各联邦国家情况的德国作家柯策布，被大学生协会会员桑德在曼海姆刺杀身亡。借此机会，梅特涅在联邦的协助下，在卡尔斯巴德召开的一次会议上，策划通过了《卡尔斯巴德决议》，以镇压一切民族民主运动。该《决议》规定，政府全权代表负责对大学教授进行监督，查禁"大学生协会"，对新闻实行检查。在弗里德里希·威廉三世统治下的普鲁士雷厉风行地执行《卡尔斯巴德决议》，著名体操协会奠基人、"体操之父"雅恩遭到逮捕。爱国作家、历史学家、德意志统一的代言人阿恩特，被解除波恩大学教授职务。连著名的改革家施泰因、格奈森瑙和神学家施莱尔马赫也被怀疑为"煽动分子"。

在复辟年代，人民大众渴望祖国统一的基本要求和强烈愿望遭到蔑视。在反拿破仑战争中发展起来的进步倾向和战后青年学生和民主人士发出的正义呼声遭到扼杀。在这种情况下，悲观失望、垂头丧气的思想情绪在一部分知识分子中重新滋长起来。

这种精神危机促使一些浪漫派作家投入宗教怀抱中，以寻求精神寄托。宗教神秘主义，确切地说，是天主教神秘主义，成了晚期浪漫派的重要思想倾向。这种倾向自然也在他们的创作中反映出来，如克莱斯特的剧作《彭提西丽娅》和《安菲特里翁》，扎哈里亚斯·维尔纳的《谷之子》。霍夫曼的第一部长篇小说《魔鬼的迷魂汤》更是把这一倾向推向登峰造极的地步。克莱斯特和霍夫曼都不是天主教徒，由此可见，创作思想倾向与宗教信仰之间是不能画等号的。同时也得指出，虽说宗教神秘主义或天主教神秘主义是晚期浪漫派的一种重要倾向，以弗里德里希·施莱格尔为代表的一些浪漫派作家深深地陷入这种倾向之中，但我们还不能说它是晚期浪漫派唯一的或主要的倾向。

（二）施瓦本浪漫派

　　施瓦本浪漫派是德国晚期浪漫派的一个分支，亦称施瓦本诗派或施瓦本诗社。其成员为一些操施瓦本方言，以友谊和兴趣爱好汇集在一起的诗人。早年在符腾堡王国的文化中心蒂宾根大学深造时，他们仿效古典主义宣传刊物《有教养阶层晨报》（1807—1851）的做法，在校内推出手写的板报《有教养阶层周日报》，从 1807 年 1 月 11 日到 3 月 1 日，共出版 8 期，增进了这帮志同道合的年轻学子之间的交流和相互了解。

1. 路德维希·乌兰德

　　1814 年反拿破仑的解放战争胜利后，他积极投身于符腾堡地方的立宪运动。在这场论争中，他是所谓旧法拥护者的代言人，力主恢复"中世纪骑士时代美好的旧法"。在他看来，那时的统治者与百姓能够在家长制中和睦相处，他的《祖国诗歌》表达了他对立宪论争的看法。1819 年至 1826 年，符腾堡地方当局炮制的宪法得以实施后，乌兰德沉默了一段时间，他曾经担任符腾堡议会议员。1848 年革命期间，他被选为法兰克福国民议会议员，在会议上，他反对王位继承法，力主建立一个民主共和国。次年，随同部分左派议员去斯图加特开会，抗议巴登政府实施《反社会党人非常法》，乌兰德走在议员抗议队伍的前头。议会被当局军队强行解散。1853 年，乌兰德拒绝接受普鲁士授予的最高荣誉勋章，从此隐居家乡蒂宾根，深居简出。政治上，乌兰德属于资产阶级自由派左翼，直到生命终结他始终是一位正直勇敢、为捍卫资产阶级利益而奋斗的战士。

　　乌兰德的诗歌继承了民间文学的优良传统，具有音韵优美、语言纯朴、生活气息浓厚等特色。不少著名作曲家如勃拉姆斯、舒伯特、舒曼、李斯特、门德尔松，都曾为他的诗歌，尤其是爱情诗和风景诗谱曲。他的叙事歌谣借古喻今，用历史题材反映现实问题，其中一些是公开批判封建专制主义的，《仇恨》《歌手的诅咒》《施瓦本公爵恩斯特》等是他叙事歌谣中的名篇佳作。

乌兰德在世时，诗人海涅在他的《论浪漫派》一书中称他为"该派唯一深受民众欢迎的抒情诗人"。他的作品销售情况也可印证海涅的评价，譬如，乌兰德的第一部诗集，从1815年问世到诗人1862年去世，先后印行了60多版，还不算盗版书，除海涅的《歌集》之外，无疑打破了19世纪抒情诗的销售记录。诗人75岁华诞时，贺信像雪花般飞来；他去世时举国哀悼，数以百计的民众汇成浩浩荡荡的送葬队伍，其中许多人乘专车从斯图加特赶来。

2. 尤斯蒂努斯·克尔纳

他与乌兰德虽是好友，但是两人的思想倾向和发展道路却大相径庭。在符腾堡立宪的论争中，虽然两人都力主制定一部维护市民阶层权益的宪法，但观点各异，或者说是对立的。乌兰德是"中世纪骑士"时代"美好的旧法"的辩护者，而克尔纳则强烈谴责滥用"旧法"，声称"为旧法那样大叫大喊，得到的结果只能是旧时代那些糟糕的东西，例如人民由于不成熟而必然产生的依赖性，个别当选者的独裁，特权阶层的偏见和狭隘行为，贵族思想，等等"。他在《市民围墙》一文中提出，君主立宪制的社会基础不应该是贵族，而应该是市民阶层。

克尔纳早年的创作尽管存在地方性的局限，但比较大众化，带有民歌风格。他的《漫游者之歌》经舒曼等谱曲后，广为流行。但是他的一些诗歌里也有不好的倾向，特别是某些叙事歌谣，宣扬幽灵和阴森可怕的东西。克尔纳是位具有多方面才能的诗人，以行医为职业，1818年在符腾堡的魏因贝格行医时，他就以"自然科学家"身份研究过招魂术，并因研究心灵学现象，例如动物催眠术、梦游症、招魂术而出名。19世纪20年代中期以后，由于克尔纳加强了对这方面的研究，于是在反理性主义和神秘主义泥潭中越陷越深，无法自拔。1829年，他出版了两卷本的《普雷福斯特的女先知》，副题为"揭示世人的内心生活和人间的幽灵世界"。作品借助女先知用招魂术对一个死者的病史进行观察，企图说明幽灵世界对现实生活的影响。在他后期的一些作品中，落后、保守乃至反动倾向越显突出。从诗集《最后的花束》可以看出，他把攻击矛头对准了1848年至1849年革命中的民主党人，他还公开表示厌恶革命民主主义诗人海涅，嘲笑革命诗人赫尔韦格。

（三）从浪漫主义过渡为现实主义和批判现实主义

德国晚期浪漫派一些作家的作品取材于现实，直接或间接地、或明或暗地反映与批判现实，带有现实主义或批判现实主义倾向，具有浪漫主义与现实主义相结合的特色。沙米索和霍夫曼是这一倾向的代表人物。

1. 沙米索

沙米索生于法国，但长在德国。在抗击拿破仑的战争中，他曾在普鲁士军队中服役。对参战双方，即德意志和法兰西，他都怀有割舍不断的感情。他就像个孩子一样，目睹着自己的"父母"发生严重冲突，那种痛苦孤独的心情可想而知。这可从他在1813—1815年解放战争期间创作的童话小说《彼得·施莱米尔奇遇记》中反映一二。小说写了一个穷小子的遭遇。主人公施莱米尔穷困潦倒，用自己的影子从魔鬼那儿换回金钱，因而被革出社会。他虽出卖自己的影子，却没有出卖自己的灵魂。后来他赎回影子，穿上"七里靴"周游世界，最后成为自然科学家和隐士。小说情节离奇怪诞，富有浪漫色彩，属于德国浪漫派的名篇佳作，被译成多种文字。

沙米索的诗歌创作也颇有成就，多写于19世纪二三十年代。受法国诗人贝朗瑞的影响，他的诗歌多取材于社会现实生活，具有明显的现实主义和批判现实主义倾向，批判矛头对准欧洲的复辟势力和教会反动派，针砭时弊，抨击德国的反动制度。譬如《更夫歌》嘲讽警察制度，他笔下的警察是些耶稣教徒；又如《黄金时代》揭露和讽刺了德国的专制制度。有些诗歌，如《乞马和他的狗》《老洗衣妇》等，则表达了诗人对下层人民的深刻同情。这其中，许多诗已被谱成歌曲。他的作品受到海涅和恩格斯的称赞。

2. 霍夫曼

霍夫曼生活在一个敌视艺术和艺术家的社会。在德国文学史上，艺术问题、艺术与社会的关系问题，从大诗人歌德的《塔索》到现代小说大家托马斯·曼的《浮士德博士》，是屡见不鲜的主题，在霍夫曼的作品中，更占有一个中心的位置。这一主题贯穿于他的许多作品中，从第一部小说集《仿卡洛风格的幻想作品》，到最著名的小说集《谢拉皮翁兄弟》，一直到晚年撰写的代表作《雄猫穆尔的生活观》等。他笔下的艺术家，往往是狂人或半疯的怪人。敌视艺术的社会和丑恶的现实使得著名诗人赫尔德林神经错乱。霍夫曼作为艺术家，有过辛酸的遭遇，可谓半世坎坷。

在他看来，艺术是超感觉的至高无上的东西，是与"无法理解的超尘世的世界"实现沟通的纽带。显然，这种艺术带有神秘色彩。在反拿破仑的解放战争期间和战后，唯心主义泛滥成灾，社会上盛行对传心术、心灵感应术，以及所谓"千里眼"之类的心灵心理问题讨论。受这种社会思潮的影响，霍夫曼在这个时期创作的两卷本小说集《夜谭》和他的第一部长篇小说《魔鬼的迷魂汤》带有浓厚的神秘色彩和严重的宿命论倾向。这些作品大多描写不可思议的黑暗势力如何干预世人生活，而人们无法主宰自己的命运，或者变成这些看不见的黑暗势力之玩物，被迫从事犯罪活动，终于毁灭或者成为疯子。

1815年后，霍夫曼作品中的现实主义和批判现实主义倾向加强了。著名的《谢拉皮翁兄弟》小说集中的作品大多写于1818年以后，它们植根于现实生活，从不同的侧面反映了当代的现实，或者是历史的现实。特别值得一提的是其中的传世名篇《斯居戴里小姐》。小说以17世纪路易十四统治时期的巴黎为背景，写一个金首饰工匠的遭遇。首饰匠卡迪亚克为无法克制的占有欲所驱使，经常深夜外出谋杀他的顾客，夺回已卖出的首饰，致使巴黎笼罩在一片恐怖之中，连女作家斯居戴里小姐也被卷进刑事案件中来。小说所描写的首饰匠的强烈占有欲，原来是其母在怀他时的一次奇特经历对胎儿所产生的奇妙后果。这种描述自然使作品带有神秘的色彩，但是，小说在叙事方式、人物刻画和巴黎社会生活的描写上，却近乎现实主义。作者在小说里提出了生产与占有之间的矛盾，同时揭露和抨击了司法当局只注意表面现象，不做深入调查研究，从而酿成冤案的恶劣作风。

晚年的霍夫曼随着政治思想的日趋进步及对悲观和神秘思想的克服，目光日益锐利，对社会的揭露更加深刻，批判更加尖锐。他在生命的最后四年里，不顾重病的困扰，完成了《小矮人扎克斯传奇》《雄猫穆尔的生活观》和《跳蚤师傅》等一系列具有现实主义和批判现实主义倾向，或现实主义与浪漫主义相结合的名作，从而奠定了他作为小说大家在国际文坛上的地位。长篇小说《雄猫穆尔的生活观》是霍夫曼的代表作，也是德国浪漫主义反映时代和社会最杰出的作品。

霍夫曼的作品，特别是在他的艺术童话中，常常可见到这样一种布局形式，即现实世界与超现实的幻想世界相互对照或交织。它是一种曲折地、折光式地，或者说朦胧地反映现实的手法，实际上就是所谓隐晦的或者说含蓄的现实主义手法。它的产生和运用有着特定的历史背景。在黑暗的复辟年代，为防范反动当局对进步书刊的严厉查处，艺术家被迫采用这种手法。霍夫曼在他的艺术童话《跳蚤师傅》中，对以卡姆普茨为首的普鲁士警察当局办案的卑劣行径进行了无情的揭露和讽刺，导致这部作品被封存，直到1905年才被发现。《跳蚤师傅》原稿于1908年发表后，作者晚年的思想状况才为世人所知悉。卢卡契在谈到霍夫曼写作手法时指出："在霍夫曼的作品里，重视细枝末节描写的现实主义，是同幽灵鬼怪不可分割地联系在一起的。他把来世的事物引进作品，这是一种曲折的艺术手法，运用这种艺术手法可以根据作品的总体规划，描写当时德国的特定现实。"

　　对霍夫曼及其作品的评价，历来是见仁见智。但是有一点可以肯定，即在19世纪，他与歌德、席勒和海涅一起，是享有国际声誉的德国作家，他的主要作品应属世界文学之列。

第二章 德国浪漫主义文学的理论研究

德国浪漫主义文学理论的诞生是文学批评史上的一个重大转折点。这种对文学作品的新视角背离，颠覆了主流古典主义对美学和诗学的理解。德国浪漫主义与欧洲其他国家的浪漫主义相比具有其独特之处。本章主要分为德国浪漫主义的文学革命与纲领、德国浪漫主义文学的主题、欧洲浪漫主义文学与德国浪漫主义文学的比较研究三部分。主要内容包括浪漫派的美学革命、浪漫派的文学纲领、文学艺术中的疯狂性、文学艺术中的神秘唯心主义、文学艺术中的人文取向性、欧洲浪漫主义的特征、德国浪漫派的个性特征等方面。

第一节 德国浪漫主义的文学革命与纲领

一、浪漫派的美学革命

长期以来，主宰欧洲文坛的一直是古典美学和诗学，传统的体裁观念在人们的心目中根深蒂固，从古罗马诗人贺拉斯直到 18、19 世纪的德国大诗人歌德、席勒，始终把严格区分各艺术门类、体裁视为古典主义诗艺的最高法则。歌德和席勒高度重视传统的文艺规则，他们经常用书信形式探讨文学的艺术种类问题，席勒还撰写了《论史诗与戏剧的文学创作》一文。1797 年 12 月 23 日，歌德为此文写了一篇短评寄给席勒，供他修改和增补文章之用。短评对世人混淆各艺术门类界限的做法表示强烈的不满，称这是一种"幼稚、野蛮、乏味的倾向"，号召艺术家竭力反对这种倾向，为各类艺术画出难以超越的"魔圈"，把各类艺术区分开来，使每个艺术品种保留其独有的特性。

1789 年爆发的法国大革命震撼了整个欧洲，在德国思想文化界引起的反响尤为强烈。德国的思想家把 18 世纪视为思想革命时代，早期浪漫派作家把自己视为时代的"革命者"，力图在德国掀起一场"美学革命"，借以消除时代的弊端，迎接"自由、美与和谐"的曙光。美学革命的首要对象，自然是古典主义美学和诗学。为此，他们力图打破各艺术门类界限和种种清规戒律，解除它们对文艺发展的束缚，树立新的体裁观念，以促进文艺事业的繁荣昌盛。弗里德里希·施莱格尔常用断片形式阐明他的体裁理念，在他的《艺苑断片》第60则里，他以简洁的语言表达了对传统体裁的看法，他说："说什么所有古典的文艺形式和体裁都是严格的和纯正的，现在看来，这说法是可笑的。"

歌德在为《论史诗与戏剧的文学创作》而写的那篇短评里，在对世人混淆各艺术门类体裁界限表示强烈不满的同时，也对社会上这种现象和倾向显得非常无奈。显然，歌德此时已把文艺形式和体裁的混合与交融视为时代的倾向和潮流了。正是怀着这种既矛盾又复杂的心态，歌德写了著名的长篇小说《威廉·迈斯特》，小说分为"威廉·迈斯特的学习时代"和"威廉·迈斯特的漫游时代"两部分。后者结构松散，书中把短篇小说、格言、语录、日记、信札和诗歌等一系列文学形式和体裁熔于一炉。显然，这种结构形式与风格，同浪漫派所主张的体裁混合论、交融论是一脉相承的，在创作实践上与瓦肯罗德的《一个热爱艺术的修士的内心倾诉》和弗里德里希·施莱格尔的小说《路琴德》何其相似。从中我们可以察觉到，弗里德里希·施莱格尔的体裁理论和浪漫派的美学革命为德国文坛带来了多么大的变化。研究弗里德里希·施莱格尔的资深专家、卷帙浩繁的《弗里德里希·施莱格尔全集》的主编恩斯特·贝勒，把这种巨变或者说浪漫派"美学革命"的"冲击波"称为"哥白尼式的转折"。

二、浪漫派的文学纲领

德国早期浪漫派作家致力于建立和发展自己的学说与主张，用于表达内心生活和精神世界，从而向世人揭露狭隘、丑恶的世俗社会和现实世界。他们认为，文学艺术最重要的作用在于为世人构建一个精神世界，在这个世界里世人敢于面对现实的丑恶嘴脸，他们的个性获得了无限发展的空间。

弗里德里希·施莱格尔曾经在不同时间，以不同方式阐述过自己的文艺主张。他的主要观点比较突出地反映在1798年的《雅典娜神殿》断片和1800年的《文艺谈话录》里。弗里德里希·施莱格尔写的断片多如牛毛，其中许多都写得短小精悍、言简意赅。在他的断片中，《雅典娜神殿》断片第116则占有特殊地位，它体现了弗里德里希·施莱格尔的文艺理想和最高文学纲领，即竭力创建一种"渐进的万象文学"。这则断片声称"浪漫主义文学是一种渐进的万象文学。它的使命不仅仅是把诸多个别的文学体裁重新合并在一起，使文学与哲学、雄辩术互相沟通，同时它也力求并且应该使诗歌与散文、天才与评论、艺术诗歌与自然诗歌时而混合，时而融合，使文学作品生机勃勃，令人开心，使生活饶有情趣，富有幽默感和诗意，使艺术具备良好的教育作用。其他的文学类别业已结束了发展，现在可以任其自生自灭了。而浪漫主义的创作艺术却仍然在发展；它只能永远处在发展中，绝不可能尽善尽美、完美无缺，是的，这就是它固有的本质特征。任何理论都不可能详尽阐述它，只有具备神圣灵感的批评才敢于去描绘它的理想。唯有它是无穷无尽、无边无际的，唯有它是自由的；它承认诗人我行我素、独断专行，不受任何法规约束，这是它的头一条规则。浪漫主义的创作艺术是唯一高于艺术的艺术，几乎就是诗艺本身，从某种意义上说，所有文学都是或者应该是浪漫主义的"。

德语中"Poesie"一词，是《雅典娜神殿》断片第116则中最核心、最关键的词汇。由于它含义丰富，容易引起误解，因此，在我们着手探讨弗里德里希·施莱格尔提出的文艺纲领、解读这则断片之前，有必要先交代一下这个词语的含义。在德语中，"Poesie"一词确实多指诗、诗歌作品或者诗歌艺术，但同时也泛指作为语言艺术的文学作品，包括诗歌、戏剧和叙事文学。通观上述断片的内容，弗里德里希·施莱格尔在这里谈及的"Romantische Poesie"和"Universalpoesie"，似乎应理解为"浪漫文学"和"万象文学"。

《雅典娜神殿》断片第116则被视为浪漫派的文学纲领，它所揭示的所谓"万象文学"（浪漫文学）有如下特点。

（一）浪漫文学是"渐进的"

这就是说，浪漫文学永远处于不断发展升华的状态，永无终止，绝不是尽善尽美、完美无缺的。弗里德里希·施莱格尔称这是浪漫文学固有的本质特性。这一特性与浪漫派追求的艺术目标和理想息息相关。如果说古典派作家的艺术理想是尽善尽美、完美无缺，那么浪漫派作家所追求的艺术目标和理想则是无穷无尽、无边无际。如此远大的艺术目标和理想自然无法实现，只能以"渐进的"方式逐渐靠近，以求臻于完善。这就不难理解为什么浪漫派作家热衷于写断片、断简残编，并以它为文艺理论的重要形式。

（二）浪漫文学的能量和包容性巨大

《雅典娜神殿》断片第116则表明，弗里德里希·施莱格尔赋予浪漫文学以极大的能量和博大的包容性，它不仅需要，而且也能够兼收并蓄一切富有诗意的内容、体裁和形式，把所有文学体裁合并在一起，或者熔于一炉，填补艺术诗歌与自然诗歌之间的鸿沟，使文学和哲学联姻。在弗里德里希·施莱格尔看来，"包罗万象"压根儿就是浪漫文学的特性。

虽说浪漫文学具有"包罗万象"的特性，但其实它并不是无所不包的，比如从内容来说，浪漫派作家乐意接受和包容的主要是内心生活和精神世界中的万事万物，而不是人世间，尤其是资本主义社会中庸俗不堪、缺乏诗情画意的世俗现实生活。关于这一点，诗人诺瓦利斯对待歌德长篇小说《威廉·迈斯特》的态度可以给我们以启示。起初，诺瓦利斯对歌德顶礼膜拜，把他誉为"真正富有诗才的总督"，把《威廉·迈斯特》奉为浪漫派的"圣经"。但后来他改变了态度，认为歌德"过于依赖源自社会实践的现实"。

（三）强调诗人的自由

浪漫文学的创作艺术不受任何约束和限制。由于浪漫文学的理想及其创作艺术是无穷无尽、无边无际的，所以诗人在创作上享有无限的自由，除了诗人的独断专行，即任凭兴致所至之外，不承认任何法规。这容易让人联想到费希特哲学，他的"唯我论"曾经影响了弗里德里希·施莱格尔和他的浪漫派朋友。这位德国唯心主义哲学代表人物给他的哲学体系起名为《科学原理》。令弗里德里希·施莱格尔对《科学原理》感到欣欣鼓舞的，是其中的"唯我论"，是这位哲学家对人的主观性地位和作用的强调。这样，费希特的"唯我论"就为浪漫派推崇无所约束的个性、崇尚主观意识提供了重要的理论根据。

第二节　德国浪漫主义文学的主题

一、文学艺术中的疯狂性

德国浪漫主义文学艺术中有一个明显的特性——疯狂性。但是这里的疯狂指的是诗意的疯狂，与现实中的疯狂完全不一样。文学艺术中的疯狂服务于刻画中心人物或弘扬美好的精神世界。德国浪漫主义时期受到自然神秘主义的影响，涌现了许多带有疯狂烙印的文学作品，包括小说、诗歌、戏剧等。作品中的疯狂通常通过爱情和渴望来表达，是人们在欲念驱动下对外部环境所做出的反应。

（一）克莱斯特的疯癫

在德语文学中，有类似于为表达非常喜欢的情感而达到疯狂地步的词语，如"赋税"。但这不是我们在此严肃讨论的表达方式的历史起源。欧洲19世纪早期浪漫主义文学出现前便隐含了疯狂的积极价值。浪漫的疯狂在本质上的确是古老狂欢欲望的新形式。想到我们作为自己激情的理性主宰，这种疯狂令人讨厌，而想象我们被超出自己控制的力量所主宰的疯狂又令人兴奋。

文学作品中的疯狂突然变得令人愉快的一个根本原因，在于诗意的疯狂从来不是真正的疯狂。如莎士比亚悲剧中的人物波洛尼厄斯曾坦言，疯狂的原因和诗意的疯狂背后的意图通常不属于那个被描写成精神错乱者如哈姆莱特。福柯著名的长篇论著《疯狂与文明》吸引了人们对近来社会上对待精神错乱者的态度和对待方式的注意。福柯对著名的批评理论有巨大影响，有助于提升文学中作家对疯狂进行描绘的兴趣；莉丽安·费德勒在《文学中的疯狂》中探索了将精神错乱作为诗意主题的原因，把它归结为人类对自身精神运转和心灵现象存有偏见；正如桑德·吉尔曼的论文集题目《疯狂的文本：从历史角度看文学艺术与疯狂的相互影响》所表明的那样，他也开始探索文学与精神病学间的关系。凡此种种说明，正如格奥尔格·罗伊希林所写的关于18世纪末19世纪初德国文学中疯狂主题的文章，他感兴趣的是疯狂作为一种社会现象，在文学艺术中扮演的角色，以及诗意的文学与心理学之间的相互作用。

在德国文学从古典繁盛到浪漫兴起的发展阶段，奥得河畔的法兰克福诞生了被公认为"德语中篇小说的真正奠基者"亨利希·冯·克莱斯特。他是一位天才作家，一生遭受了很多苦难，但在他去世后，才获得了德国文学史上的最高地位。以他的名字命名的克莱斯特文学奖是德国文学界最高的奖项之一，足以证明其文学地位的重要性。在艺术创作中，克莱斯特和以歌德为代表的古典人文精神形成了鲜明的对比，他为后者的价值观注入了悲观的怀疑精神。生活是一个开放的伤口，它每天都暴露在灰尘中，经常被刺激、污染和损坏，总是很难治愈。克莱斯特认为，世界始终处于矛盾和不确定性之中，道德和人际关系的脆弱性、人物的神秘性和不可预知的心理动机以及命运都对人类生活造成了动荡。因此，歌德并不赞同克莱斯特，称其为"病态的忧郁"，并对此发表了评论：即使决心表达真诚的同情，这位作家也总是让我感到颤抖和恶心，就像看到一副本来天生丽质的肌体患上了不治之症。

克莱斯特总是拒绝迎合时代的标准和期望，这使他不被同时代的人理解。面对残酷的现实，为了捍卫人类对美好自由的渴望，他运用了一种尚未被人们认可的、尖锐而荒诞的艺术表达方式。克莱斯特的第一部作品五幕剧《施劳芬斯坦家族》自发表之日起就是一部充满争论的剧作。柏林报界曾率先刊登了一篇题为《一位新作家的诞生》的剧评，称"此剧是天才的摇篮"。而《文学汇报》

则全然否定该剧，认为其"整体思想错误"。与此相反的是，路德维希·蒂克在他主编的《克莱斯特的遗作》前言中曾详细论及这部戏剧："此剧表现的是不可捉摸的对象，明晰地描写了仇恨、猜忌和报复。剧中刻画的人物生动而真实，仿佛近在我们眼前。"《施劳芬斯坦家族》讲述了因家庭纠纷导致的家庭瓦解的故事，有着不同寻常的表现力。父亲因被怨恨所蒙蔽而无法认出自己的孩子，并错误地认为换装的年轻人是仇敌的孩子。他残酷地杀死了自己的骨肉，而双目失明的祖父抚摸了孩子们的身体后，立即认出了这是他的孙子们。令人困惑的是，疯子的言语却道出了真理。作品表达了人为的意志曲解了事实的真相，反而盲人能辨别真假，疯狂之人也能知晓真相。克莱斯特也偏离了前辈在戏剧创作中对待反古典情感的态度，克氏悲剧《彭提西丽娅》完全颠覆了古典主义的审美标准，因爱扭曲的彭提西丽娅残忍地让野狗吞食被自己杀死的情人。血腥的讽刺和荒诞伴随着意识的分裂，人们自身在困惑的情绪中变得更困惑，变得冷酷无情。克氏作品淋漓尽致地表现出文明下的疯癫，与文学艺术中的现代特点不谋而合。

克氏作品中体现的这种疯狂性源于其阅读了康德哲学后出现了认识上的危机，对原以为可以通过科学能够获得真理的信念开始产生动摇，出现人最终的不可知论。克氏从康德《纯粹理性批判》就现象与本质分离的阐述中，却得出"真理是不被认识的，人无法企及真理"的结论。克氏的小说完全背离了古典派赞美、抬高人性的创作模式，凸现的是用不确定性所刻画的动荡不安的世界图景，即衰落腐朽、道德沦丧、信念缺失。其小说《米歇尔·科哈斯》呈现了一个疯狂、黑白颠倒的世界，追求正义的主人公却反陷于非正义，欲重建公正的起义演化为摧毁社会安定的暴乱行为，追求公理、争取权利之人成了触犯法律的逃犯。国家表现出的只是迫于暴力威胁才重建法制、行使法律，这是何等的荒诞。

克氏小说与现代小说中反映信仰危机、人性疯狂的主题异曲同工。这种颠覆固有思维定式的思想和创作与歌德所坚守的古典传统背道而驰，也因此导致克氏得不到歌德的赞许。歌德追求的是和谐完满，强调基于自然平衡的生活观念；克莱斯特表现的则是混乱、无序和暴力，用锐利、深刻的笔触揭示他所处时代存在的问题和危机。克氏小说完全有效地表达了现代文学的疯狂性。

（二）蒂克的神秘疯狂

1799 年，路德维希·蒂克赴耶拿，其创作受到汇聚在耶拿的早期浪漫派作家的青睐。蒂克与弗里德里希·施莱格尔兄弟、诺瓦利斯、谢林、布伦塔诺交往甚密，同歌德和席勒亦有切磋，虽然歌德对蒂克的艺术主张始终持否定态度。

同年，蒂克发表了瓦肯罗德的遗稿《致艺术之友的关于艺术的幻想》，该作品主要涉及音乐，称音响艺术为"亵渎神的清白""可畏的、神谕般模棱两可的昏暗""既是神性又是危险"。蒂克创作中的神秘性是通过作品中主人公的疯狂体现的。众所周知，德国浪漫主义者对于疯狂形象的描写有某种偏爱，所描写的形象是纯洁、简单、完全自然的生物。他们渴望再次回到与自然结合的状态中去，这是浪漫柔弱情感的最终体现。另一种能导致作家对疯狂进行浪漫描写的，是主人公对心灵与自然融为一体这种强烈渴望的失败认知或反应，他们或屈服或忠诚，这当属德国浪漫主义的一个重要命题。在德国浪漫主义文学中，人们可以看到，疯狂往往来源于神秘的超自然力量，这在哥特式风格小说中已司空见惯。

人们总以为浪漫主义和神话故事关系密切。事实上，那些奇异故事与神话故事恰恰相反，当遭遇有魔力的人物和事件时，故事中的人物会表现出恐惧与疯狂。从蒂克的神奇故事《金发的艾克贝尔特》开始，他几乎苦心孤诣地从事德国浪漫主义荒诞小说的创作。《金发的艾克贝尔特》写的是女主人公蓓尔塔和她的骑士丈夫艾克贝尔特的悲剧性命运。这个故事处处笼罩着一种神秘的、仿佛幽灵般的力量，它的开头神秘，结局也很神秘。

金发艾克贝尔特和《鲁嫩山》里的基督徒克里斯蒂安这两位主人公最终的命运都是变得疯狂，这足以引起我们的反思。艾克贝尔特最后沦于疯狂的缘由是他和蓓尔塔的婚姻。一个神秘的声音总是在他的耳畔响起，告诉他蓓尔塔是他妹妹；蓓尔塔从童年期到女人期的这段时间离群索居，生活在森林里，陪伴她的是一位有魔力的老妇人。蓓尔塔这种非同寻常的甚至是神奇的背景使得艾克贝尔特处于焦虑之中，并最终导致他疯狂、犯罪。显然，艾克贝尔特与蓓尔塔的结合是孤独、没有结果、乱伦的，但实际上艾克贝尔特只是沉溺于幻想，从未尝试到幻想之外去寻找新生。当自然召唤艾克贝尔特时，他总是逃离到幻想中；当艾克贝尔特疯狂时，他就会听到那个神秘的声音；同时他也追问自己：他与蓓尔塔的婚姻难道只是个梦吗？

蒂克在1802年发表了《鲁嫩山》。该小说的主人公是园丁之子克里斯蒂安，作为狩猎人的学徒，他长期独自一人在森林里工作，忍受着孤独、寂寞。为了排遣心中的郁闷，他经常歌唱，梦想着集月神、狩猎女神为一身的狄安娜。一天夜里，克里斯蒂安透过窗子看见了一个山妖，这自然是一个有魔法的、美丽的女性形象，她在克里斯蒂安面前宽衣解带，递给他一块镶着宝石的牌子。这个宛如梦境般的经历困扰着克里斯蒂安，担心自己患上了疯癫病、狂想症。他需要逃离，就与附近村庄一位农夫的女儿伊丽莎白结婚。可他在新娘房间前竟违反常规地告知伊丽莎白，说她并非山林之神。随着孩子的诞生，那个山妖及其宝物的事情越来越困扰克里斯蒂安，最终导致他离家出走，不知所终。在故事的结尾，克里斯蒂安才重新出现，返家并亲吻其妻女，但随后又再次回到森林，又开始了隐居般的生活。仅对故事梗概，就可以有很多不同的解释。

有批评家把蒂克称为德国近代童话艺术的奠基人。事实上，从悲剧性的结局、复杂的人物性格、多层次叙述结构以及表现的主题来看，蒂克的童话不同于传统意义上的民间童话，其实是一种超越。我们更倾向于把该作品的主题称为"圣洁的疯狂"，因为这是克里斯蒂安对促使他结婚生子的欲望所做反应的结果。他越想回应自然的召唤，就越是会逃向梦幻中的神秘爱人。不可忽视的是，山妖在他的意识中与无生命的自然是紧密相连的。

蒂克的另一部有关疯狂作品是 1799 年发表的《诚实的艾柯特和杉木房》。该故事可以称为"欲望相伴的疯狂"。故事中，主人公弗里德里希与妻子埃玛的婚姻陷入危机，他的朋友塔恩霍伊泽为此却沦于疯狂，他确信爱神维纳斯与之相伴，把埃玛杀死在床上，可弗里德里希却出人意料地离开了，冲出去寻找维纳斯的魔山以及他的朋友。弗里德里希在德语中是一个传奇式的名字，这个名字的内涵和主人公的传奇形象紧密相连，塔恩霍伊泽并非弗里德里希在逃离欲望的秘密冲动中所想象的朋友，命中注定他必将经历这场神秘幻想般的婚姻。

除此之外，还有蒂克以《爱的符咒》为题的故事里，主人公埃米尔在舞会上谋杀了他的新娘，他们甚至都还未同房，这场婚姻就已结束了。他之所以采取这一疯狂的行动，是由于他认出新娘曾是他的爱人。此外在《恶作剧的孩子》中，玛利亚遵循其父母意愿，与七年前在一个神奇的精灵乐园中认识的玩伴安德烈结婚。在起初那段美好的记忆里，她的女儿出生了，名叫埃尔夫丽德。可当安德烈获悉妻子的秘密后，他的妻子和女儿就相继死去。蒂克的其他任何一部作品都不曾如此清楚地表明充满魔力的幻想其实暗示的是欲望的逃离。我们可以把这部作品表现的疯狂称为"童真的疯狂"。

《高脚杯》是蒂克最后一部以幻想、疯狂为主题的作品。与此前的其他作品相比，该故事以大团圆结束，这个例外或许可以表明，这是一种"无奈的疯狂"。故事中的人物在无意识中逃离欲望。故事主人公费迪南德透过高脚杯看到了弗兰齐丝卡的裸体形象，他深感内疚，就此没能与弗兰齐丝卡订婚。因此，高脚杯倒成了故事名字的由来。次日，弗兰齐丝卡从马车里扔给费迪南德玫瑰花，他误以为这意味着要和他分手。高脚杯犹如魔咒，给费迪南德提供了逃离即将步入婚姻的机会，把他带到充满忧伤的梦幻中。出人意料的是，故事以中年的费迪南德和已成为妻子和母亲的弗兰齐丝卡再次结合而结束。

二、文学艺术中的神秘唯心主义

如果说描绘疯狂的图式是易受欲望支配的人们对自然呼唤所做出的积极反应，那么，自然神秘主义是对这一时期德国文学的支撑。这种神秘主义表现出德国浪漫主义文学艺术对中世纪唯心主义的迷恋。浪漫主义作为一个文学流派最早产生于德国。缘于此，浪漫主义亦是德国文学的滥觞。那个时期的德国封建割据、经济落后，而唯心主义哲学却盛行整个欧洲，因此德国浪漫主义文学具有浓厚的唯心主义色彩和神秘主义气息。

德国浪漫派可分为早期浪漫派和晚期浪漫派。早期浪漫派的代表是奥古斯特·威廉·施莱格尔、弗里德里希·施莱格尔、诺瓦利斯、蒂克等。《雅典娜神殿》这本杂志成为德国浪漫主义运动的喉舌和中心。他们以费希特、谢林等的哲学为基础，形成浪漫派的艺术纲领。他们主张浪漫派文学是文学的文学，是宇宙的诗歌，一切文学都包含在浪漫派文学里。他们推崇艺术的最高法则便是打破所有的法则，将一切科学、美术、诗歌、音乐毫无列外地融为一体：诗人必须有打破任何束缚的勇气，有不受任何狭隘规律约束的精神。德国浪漫主义者认为，理性在一定程度上损害了人类的感觉和认知能力，艺术基础是满腔热情而不是知觉理智；物质世界令人沮丧，人类只有从幻境梦想中、灵魂升华中、大千世界中才能找到精神家园。德国浪漫主义者向往中世纪基督教统治下的封建宗法社会，因为他们认为，中世纪是充满宗教神秘色彩的幸福时代，是一个饱含诗意的视觉时代，讴歌中世纪便是歌颂崇高。他们认为希腊哲学和文化对于教育是必需的，诗应该同时具有哲学、神话和宗教的意味。

德国浪漫派中那些讴歌中世纪崇高性的作家，其创作多数表现出宗教神秘主义和空虚无聊的精神理念。其原因可以在施莱尔马赫的《社会行为理论初探》中找到。该书认为作品《雅典娜神殿》以格言的形式表达了早期浪漫派作家的许多观点，其中主观主义理论的倡导者费希特开始对人类存在重新评价，认为这个世界依靠感觉存在，其作品用近似真实的象征手法描写艺术家所认为的先验王国的景象。其美学观很大程度依靠直觉，带有浓郁的神秘主义色彩。此时，浪漫主义者不再寄希望于通过文学艺术来推动现实社会改革，而是在精神世界里塑造了真正的理想社会，将改变现实的愿望由现实世界转换到作者的主观内心。正如浪漫派先行者诺瓦利斯所言："这条神秘之路是通向内心的。只有在这里，在我们心中，才存在着永恒的世界——过去与未来。"

吕迪格尔·萨弗兰斯基是当代德国享有盛名的作家兼哲学史家，他的《浪漫派—— 一次德国事件》是介绍诺瓦利斯其人其事的主要著作。该书讲述了他的生平事迹、成长历程以及创作成果，展现出诺瓦利斯的思想发展轨迹。书中提及最多的便是诺瓦利斯的诗歌《夜之颂》和他的讲演稿《基督教或者欧罗巴》。

在此，我们不禁想起诺瓦利斯对浪漫主义所做的最好的定义与诠释：世界必须浪漫化。这样人们会重新发现本真的意义。当我给卑贱物一种崇高的意义，给寻常物一副神秘的模样，给已知物以未知物的庄重，给有限物一种无限的表象，我就将它们浪漫化了……对于更崇高的物、未知物、神秘物、无限物，方法则相反。它们将通过对应的联系被开方，于是它们获得了寻常的表达。此即浪漫哲学。"诺瓦利斯将光明与黑暗、内心与外在、此岸与彼岸在诗人笔下构成一种交融的晕光，飘浮在界限模糊的有限与永恒的世界之间。"诺瓦利斯的《夜之颂》沉醉于神秘的世界，赞美死亡黑夜，否定现实世界，表达出世事无常的悲观态度。萨弗兰斯基比较了诺瓦利斯和后世的叔本华对"意志"的理解，总结为"意志的神奇魔力"，这种神奇魔力被诺瓦利斯称为"魔幻唯心主义"。"魔幻唯心主义"是诺瓦利斯哲学观的核心。

诺瓦利斯在《夜之颂》第4首写道："我走向彼岸/所有的辛酸/都将化作/对幸福的召唤/要不了多久/我就能解脱/沉醉于爱/躺在恋人的怀抱/无限的生命/犹如心中的波涛/我俯视着/我注视着/在那山丘上/你的光辉在消逝。"诺瓦利斯把他依恋的充满奥秘的世界从想象中拉回，组成特定信仰。诗人的感觉与神圣之物基督教连接，"彼岸世界不确定的面貌仿佛在这种基督教中朦胧地显现"。尽管人们很容易联想到他对基督教世界的赞美和向往，但他被称为"病态"和"堕落"诗人。

《基督教或者欧罗巴》虽为讲演，"其实质讲述了'神圣思想'枯竭的历史，找出其原因，探究得以振兴的机会"。诺瓦利斯思想在此得以清晰展现。法国大革命象征着欧洲启蒙运动的胜利，从那时起，欧洲开始了世俗化的进程。当天主教受到当时的革命者和启蒙者的批评时，诺瓦利斯从浪漫主义、唯心主义的角度称赞天主教并期待新基督教世界的到来。诺瓦利斯把基督教的中世纪作为理想的典范，把中世纪浪漫化，认为"那是美好的、光辉的时代，当时欧洲是一个基督教国度"。这是对失去的美好时代的追寻。在诺瓦利斯看来，基督教具有促进欧洲精神统一、维护和平的功能，信仰与爱绝不能被知识和财富所代替，要关注人的内心世界。

晚期浪漫派的代表是布伦塔诺和阿尼姆。前者是歌德之后浪漫派中第一个最具有文学史意义的诗人，是德语诗歌史上一个继往开来的关键性人物。尽管其作品不如在中国产生广泛影响的海涅的《论浪漫派》和勃兰兑斯的《19世纪文学主流》等著作的影响大，人们对他也多有贬抑。两人的作品几乎无人问津，时常遭到谴责和非议，宣扬天主教、美化封建制度是其作品的主题，被戴上"消极"和"反动"的帽子。他们一方面主张"不要文艺反映现实"，"鼓吹人的主观精神高于一切"；另一方面"力图保卫宗法制度，维持封建关系，露骨地把宗教和艺术联系起来，宣扬宗教的神秘"。德国早期浪漫主义作家中确实存在着主观唯心和宗教神秘色彩。但他们在探寻新的创作方法以揭示人物内心世界、表现主观理想、继承中世纪民间文学传统等方面也做出了积极的贡献。

德国日耳曼民族具有哲学思辨倾向，这一论断得到了海涅、马克思、恩格斯等人的证实。日耳曼民族的民族性格和民族精神对早期浪漫主义文学思想中的哲学思辨倾向产生了重要影响，这缘于日耳曼民族的"浮士德精神"和德语的严谨周密、结构精细。希腊文化和希伯来文化作为西方文化的代表都具有鲜明的哲学和宗教相融合的特征。中世纪早期基督教和哲学便是这两种文化的融合，使西方文化具有强烈的宗教神秘主义色彩。德国文学思想的宗教神秘主义色彩强化了德国浪漫主义文学的这一传统。

海涅1833年写的《论浪漫派》不仅是对德国浪漫主义文学发展的文艺理论总结，也是一种崭新文学的宣言书。海涅从浪漫主义和政治、宗教的关系角度出发分析了德国浪漫主义文学运动的主要特征。海涅指出，德国浪漫主义是"中世纪文艺的复活"，而这种文艺起源于基督教，正是基督的鲜血孕育了这朵苦难之花。消除浪漫主义文学的负面影响是本书的主题，文学与现实生活的结合才是艺术的出路，文艺作品与人民利益愿望的结合才是艺术的生命力。因而，随着海涅诗歌集《德国，一个冬天的童话》与《论浪漫派》的发表，也就预示着浪漫主义在德国文坛上统治地位的结束。

三、文学艺术中的人文取向性

（一）歌德：浮士德精神之典型

歌德与浪漫主义有着密切的联系，他的作品《关于莎士比亚时代的谈话》象征了狂飙突进运动的兴起，他的文学思想也处处彰显着自然和生活的有机生命力。然而，歌德的人道主义思想仍然以倡导理性的启蒙精神为基础。正如歌德的个性令人"难以摸透"一样，他的人文思想的性质也并不十分明了。歌德倡导以文学的感染力为手段来教化人民，提高国民的文明素质，改正不良风气，谋求人类获得实质性的进步，建立理想的"世界文化"。

歌德主张，人具有感知、体验和思维的整体功能，而人的这种整体性和统一性决定了艺术的特性。艺术作品必须具有某种生命力，才能展现事物的本质，触及人类的内心，才能使人们了解宇宙和生命。艺术和理性有一个相同的最终目标，那就是谋求全人类的共同福祉。由此得知，歌德的人道主义的实质，即世界文明的进步是检验我们的行为和艺术活动的社会标准。

艺术创造是人类共同的财富，无论何时何地、何朝何代，它们都来源于数以万计的创造活动。歌德越是智慧，就越是"把自己看成是一种历史现象"。他写道："我决不把自己的作品单单归功于我自己的智慧，而是归功于周围成千上万为我提供了素材的人和事。"

尼采的"永恒轮回"观念深刻影响了歌德的人文思想。因此歌德认为，人生就是一场永不间断的拉力赛，应抓紧每分每秒创造价值。他在作品《浮士德》中塑造的主人公形象，恰好体现了这种人文观念。人生如逆水行舟，不进则退，终止就意味着生命的终结。他指出："我们必须把自己看作零，而后争取变成一切，尤其不应超过疲乏的精神和肉体的需要，成天默默无为地站着和歇着。为了不让自己发霉，我们必须不断变化，不断更新和变得更年轻。"因此，歌德才认为理论是灰色的，生活之树则长青。艺术不能高于生活本身，我们应珍惜生活，而艺术只能美化生活，为生活锦上添花。

歌德认为，人类应当享有自由，但"自由"是相对的。专制主义必须和任意的自由并驾齐驱，与受法律和条件约束相协调才是真正的自由。只有自由的人才能自觉地接受约束。歌德在一封信中写道："强制性的东西做起来是很苦的，但只有在做强制性的工作时，一个人才能表现出他的内在精神。"自由为人类的行为提供选择，并为行为产生的后果提供了合理化的条件。社会历史发展为自由提供了依据，因此每个时代的"自由"都不尽相同，都有其特殊性。人们追求自由，就必须意识到自由受社会规则、历史条件和法律的限制，只有明白这点，才能获得真正的自由。歌德的"人是命运的承担者"思想把对自然世界的诗意思考与德国浪漫主义联系起来。

（二）赫尔德林：想希腊念故乡，万有合一

在欧美，"赫尔德林热"自20世纪开始，持续数十年不衰。出现这一现象得归功于到赫尔德林那里认祖归宗的大师级的德语诗人格奥尔格、里尔克，在赫尔德林的诗作里发现了天启和存在意义的哲学家海德格尔，以及阐释赫尔德林诗作的解构主义鼻祖保尔·德·曼。

赫尔德林的创作被认为是18至19世纪之交德国文学的最高成就。赫尔德林直接继承了卢梭和席勒的思想使命，使近代的人性理念作为一种知识结构在诗的艺术中臻于完善。这种发展模式被称为人类历史发展的"三阶段"，深刻

影响了欧洲各个思想流派，并且不断被赋予新的内涵。包括德国古典浪漫派诗歌的先驱赫尔德林在内的德国浪漫主义时期相当大的一批作家在作品中展示人类历史发展的"三阶段"，以此总结过去、思考现在、展望未来，展现了他们各自不同的文学和哲学思想。

赫氏作品最能代表浪漫主义文学艺术的人文精神。他的作品围绕着三阶段的历史发展模式，表达其倡导和谐的人文理念。第一阶段是古希腊文明中的黄金时代，人与神在自然中幸福地生活在一起，无忧无虑，实现了原始的和谐统一。第二阶段是现代社会，理性主义盛行，原始和谐统一分崩离析，人与自然背道而驰，众神远去，处处充斥着缺陷。第三阶段便是宇宙和谐统一，这意味着人与自然和谐共生，"神性"引导下所有生命拥有和谐的内在联系，这是他所追求的最高境界。

对赫尔德林构建三阶段的历史发展模式产生影响的无疑是席勒。赫氏在作品中盛赞他所敬重的席勒。如前者的《希腊——致施陶伊特林》和席勒著名的表现三阶段历史发展模式的诗歌《希腊的群神》一样，也颂扬古希腊文化。席勒曾仔细钻研希腊神话，并且崇尚希腊诸神，把他们看成是真实的力量来源，但这与他的宗教信仰相冲突。席勒认为诗人在神与人之间扮演了沟通桥梁的角色。他在早年的作品里歌颂人类的自由和友谊，歌颂社会的和谐和大自然的美丽。

赫氏的小说《许佩里翁》最能代表其浪漫主义人文价值取向。首先，"雅典民族的成长从每一个角度来看都更不受打扰，摆脱了暴力的影响，更为自由……雅典人如此适度地生长在衣食合度的环境中，这使得他们如此优秀"。文中所描绘的古雅典人不愿受到强制影响，倡导自由，追求人文和谐。其次，小说中有一段典范式地批评了现代异化现象。赫氏批判现代实用主义德国人不再追求和谐统一，不再渴望完整。最后，"从人性之根将生长出新世界！一种新的神性统领他们，一个新的未来将在他们面前容光焕发。"这里表明，自然的神性将引导我们创建新的世界。"各民族曾一度从孩童的和谐出发，而精神的和谐将成为新的世界历史的开始。"同时，人类应该追求和谐共生，这将是建立理想世界的前提条件。"一个重放青春的民族也将再度使你获得青春……各路英杰的古老联盟将与你一起更新自己。"因此人类需要联合各种力量，使自己强大。

赫氏长诗《阿希佩拉古斯》亦是其歌颂人与自然和谐共处的又一力作。诗中歌颂了追求自由、崇尚和谐的雅典人，批判了独裁统治的波斯人。因为雅典人的自然和谐受到"神性的自然"的支持，所以他们最后拥有美满的结局。赫氏文学作品的整体创作充分体现了他追求人与自然和谐相处的思想观念，也

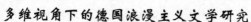

道出了他对宗教历史问题的深刻思考，他亦在此作品中总结过去、思考现在、展望未来。赫尔德林既表达了对德意志民族未来的向往，也描绘了人类美好的理想社会的蓝图。他指出："我们生活在一个万物朝着美好的明天而努力的时期。启蒙的萌芽，这种个体向人类之教养转化的宁静的希望和奋斗，将遍布四方、茁壮成长，并且结出灿烂的果实。"由此可知，赫尔德林对未来持有乐观态度，堪当启蒙精神的继承者。

赫尔德林曾说："希腊是我的第一爱，而我不知道我是否应该说，它将是我的最后的爱。"无论是《致青年诗人》还是《故乡吟》，都热情奔放和真切地表达出赫氏对古希腊及其文化的挚爱及对故乡的膜拜之情。尤其是《还乡曲》中，赫氏再次魂牵梦绕、情不自禁表达出对自己故乡的礼赞和热爱。赫氏所歌颂的返乡，在某种意义上蕴藏着返回他的精神故乡，寻找对生命、灵魂与爱的疗救与慰藉。就此而言，赫尔德林把实体和实在意义上的故乡与想象和精神意义上的故乡有机地融合并统一在一起。可以说，想象希腊、怀念故乡构成赫尔德林创作的两大基本主题。由此，我们深切感受到赫尔德林对自由、理想、美的热烈追求，对人类精神家园的执着守护，体现其诗思合一的人文情怀。

第三节　欧洲浪漫主义文学与德国浪漫主义文学的比较研究

一、欧洲浪漫主义概述

（一）欧洲浪漫主义的特征和影响

浪漫派或浪漫主义，德语称"Romantik"，英语称"romanticism"，是在1789年法国大革命影响下，产生于18世纪末到19世纪中叶之间的一个文艺流派，或称文艺运动。它反映新兴资产阶级政治上反对封建专制主义；思想上反对平庸和"万能"的理性主义，提倡个性解放和思想自由；艺术上反对古典主义的清规戒律与条条框框，诸如戏剧创作的"三一律"、文艺体裁的严格界限等束缚，主张文学艺术创作不拘一格。它是历史上一场伟大的文艺运动，规模空前巨大，涉及的面异常宽广，不仅涉及文学艺术领域的方方面面，同时也涉及哲学、政治、经济和法学诸领域。在欧洲，可以说，没有哪个国家、哪个领域不曾领略过它的巨大影响力和"冲击波"。

这个流派的遗产不仅为随后的批判现实主义发展铺平了道路，而且也为社会主义、现实主义提供了借鉴。它与现代主义（现代派）的密切关系早已为人所共知，后者是前者的嫡系流派。从两者的某些思想倾向、文艺观点、艺术手法和风格诸方面来看，它们之间存在渊源关系。难怪有人把德国后期（晚期）浪漫派代表人物霍夫曼称为现代主义的鼻祖。

（二）时代背景

1789 年爆发的法国大革命震撼了欧洲的封建专制主义统治，推动了资产阶级民族、民主运动的发展，开辟了资本主义全面发展的新时期，从而开创了人类历史的新纪元。欧洲浪漫主义运动正是在它的直接影响下产生的，或者说是它带来的后果。

浪漫主义产生与发展时期，欧洲各国国情不尽相同，政治、经济发展状况差别较大。以德国为例，当时的德意志名义上称作"德意志民族神圣罗马帝国"，但其实帝国内部诸侯割据、小邦国林立（约有 300 个小邦国），其中只有普鲁士和奥地利是欧洲级的强国。其资本主义发展远远落在英国、法国、西班牙、葡萄牙和俄国等国之后，显然是个经济落后的封建国家。但在绘画、音乐、文学、哲学等人文艺术领域，却呈现出一派繁荣景象。文化领域的繁荣昌盛与政治经济和社会情况"一团糟糕"（恩格斯语）形成鲜明的反差。如果说当时的德意志在经济上是个侏儒，那么其在文化上则是个巨人。政治腐朽、经济落后和文化发达，构成了那个时代德意志的基本特征。

浪漫主义文学运动兴起之际，正是德国古典唯心主义哲学盛行之时，两者从一开始就呈现一种密不可分的关系：前者表现为"诗化的唯心主义"（诺瓦利斯语），后者则构成了"哲学领域里的浪漫运动"（朱光潜语）。这种极富浪漫色彩的唯心主义哲学构成了浪漫主义文学运动的理论基础。

从 1789 年法国大革命到 1830 年法国七月革命，是浪漫主义所处的历史时期，这个时期的欧洲正经历着一场政治和社会的动荡。法国大革命无疑是史无前例的伟大历史事件，它对欧洲各国影响的广度和深度，或者说欧洲各国对它的接受情况，是不尽相同的。对于德国来说，法国大革命的影响在思想文化领域远比在政治经济领域强烈和深刻。革命爆发时，年轻的浪漫派作家与所有知识界人士一样，无不热情欢呼革命，问题在于当革命深入发展时他们的态度是否有所改变。从浪漫派代表人物弗里德里希·施莱格尔和诺瓦利斯的著述来看，他们的言论和态度虽然有所变化，但总的来说，他们对待法国大革命的态度还是积极的。

1799年11月9日（雾月十八日），拿破仑·波拿巴通过雾月政变而成了第一执政官。拿破仑时代是欧洲近代史上最为动荡的时期。首先受到拿破仑战争冲击的是法国的邻国——德意志。对于拿破仑所发动的战争要做具体分析，它具有矛盾的双重性。1806年，拿破仑击败普鲁士后在德国西部建立了一个由16个邦国组成的"莱茵同盟"，所谓的"德意志民族神圣罗马帝国"从此寿终正寝，从此拿破仑成了德意志命运的主宰者。在拿破仑统治区，法国部队推行一系列改革，诸如人身依附关系、等级制度、贵族和僧侣的特权均被废除，代之而起的是资产阶级的平等、宗教自由、犹太人地位的平等；经济领域中的种种束缚被解除，司法改革推行，德国知识界要求统一使用民法典，等等。所有这些措施摧毁了封建统治的基础，促进了德意志社会的进步和资本主义的发展。从这方面意义上说，拿破仑战争带有某种进步性和革命性；但是另一方面，以拿破仑为总代表的法国大资产阶级，随着其统治地位的巩固和国内资本主义的发展，其对外扩张与侵略的欲望与日俱增。法兰西原先正义的防卫战争，逐渐转变为掠夺战争和侵略战争。权欲熏心的拿破仑总是运用残酷手段强迫被占领国人民为其战争效劳，他的战争给欧洲各国人民（包括他本国的人民）带来了深重灾难，迫使他们奋起自卫和反抗。

在异族统治下，德意志人民与欧洲其他各民族一样，在生死存亡的紧要关头纷纷奋起反抗，以拯救自己的国家和民族。在爱国情绪和运动不断高涨的形势下，德国出现了一些有胆有识的改革家，例如哈登贝格侯爵、施泰因男爵等；同时也涌现出了一些具有爱国主义情怀的人士，如诗人阿恩特、哲学家费希特、学者洪堡、著名的"体操之父"雅恩，他们以不同方式号召民众反抗拿破仑的异族统治。

拿破仑垮台后，接踵而至的是封建复辟，德意志四分五裂的局面依然如故，德国知识界要求国家统一的愿望落了空。悲观失望的诗人和哲学家只好在幻想世界里寻求精神寄托，去设计自己的理想王国。

（三）浪漫派问题的复杂性

欧洲各国浪漫派的产生，虽有相同或近似的时代背景，例如都经历了法国大革命，但情况颇为复杂，它们与各自国家内部文学流派的关系不尽相同。譬如，以弗里德里希·施莱格尔兄弟和诺瓦利斯为代表的德国浪漫派，同以歌德和席勒为代表的魏玛古典文学；两者既有友好合作的一面，又有相互矛盾与斗争的一面。而当时罗马语地区新兴的浪漫派，尤其是意大利浪漫派，同居于统治地位的古典主义正展开殊死的搏斗。英国和德国，同属日耳曼语系国家，两国的浪漫派可谓"同宗同族"，同姓"浪漫"，可双方关系并不亲近。英国浪漫派更为熟悉和亲近的，是以歌德和席勒为代表的魏玛古典文学；而对德国的浪漫文学来说，它那独特的文艺理论让人感到颇为陌生，它的"反语"（或反讽）简直是让人难以理解。

在欧洲浪漫主义运动中，问题最为复杂的文艺流派，莫过于德国浪漫派。前面曾经说过，德国浪漫派本身充满各种矛盾，内部小派系众多，各种派系及其成员之间在一些重大问题上观点不尽相同，而且随着时间推移，各种矛盾也在不断变化发展。因此在看待德国浪漫派问题上，须坚持统观全局、力求辩证的分析方法，竭力避免抓住一点不计其余的片面性。像赫尔德林、让·保尔和克莱斯特等重量级作家，他们与浪漫派存在某些关系，但人们对其流派属性问题又存在分歧，对这样的作家尤其需要采用辩证分析的方法看待，不可一叶障目。另外，德国浪漫派问题的复杂性，还表现在人们对"德国浪漫派"一词的概念或含义，也有不同的理解。

与欧洲其他国家关于"浪漫派"一词的解释不同，德国的"浪漫派"一词有狭义解释与广义解释之分。狭义（或本义）是指以弗里德里希·施莱格尔兄弟和诺瓦利斯等为代表人物的文艺流派，它产生于18世纪末，延续到19世纪30年代，个别现象或人物例如蒂克，甚至延续到19世纪50年代。从广义来说，不存在上面提及的一些作家的流派归属问题，连歌德时代的作家，统统都归入浪漫主义大家庭。这种看法首先或主要来自德国以外的西方国家，主要是英国和法国的德国文学研究者。这些"德国通"把欧洲浪漫主义视为一个整体，把浪漫主义在欧洲各国兴盛的时期称为浪漫主义时代，把在这个时代生活和创作的作家统统称为浪漫主义者，歌德和席勒被称为古典的浪漫主义诗人。这些西方学者并非信口雌黄，他们的说法也是有根据的，这些根据主要包括以下几个方面。

其一，歌德和席勒的文学实践。魏玛古典文学的代表人物歌德和席勒所创作的某些作品，也带有浪漫主义因素或倾向，上文提到的歌德的诗剧《浮士德》就是这方面的突出例证，席勒的剧本《奥尔良的姑娘》和诗歌《欢乐颂》等，也都富于浪漫主义的想象。

其二，德国之外的西方著名学者的论述。法国女作家斯塔尔夫人，在流亡国外期间曾经写了一部《论德国》，由于作者是拿破仑的政敌，这本书于1810年遭拿破仑撕毁。1813年在伦敦推出法文版和英文版，成为1870—1871年前向法国和其他西方国家传播歌德时代德国文学的开拓性作品。这部文艺评论性著作被誉为当时卓越的文化交流史，它从风俗习惯、文学艺术、哲学和宗教诸方面向法国读者介绍了德国的精神生活，高度评价了以弗里德里希·施莱格尔兄弟、布伦塔诺、蒂克等为代表的浪漫派文学，热情有加地称赞了歌德和席勒具有叛逆精神的早期作品。在斯塔尔夫人的影响下，西方国家把魏玛视为浪漫文学的基地，把歌德和席勒视为古典浪漫主义者。美国当代著名学者雷内·韦勒克也根据欧洲浪漫主义文艺思潮具有统一性的论述，把歌德和席勒归入浪漫派之列。

其三，德国早期浪漫派代表人物关于浪漫主义的时代概念的论述。为提高德国文学的国际地位，替已经摆脱了法国古典主义文学形式束缚的德国文学进行辩护，继赫尔德之后，弗里德里希·施莱格尔兄弟积极倡导浪漫主义文学的概念。他们对"古典"和"浪漫"从文体风格角度进行了定义，认为前者植根于古希腊罗马文学，后者出于基督教的中世纪；前者是形象的、一目了然的，后者是音乐的、美丽如画的。

在弗里德里希·施莱格尔看来，现代文学（或称浪漫文学）始于古希腊罗马文学终结后的中世纪末年，包括15、16世纪，从但丁到莎士比亚，构成了它的头一个黄金时代。但丁、阿里奥斯托、塞万提斯和莎士比亚是这个时期的代表人物。由于莎士比亚的作品全面而又集中地体现了现代文学的各种特征，"把浪漫主义幻想最迷人的花朵、哥特式英雄时代的伟大意义，同现代交际最高贵文雅的特点，同最深邃和最丰富多彩、富有诗意的哲学结合起来"，因此弗里德里希·施莱格尔把这位英国大文豪奉为现代文艺（即浪漫文艺）的顶峰。

弗里德里希·施莱格尔兄弟和诺瓦利斯从他们的浪漫主义时代观念出发，根据歌德和席勒某些作品具有浪漫主义倾向或因素，一度把这两位古典文学大师视为他们的代表。弗里德里希·施莱格尔称赞歌德的诗为"真正的艺术与完美无缺的美之曙光"，把法国大革命、费希特的《全部知识学的基础》和歌德的《威廉·迈斯特》并列为"时代最伟大的倾向"。诺瓦利斯把歌德誉为"真正富有诗才的总督"，把歌德的《威廉·迈斯特》称为浪漫小说的理想，并以它为样板，动手写作了《赛斯的学徒》。

其四，德国文化界名流的论述。在让·保尔的《美学入门》（1804）和黑格尔的《艺术哲学》（1826）中，浪漫主义文学涵盖了歌德和席勒所创作的作品，歌德和席勒也成了浪漫主义的代表。德国著名的诗人海涅曾于1820年发表言论，把歌德和他的老师奥古斯特·威廉·施莱格尔当作"最伟大的造型艺术家""两位最伟大的浪漫主义者"。那时的海涅还是个20出头的小青年，正处于"吃浪漫主义乳汁"的成长时期，他这些表述在当时不大可能引起世人关注，但在他成名之后，这些话都会成为西方学者评论德国文学的依据。

二、欧洲浪漫主义的特征

欧洲各国的浪漫主义作为一种文艺运动，除发生在欧洲这个相同的地域之外，还有 1789 年法国大革命这个相同的历史背景、相同或基本相同的历史渊源和相同的阶级（资产阶级）基础。欧洲各国的浪漫主义自然存在着天然的联系，它们的共同特性，或者说相同或近似的特征，主要表现在以下几个方面。

（一）重主观幻想，轻客观现实

浪漫主义的文学艺术强调抒发个人感情，表现人的主观精神和内心世界。浪漫派文艺家这种追求，与资产阶级社会对利益的追求形成矛盾对立的关系。对现实生活的不满驱使浪漫主义者不得不到精神生活、内心世界里去寻求出路，同时也激发了他们抒发个人感受的强烈愿望。浪漫主义风行欧洲的年代，正是德国古典唯心主义哲学盛行之际，以康德、费希特和谢林为代表的德国唯心主义哲学，是一种强调"自我"、突出人的主观意识和主观能动作用的哲学。浪漫派的精神追求与德国古典哲学的结合，使浪漫主义重主观幻想、轻客观现实的特征更加鲜明突出，促使人们更积极地去追求解放思想，驰骋幻想，表现人的主观世界。

（二）强调创作自由

在法国大革命的影响下，浪漫主义作家和艺术家们表现了摆脱陈旧僵化的古典主义文艺规则的强烈愿望。如果说浪漫派作家在政治上表现为反对封建专制主义和教会的双重压迫，思想上力争个性的全面发展和解放，那么在艺术上则表现为反对僵化的理性主义和古典主义形式与规律的约束，为文学艺术创作争取更多自由。浪漫派在要求打破陈旧文艺法则的同时，主张打破艺术上的条条框框，消除各艺术门类的界限，使艺术从门类界限的制约下获得自由。弗里德里希·施莱格尔在其著名作品《断片》中发出了"诗人不能忍受任何法规约束"的心声，他倡导一切文艺法则不能束缚浪漫主义文学艺术，这是浪漫主义文学艺术所推崇的"第一定律"。德国浪漫派另一位代表人物诺瓦利斯在 1798 年也做过这样的表述："可理智不是要求人人都是他自己的立法者吗？人们应该只服从他自己的法则。"

（三）回归中世纪

浪漫派作家对于中世纪虽然各有各的看法，但都把中世纪视为理想的时代。德国人从这里发现他们所渴望的自然状态、北方神话、"世界文学"和"异类混合"的理想风格。所谓"异类混合"，按照奥古斯特·威廉·施莱格尔的说法，就是指古罗马文化传统与基督教文化传统、德国北方神秘主义与宗教的东方唯心主义、骑士阶层精神与僧侣阶层精神的混合。中世纪被浪漫派作家视为"幻想居支配地位的时期"，是宗教改革和启蒙运动之前的世俗化阶段。在蒂克的想象中，中世纪是个"奇妙和幻想的王国"，像蒂克、诺瓦利斯、阿尼姆、乌兰德、艾辛多夫和格林这样的浪漫派作家，都选择将中世纪作为他们作品中童话世界的背景。在浪漫派作家看来，中世纪应该包括15、16世纪，莎士比亚、弥尔顿、塞万提斯、卡尔德隆、丢勒、彼特拉克和阿里奥斯托，都是在中世纪环境里进行创作的作家，他们的作品中都洋溢着奇妙的幻想。

中世纪是个以哥特式艺术著称的时代。从前，中世纪艺术和哥特式艺术名声不佳，它们被贬为野蛮时代的艺术，"哥特式"几乎就是粗野、不文明和索然无味的代名词。自从英国人伯克、赫德和沃顿发现"哥特式"是一个反古典主义的风格概念之后，哥特式艺术就与骑士时代、骑士艺术联系起来了，哥特式艺术被看作是"宏伟的、崇高的"艺术，是与希腊艺术平起平坐的艺术。与此同时，莎士比亚文学作品价值的重新发现、惊险小说以及中世纪英雄诗歌的盛行，也引起人们对哥特式艺术的兴趣。在德国，赫尔德为恢复中世纪哥特式艺术的名声做出了重大努力和贡献。到18世纪90年代，人们普遍改变了对哥特式艺术的不公正评价。德国早期浪漫派作家瓦肯罗德提出了要以宽容的态度对待"哥特式寺院"的要求，他没有遇到任何麻烦。

随着诺瓦利斯的名著《基督教或欧罗巴》的问世，人们最终改变了对中世纪的评价。在法国，人们最先从德国和英国获得启发，开始重新评价中世纪哥特式艺术风格。夏多布里昂怀着敬畏的心情，把中世纪的基督教建筑看作是法兰西的历史文物；雨果在他的叙事诗和颂诗集中表达了对中世纪哥特式艺术的仰慕，据称，哥特式风格对他撰写美学理论著作发挥了推动作用；米什莱则用他的著述激发了法国人对哥特式艺术的兴趣；斯塔尔夫人的《论德国》使意大利人注意到了德国作家毕尔格，人们把他的叙事诗《莱诺勒》和《疯狂的猎人》翻译成意大利文，由此引起了意大利人对中世纪的兴趣。

浪漫主义作家提出"回到中世纪"的口号，表明他们在接受传统方面特别重视中世纪民间文学。这种文学想象丰富，感情真挚，语言生动，表达自由，同浪漫派所厌恶的古典主义文学形成对照，他们把中世纪的民间文学看作是文学艺术的源泉。特别是在蒙受异族侵略和压迫时期，他们对民族传统和民间文艺十分重视，他们致力于重整民间文学，提升民族意识，振兴民族精神。以德国浪漫派为例，阿尼姆和布伦塔诺合编的《男童的神奇号角》、格林兄弟的《儿童和家庭童话》以及格雷斯的《德国民间故事书》（或译为《德意志民间话本》）等，是他们在这方面所取得的突出成就。

（四）歌颂大自然

由于对资本主义城市文明和城市工业化的厌恶，浪漫主义文学艺术着力歌颂大自然，描写大自然的美和崇高，借以反衬资本主义城市生活的丑恶和鄙俗。浪漫主义者崇尚自然，与当时流行的泛神论，特别是与德国古典哲学家谢林的自然哲学有着密切关系。一些浪漫主义者接受了"神即自然、自然即神"、神存在于自然界一切事物中的泛神论观点，在他们的作品特别是在诗歌中，反映了人与自然在感情上的和谐与共鸣。前面谈到，谢林及其哲学与浪漫派的关系非同一般，在德国古典哲学家中，唯独他一人属于德国浪漫派之列。他的哲学，主要是他的自然哲学，是浪漫派理论的重要依据。他的自然哲学的基本出发点是，自然与精神是一个无法分割的统一体，他称"自然是看得见的精神，精神是看不见的自然"，人与自然之间存在着亲密无间的关系。由此我们不难理解浪漫派作家为什么那样崇拜大自然，着力描写大自然，表现人与大自然之间的密切关系。

在浪漫主义时代，人与大自然建立了一种新型的关系，歌颂大自然成了一种时尚。在启蒙运动时代，大自然对于作家来说还是陌生的，人们很少游览名山大川，更不会去歌颂大自然。欧洲学术界普遍认为，人与大自然之间新型关系的建立，首先得归功于卢梭，是他把大自然从"无生命的机械论"中解救出来，用泛神论思想赋予它以生命。他的口号"回归自然"在欧洲各国浪漫主义者中引起共鸣。

浪漫主义者格外喜爱名山大川。在斯拉夫世界，普希金、莱蒙托夫和密茨凯维奇发现了高加索和克里米亚风光。阿尔卑斯山被让·保尔称为"大自然中的奥林帕斯"，它那巍峨雄伟的英姿，令浪漫主义者无限神往，在这里，人们不仅可以观赏它那旖旎的风光，而且还能感受到大自然那鬼斧神工的创造力。在欧洲的大江大河中，莱茵河对浪漫主义者特别有吸引力，它不仅风景如画，而且河畔还有中世纪留下的破旧城堡和宫殿，它们迎合了富有怀古癖好、对废墟风光情有独钟的浪漫主义者的情趣。莱茵河的风景不仅为德国诗人海涅、布伦塔诺所赏识，同时也受到欧洲其他国家文人墨客，如雨果、奈瓦尔和拜伦等人的赞美。

浪漫主义者不仅歌颂大自然的美丽和广阔，而且也赞美它的静谧。静谧成了一些浪漫主义作家创作的主题，例如蒂克的《森林的静谧》、阿尼姆的《令人安慰的静谧》等。

三、德国浪漫派的个性特征

欧洲各国的浪漫主义文学确实具有不少共同之处，但是由于各个国家、各个民族的差异及历史文化传统的不同，各国的浪漫主义文学无不带有本民族的特性，带有本民族的特殊烙印。以德国和英国浪漫派为例，两者对待民族传统的态度，两者的文学思维方式和文学情趣，都存在着差异。譬如，在对待本民族文化文学传统方面，英国不存在浪漫派作家与古典作家之间的斗争，不存在浪漫派作家与文化文学传统决裂的问题；而在德国，浪漫派既要同启蒙运动僵化、片面的理性主义分道扬镳，又要对以歌德和席勒为代表的魏玛古典主义奉行既合作又斗争的两手策略。在思维方式方面，英国人倾向于经验主义，德国人则崇尚抽象思辨，偏爱主观想象，热衷于内心生活的探索。在文学情趣方面，英国人偏爱诗歌，而德国人则钟情于断片、反语、怪诞、民间童话和艺术童话。美国当代著名学者雷内·韦勒克指出，英国浪漫派作家对德国浪漫派作家所热衷的"怪诞""反语"等文学表现形式，简直无法理解。同样，德国浪漫派与欧洲其他国家的浪漫派之间也存在着这样或那样的差别，这是不足为怪的。总的来说，德国浪漫派有如下三个方面的个性特征。

（一）重理论，轻实践

德意志民族是个以擅长思辨著称的民族，自18世纪以来，先后出现了众多举世闻名的哲学家、思想家和理论家。浪漫派在德国兴起时期，探索理论的热潮方兴未艾。德国的古典哲学家康德、费希特、谢林、黑格尔等人的学术活动把德国"理论热"推向一个前所未有的高峰，难怪诗人歌德情不自禁地发出了"少一点哲学，多一点活力，少一点理论，多一点实践"的感慨和呼吁。

德国早期浪漫派深受这种"理论热"感染，他们经常聚在一起探讨宗教、哲学等学科的问题，"共同寻找世间万事万物的真谛"，从而践行了弗里德里希·施莱格尔倡导的"协作哲学"主张。早期浪漫派代表人物弗里德里希·施莱格尔兄弟和诺瓦利斯都具有理论家应有的素质，他们具有敏锐的观察力、广博的知识和过人的思辨能力，理论著述颇丰。奥古斯特·威廉·施莱格尔的《论文学与艺术》，特别是《论戏剧艺术与文学》曾经名噪一时，在欧洲产生了广泛的影响。英年早逝的诗人诺瓦利斯留下了大量理论著作遗稿，尚待整理出版。

理论家弗里德里希·施莱格尔更是著作等身，由恩斯特·贝勒主编的《弗里德里希·施莱格尔全集（评注本）》多达 35 卷，足见这位浪漫派理论大家的建树是何等的不同凡响。

（二）热衷于"断片"创作

早期浪漫派代表人物诺瓦利斯和弗里德里希·施莱格尔都格外偏爱断片创作，诺瓦利斯著有《花粉》《信仰与博爱》等断片集。如果说这位浪漫派诗人由于英年早逝，所作断片数量相对少些，那么他的挚友弗里德里希·施莱格尔所作断简残篇的数量简直浩如烟海。弗里德里希·施莱格尔不仅偏爱而且也擅长写断片，先后写了《评注性断片》《〈雅典娜神殿〉断片集》《哲学见习期》和《诗与文学断片》等多种断片集，数量多达万则以上。

早期浪漫派代表人物之所以热衷于断简残篇的创作，同他们的思维方式、所谓的体系观念、关于文学艺术的理想，都是密切相关的。耐人寻味的是，除了大量断简残篇式的理论著述外，浪漫派作家还留下了一些断片式的小说，诸如诺瓦利斯的《亨利希·冯·奥弗特丁根》、霍夫曼的《雄猫穆尔的生活观》和阿尼姆的《皇冠守护者》。

（三）偏爱写内心生活

浪漫派作家崇尚主观幻想，认为作家应该带头创建一个真正的内心世界，以对抗虚伪的现实世界。他们认为现实世界是以经验为基础、以客观事实为依据的，带有很大的狭隘性和局限性，而诗人的精神世界、内心生活可以直通广阔无垠的宇宙。浪漫派作家看重对内心生活和精神世界的描写，与当时社会现实涌现出来的诸多弊端密切相关。当时的德意志是个政治腐败、经济落后、社会状况"一团糟糕"的封建割据国家，敌视艺术和艺术家的情况异常严重，因而在浪漫派作家中要求改变现状的呼声甚高，这是他们当初拥护法国大革命的重要原因。但法国大革命的后果却令他们悲观失望，欧洲封建复辟的丑恶现实，促使浪漫派产生了逃避现实、从内心生活出发构建自己的精神世界的倾向，借以获得精神上的安慰和解脱。

第三章　德国浪漫主义文学典型人物的
文学创作研究

德国浪漫主义文学是世界文学的重要组成部分，本章旨在通过分析德国浪漫主义文学典型人物的文学创作，以此深入了解德国浪漫主义文学。因此本章从蒂克的文学创作、弗里德里希·施莱格尔的文学创作两个方面进行论述，主要内容有文学创作的背景、文学创作的方式等。

第一节　蒂克的文学创作

一、文学创作的背景

蒂克在浪漫主义文学时期所进行的大量文学翻译活动以及译介评述研究成果都在他自己的文学创作活动中得到了具体的体现，特别是蒂克对莎士比亚创作方法的研究，直接影响到了蒂克在浪漫主义文学早期的文学创作。蒂克自己在进行文学创作时，尤其是对莎士比亚作品中的机智、奇异以及反讽等手法的借鉴和运用发挥到了淋漓尽致的程度。另外，蒂克作为《堂吉诃德》的译者，也受到了塞万提斯创作手法的影响。因此，本节的重点是联系蒂克在文学翻译实践中的成就，具体探讨蒂克在自己的文学创作中如何借鉴了他的文学翻译和评述成果，以最终体现他在早期浪漫主义文学创作中的"世界文学"观。

蒂克写过很多文学作品，包括长篇小说、中篇小说、艺术童话以及戏剧作品等。他善于运用各种文学形式推广浪漫主义的题材，擅长运用反讽的手法描绘超自然力量的存在，他主张通过创作戏剧、小说、故事等各种体裁的文学艺术作品来拯救世界、救赎心灵。

蒂克在浪漫主义早期所创作的艺术童话《金发的艾克贝尔特》中，塑造了一个在幻觉和现实之间迷失自己的角色，"森林孤独感"和"中世纪"在这篇童话中起着重要的作用。

蒂克通过其讽刺喜剧使德国戏剧恢复活力，如《穿靴子的公猫》嘲讽了多愁善感的人。弗里德里希·施莱格尔对这部作品做了如下评价："我讨厌猫，但彼得·雷伯莱希特的穿靴的雄猫不在此列。它长着爪子，谁被它抓了便大声地诅咒它；它随之在戏剧艺术的屋顶上信步游荡的情景，又使许多人笑逐颜开。"

莎士比亚、歌德等作家对当时还是学生的蒂克产生了深远的影响，蒂克还曾以莎士比亚的诗歌为学习对象进行创作。蒂克后来在启蒙主义思潮的影响下开始创作，其中以长篇小说《威廉·洛威尔》为代表。弗里德里希·施莱格尔对这部作品给予了很高的评价："如果在一部长篇小说里，以一种有趣的方式塑造并阐明了一个全新的性格，那么即便依照最寻常的看法，也足以使这部小说出名。《威廉·洛威尔》无可争议享有这个功绩。"后来，蒂克开始创作长篇小说《施特恩巴尔德的游历》，虽然没有完成，但是这标志着他从启蒙主义向浪漫主义的转变。

《施特恩巴尔德的游历》是一部浪漫主义小说，它与歌德的《威廉·迈斯特》齐名，描述了一位年轻艺术家天真率直、无忧无虑的生活及旅程。小说为渲染美化中世纪的牧歌生活创造了一个梦幻国度。这本书没有贯穿全书的主要情节，它叙述一个生活在 16 世纪的青年画家施特恩巴尔德漫游意大利的经历，其中穿插着一些谈话、感想、诗歌和写景，其实是蒂克对艺术和自然的沉思。浪漫主义者们偏爱的自然是黑夜和峡谷的孤寂。而蒂克在这一蛮荒的风景上，又挂上了一轮发着冷幽之光的圆月。这就是他发明的"森林间的孤寂"和"月色皎洁的魔夜"。研究蒂克的传记作家克普克曾经把蒂克的这种孤寂归因于蒂克的成长环境——他沉醉在自然之中，兴奋得近乎痛苦、疯狂，仿佛有一种神秘的力量在推动他前进；月亮以万道金光映照在粼粼的水波上，或者像梦境似的从丛林和树木间透射下来，山和水草似乎都带上了情感。蒂克在他的作品中重点强调了他对自然神秘主义的向往，尤其是在他的戏剧中，这也成了他的特色之一。

蒂克在浪漫主义后期仍以浪漫主义的理论为指导进行创作，在他的戏剧作品中著名的有喜剧《奥克塔维安皇帝》、悲剧《神圣的格诺菲娃的生与死》和童话剧《福尔吐纳特》。这 3 部剧本的素材都来源于同名民间唱本，蒂克对此进行了改写，这三部作品都成为浪漫主义的代表作。蒂克在这些剧本中也像他在小说中一样，不顾体裁的界限，融抒情、叙事和戏剧因素为一体。在内容上，则美化封建骑士制，赞扬天主教中世纪封建等级制的社会。

除了剧本之外，蒂克也尝试创作其他体裁的作品，比如小说和童话。而这些小说的素材多是来源于民间故事。1797 年，他以彼得·雷伯莱希特的笔名改写并创作了《民间童话集》3 卷，其中改写的有民间故事书《希尔德市民故事集》《美丽的玛格洛纳》，创作的有《金发的艾克贝尔特》。后者是他的代表作，并且创立了德语文学中童话小说这一新的文学体裁。此外，蒂克还创作了童话剧，这是德语文学中成功的诙谐作品，体现了"浪漫主义的反讽"风格。1798 年，蒂克创作了《穿靴子的公猫》之续集——文学喜剧《王子策尔比诺或曰寻求优雅趣味之旅》，在论战性作品中堪称经典之作。在这部剧中，与诗相对立的思维方式受到了阿里斯托芬式的机智的重创，同时又以一种美的方式勾勒出了浪漫诗的轮廓。

在德累斯顿时，他的创作转向与现实相联系的题材，描写最新的市民生活，例如中篇小说《年轻的木匠师傅》《人生的丰足》。长篇历史小说《维多利亚·阿科隆波纳》的主题涉及妇女解放问题，塑造了意大利文艺复兴时期的妇女形象，是这个时期最重要的作品。

蒂克还曾翻译西班牙小说家塞万提斯的《堂吉诃德》，并和奥古斯特·威廉·施莱格尔合译了莎士比亚的剧本。丹麦文学史家勃兰兑斯曾如此叙述蒂克的性格，他具有"怕鬼而又喜欢闹鬼的阴沉气质，天生的几乎达到疯狂边缘的忧郁，不断要求坚持光明权利的一种比较清楚而又冷静的悟性，一种生活于情绪之中并制造这种情绪的非凡能力"。无论是他的戏剧，还是他的小说，都具有强烈的幽灵气、残忍的色情味和冰冷的讽刺意味。

蒂克曾以其《梦幻全集》等一系列的文学作品而成为德国浪漫主义文学时期的著名作家。他在进行文学翻译的过程中，对不同的诗律格调进行了研究和实验，包括西班牙文学作品中的"准押韵"、意大利文学作品中的"三行诗节"以及莎士比亚、塞万提斯作品中的"十四行诗"等各种不同的诗律格式。

蒂克不仅在翻译时注重用诗体再现原作的韵律美，而且还将这种诗韵形式借用到自己的文学创作中，追求语言的诗韵格律。蒂克在文学创作中所做的这些借鉴与实验甚至为浪漫主义文学后期及之后的新诗歌实验做了铺垫。蒂克在翻译塞万提斯的《堂吉诃德》时，尽力用德语再现西班牙文学中所特有的准押韵诗律。他在德语文学的准押韵方面首开先河，直接影响到了德国浪漫主义文学同时期的其他代表作家的文学创作，作品的语言追求音乐性，韵脚也十分优美自然。浪漫主义文学后期的代表性作家布伦塔诺就深受蒂克的影响，在其宗教叙事诗《花冠传奇》中，布伦塔诺对准押韵诗律的运用达到了高潮。

二、文学创作的方式

蒂克在自己的文学创作中非常注重创作手法的借鉴和运用。早从青年时代开始，蒂克就钟情于歌德、莎士比亚以及塞万提斯的作品。他在翻译莎士比亚以及塞万提斯的作品的同时，专门撰文评述这两位伟大作家的作品，并且在自己的文学创作中直接借鉴了文学译介的研究成果。首先，蒂克极力推崇莎士比亚作品中的想象艺术和奇异手法。在莎士比亚的作品中，想象作为一种艺术手段发挥着主宰作用，使整个宇宙生动、奇异地充满着神力和魔力。那些在月光下游戏的精灵通过作家的想象，从神秘的无形世界来到有形世界，成就了作家笔下一个个伟大的悲剧形象。蒂克最初翻译了莎士比亚的《暴风雨》之后，就莎士比亚诗艺中的奇异性撰写了《莎士比亚对"奇异"的处理手法》一文，表明了他对魔性及其效果的研究。

蒂克自己进行文学创作时，也充分发挥想象之能事。在浪漫主义文学早期，他在从事文学翻译和中古德语文学的整理研究过程中，以笔名彼得·雷伯莱希特编辑出版了三卷本民间童话集《民间童话集》。奥古斯特·威廉·施莱格尔在关于这部作品的书评中，称蒂克为"一个真正意义上的诗人，一个作诗的诗人"。1812 年，蒂克在其《梦幻全集》中运用想象和奇异的表现手法所创造的艺术童话作品，成为浪漫主义文学时期的一种特有的文学体裁，在文学史上享有很高的声誉。

在蒂克的艺术童话作品中，作者通过想象创造了一个个荒诞的梦幻境界，使梦境和现实融为一体，极力挖掘人物的内心世界，表达他们的多重复杂情感。在《梦幻全集》中，《金发的艾克贝尔特》《小精灵》《鲁嫩山》等都是蒂克的艺术童话代表作。在全集的序文中，作者首先描述了所有关于外部世界的明确印象是如何流入他的内心的，继而形成了一股神秘的自然魔力。

> 我把它当作幽壑和高山，
> 当作森林、悬崖和平原，
> 它原来是一个硕大无比的头颅，
> 森林就是它的头发和须髯。
> 它含笑静观着它的孩子们
> 在它面前快乐地玩耍；
> 它一眨眼，又以森林的神圣的骚动，
> 预示着一阵令人恐怖的惩罚。

关于蒂克的艺术童话作品中神秘的自然魔力，在此仅以《梦幻全集》中的

《金发的艾克贝尔特》为例，来说明蒂克对想象和奇异手法的运用。故事中的主人公艾克贝尔特是一位金发的骑士，他和妻子贝尔塔在哈尔茨山的一座城堡中过着宁静的生活。艾克贝尔特结识了自然学家瓦尔特，两人经常在山间散步。接下来，贝尔塔给大家所讲的故事构成了整部作品的关键内容。故事里充满了离奇和不可思议的事情：孤寂大森林中神秘的老妇人有一只会唱歌的小鸟，小鸟每天下的蛋中总有一粒珍珠或宝石，贝尔塔劫财杀鸟并遭老妇人报复，最终艾克贝尔特和贝尔塔都受到了早逝的惩罚。作品中充满了梦幻的氛围，很难分清哪些是现实、哪些是梦境，二者融为一体。作者借这种神秘性来逐步展开人物内心世界的混乱，说明了人在世间的盲目性。而冥冥之中总有一股神秘的力量安排着一切，人注定了只能听天由命。当然，作者通过这种神秘的魔力幻想，并不是要表达恶有恶报，而是在赞美自然中的森林孤寂。这才是蒂克以离奇的想象在《金发的艾克贝尔特》中要表达的主题。

除了对想象和奇异手法的借鉴和运用外，蒂克集多年研究莎士比亚的丰硕成果，以其特有的精确思维方式详细阐明了他对反讽的理解。蒂克在作品中采用的讽刺和模仿手法与弗里德里希·施莱格尔所提倡的反讽风格极为相似。作者在创作时如同局外人，用文学实验的形式来就文学本身进行探讨。对莎士比亚的研究使蒂克对反讽手法有了更深入的理解，后来蒂克在他自己的文学创作中把浪漫主义反讽的创作手法发挥得淋漓尽致。塞万提斯在《堂吉诃德》中也经常使用反讽的手法，作者一开篇就抽身出来，巧妙地处理了现实与文学之间的关系。他对浪漫派的影响不仅仅体现在讽刺手法的运用、表现形式的多样性上，更多的是强化了德国浪漫主义文学作品中的幻想、历险和戏剧性。

蒂克在对这两位作家的作品进行翻译和评述时，也着重研究了他们的创作手法，特别是对反讽手法的借鉴，认为从理想与现实社会的重重矛盾中，才产生了讽刺的手法。在此基础上，蒂克创作了一系列具有鲜明浪漫主义反讽特征的戏剧作品，如《穿靴子的公猫》《被颠倒的世界》等。从这些作品中可以看得出来，蒂克已经受到了莎士比亚戏剧风格的影响，吸收了塞万提斯的创作方法，学会了使用机智、诙谐、反讽等手段，并将它们有机地融合在一起。德国早期浪漫主义美学研究专家曼弗雷德·弗兰克称，蒂克在《穿靴子的公猫》中对反讽手法的运用，使得"在打破幻想这一方面没有人能够超过他"。蒂克在这部戏剧中一如既往地打破了现实与幻想之间的界限，两者交织融合为一体，以戏中戏的形式增强了作品的戏剧性。后世的许多作家都深受蒂克的影响，但是他们对反讽手法的运用都没有达到蒂克所取得的成就。只有在毕希纳的戏剧作品《列翁斯与莱纳》中可以找到这种反讽手法，而且是完全继承了蒂克的传统。毕希纳在这部带有浪漫色彩的童话剧中极尽反讽之能事，把王公贵族作为嘲讽对象，讽刺了贵族阶级的寄生哲学。

不仅蒂克的文学创作深受莎士比亚、塞万提斯等大家的影响，同时他本人的文学作品也影响了德国同时期以及之后的作家。蒂克最早创作的长篇书信体小说《威廉·洛威尔》为年仅23岁的诗人赢得了广泛的声誉，当时的《文学汇报》马上就对这部作品做出了较高的评论。同时，《威廉·洛弗尔》在读者中也引起了巨大反响。单从主人公的名字上看就知道这是一位英国人，以至作品一问世就有评论怀疑它并非出自青年蒂克之手，而有可能是直接译自英国文学作品的一部译作。

由此可见，蒂克在创作时不仅尝试采用了书信体这种极具说服力的文学形式，还大胆借鉴了他对英国文学的译介成果，直接付诸创作实践。蒂克笔下的主人公洛威尔为后来的很多作家提供了创作参照，很多浪漫主义文学时期的作家在文学创作上都受到了蒂克这部作品的影响，让·保尔、布伦塔诺、阿尼姆、艾辛多夫等人在创作时都参照了洛威尔这个人物形象。

1798年，蒂克根据自己与好友瓦肯罗德在纽伦堡的漫游经历，写成了断片体艺术家小说《施特恩巴尔德的游历》。在这部作品中，蒂克已经学会了穿插不同的文学表现形式，集一些松散的片段、插曲以及艺术感想等于一体，最先在创作实践上借鉴了英格兰伊丽莎白戏剧作品中常见的文体混用的方法，也体现了浪漫主义文学的"整体诗学"理论，即包罗一切。在文学形式上，蒂克模仿了歌德的《威廉·迈斯特》；但是在精神实质上则截然不同于歌德，而是从浪漫主义的观念出发，追求人生和世界的诗化。

《施特恩巴尔德的游历》在创作实践上为浪漫主义文学首开了先河，涉及题材广泛，小说形式多样，对诺瓦利斯、布伦塔诺、艾辛多夫、霍夫曼等人的浪漫主义文学创作产生了较大的影响。虽然《威廉·洛威尔》和《施特恩巴尔德的游历》都是通俗文学作品，但是蒂克在作品中所展示出来的写作风格，已经具有明显的浪漫主义色彩。

第二节 弗里德里希·施莱格尔的文学创作

一、文学创作的背景

（一）家庭背景

弗里德里希·施莱格尔出身于一个声名显赫、传统久远的新教家庭。这个家族中的不少人都是当时的著名知识分子，有的人甚至与文学有千丝万缕的关系。有人认为这个家族中的文学人物能够排列成一个方阵，组成德国文学批评和文学理论界的一支精锐部队。的确，自17世纪起，弗里德里希·施莱格尔家族里就出现了不少有名望的牧师、法学家、历史学家、诗人、文学理论家和文学批评家，从而使弗里德里希·施莱格尔家族成为德国历史上声名远播的家族。

弗里德里希·施莱格尔家族的故乡是德国瓷都——萨克森州的迈森。这个家族一度迁居罗马尼亚的特兰西瓦尼亚，那是个罗马尼亚人、匈牙利人和德意志人杂居的地方。弗里德里希·施莱格尔的曾祖父克里斯托弗里德里希·施莱格尔曾经担任当地的牧师，对当地文化建设做出过贡献，被册封为贵族。到了18世纪，弗里德里希·施莱格尔家族的后裔当中逐渐出现了更有名望的人物。弗里德里希·施莱格尔的祖父约翰·弗里德里希·施莱格尔是迈森地区诉讼法院参事和教会养老院法律顾问，算得上是新教的高级神职人员，他对诗歌有浓厚兴趣，也对子女的文学修养给予关注。这位法律顾问闲时喜欢写诗，一生中孜孜不倦地创作了一部诗集，但从未公之于众。他有写诗的爱好，但却无法与他的公职协调起来，所以始终处于做个市民还是做个艺术家、关注日常生活还是关注精神创造的矛盾之中。这是德国知识分子的典型矛盾，这一矛盾曾经成为德国作家偏爱的写作主题。

在老约翰的孩子中，即弗里德里希·施莱格尔的父辈中出现了三个著名的知识分子。弗里德里希·施莱格尔的伯父埃利亚斯和父亲阿道尔夫，与文学的关系更为密切，他们幼年时都在著名的贵族学校接受过精英教育。他的伯父约翰·埃利亚斯·弗里德里希·施莱格尔是莱辛之前德国启蒙运动文学最优秀的剧作家和戏剧理论家。文学史家奥斯卡·瓦尔策称赞他为莱辛之前德国"最聪慧的批评家"。莱辛和他的朋友、哲学家莫塞斯·门德尔松，都把他视为当时德国最伟大的戏剧家。埃利亚斯曾经结识丹麦剧作家霍尔贝克，为繁荣丹麦戏剧做出过贡献。著有喜剧《寡言的漂亮姐》和《善女的胜利》，表现市民向往聪明、伶俐、自然的教育理想；重要戏剧理论著作有《论摹仿》《关于繁荣丹麦戏剧的想法》等，阐述了摹仿的真实性与可能性之间的辩证关系，初步改变了欧洲大陆文学理论界对亚里士多德摹仿说的歪曲理解，指出真实的艺术描写在某种情况下可以不必是自然事物的再现，艺术允许作家表现人物性格时集多种典型于一身，允许运用夸张的讽刺。他不认为戏剧有所谓普遍适用的规则，他认为不同民族的生活习俗会造成不同民族戏剧的特殊性。显然他的艺术观影响了他的两个侄子的浪漫主义艺术观。

弗里德里希·施莱格尔的父亲曾经担任过中学神学和形而上学教授，还先后在汉诺威和诺伊施塔特担任教会牧师，曾以布道的雄辩口才、激越的情绪而闻名遐迩。在莱比锡读书时，经过他哥哥埃利亚斯引导，结识了莱比锡一些著名新派知识分子。他们在艺术思维方面都倾向于摆脱当时文学界大名鼎鼎的高特舍特理论教条的束缚，反对片面追随法国新古典主义戏剧规则，走创新的民族戏剧道路。阿道尔夫虽然在新教仕途上一帆风顺、平步青云，但他始终矢志于文学创作，一生创作出版了两卷混合体诗歌集、一卷布道词集。这些作品表明，他是一位具有启蒙思想、能言善辩、才华横溢的神学家。

弗里德里希·施莱格尔的一位叔父曾经攻读法律，历任丹麦哥本哈根大学历史学和地理学教授，还担任过丹麦皇家图书馆馆员和皇家撰史官，代表性的著述有两卷本的《奥尔登堡部族以降丹麦列王传》。

18世纪40年代，埃利亚斯和阿道尔夫两兄弟在文学上所取得的成就，使弗里德里希·施莱格尔这个姓氏在当时德国文学界家喻户晓。青出于蓝而胜于蓝，阿道尔夫的两个儿子——弗里德里希·施莱格尔和他的哥哥奥古斯特·威廉·施莱格尔在文学上的杰出成就，更是使弗里德里希·施莱格尔这一姓氏的声望远远地越出了德国的国界。

弗里德里希·施莱格尔于1772年3月10日出生于汉诺威市。其父为该市市场教堂牧师，后来晋升为（汉诺威所属的）诺伊施塔教会监理会成员和总牧师。其母约翰娜·克里斯蒂安妮·埃德穆特出生于当地一位数学教授家庭，是位贤妻良母，在家中专心料理家务和照顾7个孩子（五男二女）。弗里德里希·施莱格尔的大哥和二哥继承家庭传统，操持牧师职业。三哥偏爱冒险活动，二十出头就随同一个汉诺威军团受英国国王差遣远赴印度，不久便亡命于东印度的马德拉斯。两个姐姐亨丽埃特和夏洛苔分别嫁给比利时安特卫普（省）的两个贵族子弟，也就是恩斯特兄弟。夏洛苔在弗里德里希·施莱格尔的生活中曾经扮演过重要角色，她的丈夫路德维希·埃曼努埃尔·恩斯特曾经在德累斯顿担任萨克森王国宫廷财务秘书，她的弟弟弗里德里希·施莱格尔当年曾经一度生活没有着落，不断得到她的物质接济，晚年又以清醒的意识批评过弟弟搞什么神秘主义的"传心术"。弗里德里希·施莱格尔与哥哥奥古斯特·威廉·是家里年龄最小的两个男孩，他们之间的关系也最为密切，他们的文学成就为弗里德里希·施莱格尔家族赢得了空前的荣誉。

（二）青少年时期

青少年时期的弗里德里希·施莱格尔，在性格方面与其四哥奥古斯特·威廉·施莱格尔表现出鲜明的反差。四哥纪律观念强，勤奋好学，读小学时就开始写诗，很快成了父母的宠儿和骄傲。而弗里德里希·施莱格尔却郁郁寡欢、沉默少言、性格内向，喜欢沉思冥想，不善与人交流，是个让父母操心和不安的孩子，后来母亲称他"脾气古怪"。他的四哥在文科中学读书时就给人以早熟的印象，曾经在校庆典礼上以自创的诗歌形式朗诵德国文学的历史，他的才华引起师生的关注。弗里德里希·施莱格尔却因为难以调教，让父母对他的未来心生忧虑，于是被父亲送到一位舅舅家里，期盼他在新的环境里得到健康成长。后来又被送到弗里德里希·施莱格尔的大哥莫里茨家里。他的舅舅和大哥都在汉诺威农村担任牧师。后来弗里德里希·施莱格尔又被父亲送到莱比锡一个银行家那儿去当学徒，希望他能学会独立生活。但是，这种接二连三的尝试由于违背了孩子的兴趣和意愿，全都失败了。数月后，父母对这孩子感到无可奈何，又不得不把他接回汉诺威。日后弗里德里希·施莱格尔在文学领域取得傲人成就，读者从他写的"断片"里可以读到"孤独"对于人的教育意义，对于人的独立自主性格的形成会有怎样的价值。无疑，在那段时间的生活里，少年弗里德里希·施莱格尔养成了在忧郁中进行自我反思和分析的性格特点，这种性格特点对他日后的文学创作和理论思考是大有益处的。日后弗里德里希·施莱格尔在思考文学艺术的起源时，总是把它与文学艺术家的内省反思行为联系起来，他认为现代文学最奇妙的因素就是作者的内心独白，这不是恰恰道出了弗里德里希·施莱格尔青少年时代的切身体验吗？

在家中，最了解、最关爱弗里德里希·施莱格尔的，莫过于他的四哥奥古斯特·威廉·施莱格尔。这位仅仅年长他4岁的兄长，既是亲密的胞兄，又是真挚的朋友、优秀的引路人和教育者。他的成长和发展与这位胞兄的关爱和帮助是分不开的。而弗里德里希·施莱格尔对哥哥也同样怀有深厚的感情，充满信赖，就连15岁初恋时的感受也写信告诉他。兄弟两人几乎终生保持着深厚的情谊和密切的关系，由于他们在文学事业上创造了佳绩，被世人称为"评论界的哥俩好"。

当弗里德里希·施莱格尔的父亲为了改变他内向的性格、培养他独立生活的能力，让他离开家庭去接受实用教育的时候，他的四哥已进入哥廷根大学去攻读语言文学了。在那里，他很快便显示出自己是个才华横溢的青年。他为语言文学老师海涅主编的维吉尔著作编写了一篇附录，得到古典文化科学研究界的一致好评。他写了一篇《荷马著作中的地理研究》，论文获得了大学的奖励。他还写了一首形式相当完美的诗歌，向著名的民谣诗《雷奥诺莱》作者毕尔格表示敬意和崇拜之情。毕尔格也作诗一首回应他的仰慕，夸奖他是个"富有诗才的孩子""可爱的青年"，称赞他是一只"年轻的鹰"。哥廷根大学时期，奥古斯特·威廉·施莱格尔还结识了他后来的妻子卡罗利妮，他的妻子成了活跃在哥廷根文化圈子里的缪斯，与弗里德里希·施莱格尔兄弟关系密切。

大概是由于受到四哥在大学里的出色表现的鼓舞和激励，16 岁的弗里德里希·施莱格尔突然产生了进大学读书的强烈欲望，他也要步其胞兄的后尘，进入哥廷根大学深造。为了进入高等学府，他必须通过自学途径来弥补中学时期耽误的学业。这对他来说是一次严峻的考验，这个平时显得忧郁孤僻的少年，却以极大的勤奋和惊人的毅力通过了这次考验，他的读书热情和卓越的天分令全家人感到震惊。在短短的两年时间内，他完全学会了拉丁语和古希腊语，同时他还阅读了大量的书籍，拥有了渊博的文学理论知识，熟知了古希腊罗马思想史。这期间，弗里德里希·施莱格尔如饥似渴地阅读柏拉图的著作，正是在这位古希腊哲学家的启发下，他产生了"追求无限"的思想，为日后的浪漫主义理论奠定了思想基础。数十年后，他在讲授《生命哲学》时还提到，自己第一次接触这位古希腊哲学家，便留下了难以忘怀的印象，他说："自从我怀着无法描述的求知欲望通读柏拉图的全部著作以来，已经过去 39 个年头，迄今为止，我除了研究其他学科之外，哲学始终是我的主要研究课题。"

1790 至 1791 年冬季学期，弗里德里希·施莱格尔跟随他的哥哥进入哥廷根大学，选修法学。刚刚开始的时候，他似乎还十分用心地学习这门课程，但没过多久，他那强烈的求知欲望就使他不再满足于为求职而选修的课程。任由包罗万象和毫无规律的求知欲摆布，在法学专业课外，他还选修了数学、医学和物理学，旁听他哥哥的导师海涅开的古代语文学，还选修古典哲学和历史课。他博览古今书籍，涉猎广泛，涵盖了文学、哲学、美学等不同领域，不仅喜欢本国文集，外国的也让他爱不释手。他在哥廷根阅读过的图书中，最值得一提的是赫尔德、康德、温克尔曼等人的著作。但他对自己一味接受别人的知识、自己却没有任何创造性行动感到不满，他觉得这样下去自己会成为一个只会重复别人的知识、自身毫无创新能力的人。他厌烦了这样的学习生活。

1791 年的复活节，他终于下定决心离开四哥，选择了去莱比锡大学继续深造的道路。弗里德里希·施莱格尔与他的胞兄暂时各奔西东。他的哥哥在大学期间凭着突出的学业和在翻译方面取得的成就，引起学术界的关注。他在赫尔德的鼓励下选译了但丁《神曲》的部分章节，并与毕尔格一道翻译了莎士比亚的《仲夏夜之梦》。1791 年大学毕业后，他拒绝在哥廷根担任中学教师，而是去了荷兰的阿姆斯特丹，那里有一位富商给他提供了一个无忧无虑的家庭教师岗位，他在阿姆斯特丹既有丰厚的收入，又有安定的生活，在教书之余还可以从事他的研究工作。

弗里德里希·施莱格尔则于 1791 年 5 月转到莱比锡大学，继续他的法学专业学习。刚开始，他还能以难以忍受的严格纪律约束自己，继续他那毫无兴趣的法学学业。但法学专业毕竟不是他的所爱，他在哥廷根读书时就已经对人文科学产生了兴趣，在莱比锡他用了大量时间阅读赫尔德、莱辛、温克尔曼、伏尔泰、但丁、莎士比亚等人的著作，用杂乱无章的阅读来满足自己的读书欲望。他曾经写信告诉四哥，说他自己仍旧在"博览群书"。其实他在当时以华丽浮躁、花天酒地著称的城市里，很难坚持那种毫无兴趣的学业和漫无目的的阅读，他想冲破离群索居、郁郁寡欢的生活，投入时尚的"社交活动"，做一个"善于社交的人"。

随着时间的流逝，卡罗利妮的孩子降临人世，弗里德里希·施莱格尔当了为孩子命名和洗礼的教父，他欣慰地看着她们母子健康平安，感到自己的使命也该结束了。同时他因为经济问题而不得不离开莱比锡，他在这里没有办法继续研究，尽管他可以借贷，但是债务像滚雪球一样增长，令他不知是福还是祸。于是他决定于 1794 年 1 月，怀着做一场像温克尔曼一样的学问家的梦，动身前往德累斯顿，投奔姐姐夏洛苔。这时的德累斯顿是萨克森公国的首都，他的姐夫路德维希·恩斯特是萨克森公国王宫财务秘书，凭着他的职务，足以供养这个没有任何收入的内弟进行他的研究工作。弗里德里希·施莱格尔的这一行动，意味着他结束了自己的大学生涯，也意味着他结束了一味吸纳别人知识的时期，开始了创造性自学的道路。

从 1794 年 1 月至 1796 年夏，弗里德里希·施莱格尔在德累斯顿居住了两年。弗里德里希·施莱格尔在德累斯顿的阅读和研究始终围绕着一个中心。在这段时间里，他继承了在哥廷根和莱比锡形成的读书狂热，阅读了大量古典作家的著作，撰写了数量相当可观的论文。这一段阅读和研究经历为弗里德里希·施莱格尔的学术生涯奠定了一个坚实的基础。

弗里德里希·施莱格尔离开莱比锡时，就怀有一个做温克尔曼式学者的梦想，那就是研究古希腊的历史和文化。这种研究兴趣，显然与温克尔曼《古代艺术史》的影响是分不开的。这部著作在 18 世纪的德国文化界具有广泛影响，大大地启发和推动了德国知识界对古代希腊文化的认识和理解，激起了德国学术界研究古希腊文化的热情。他们的着眼点不同，温克尔曼从古希腊造型艺术入手探讨美的本质，认为美是某种理想的东西、神圣的东西；弗里德里希·施莱格尔则从古希腊的诗歌入手，认为美是对深深植根于人心中的两种截然不同的冲动进行成功综合的结果。在弗里德里希·施莱格尔看来，人是有思想的生物，每个人都是由两种不同的本性构成的：自然和文明、生命和精神、感性和理性等。文学创作如果偏向于"自然""生命""感性"的一面，其结果可能是使不受制约的、野蛮的冲动泛滥成灾，令人变得粗野、没有爱；相反，如果对立的本性得到充分宣泄，很可能给人以冷酷、抽象和千篇一律的印象，使艺术变得苍白无力。所以，弗里德里希·施莱格尔主张美是一朵"综合之花"，在他看来，所谓审美教育，就是把对立的两种冲动成功地综合起来。德国弗里德里希·施莱格尔研究专家认为，他的主张当中活跃着席勒和康德的美学思想。

　　弗里德里希·施莱格尔研究专家还认为，他在德累斯顿时期完成的论文，可以归纳成两部分，一部分是专门研究美学的，可以称为"美和文学"；另一部分是专门研究古希腊文学史的，又称"希腊诗的历史"。在关于美学研究的论文中，有一篇长达 250 页的论文，标题为《论希腊诗的研究》。这篇论文的重要性在于，如同席勒把文学区分为"朴素的诗"和"伤感的诗"一样，弗里德里希·施莱格尔提出了"客观的诗"和"有趣的诗"的分野，这一对概念的提出具有划时代的意义，即为他的浪漫主义文学理论奠定了基础，在观念上完成了从古典文学向现代文学的转变。

　　在 18 世纪的德国文化界，弗里德里希·施莱格尔的古典文化观主要受温克尔曼的影响。他在 1755 年发表了一篇论文，标题是《关于在绘画和雕塑中模仿希腊作品的一些意见》，在这篇论文里，他提出了后来的《古代艺术史》美学思想的雏形。他说无论是就姿态来说，还是就表情来说，古希腊艺术作品的优点都是"高贵的单纯和静穆的伟大"。这一著名的言论，在相当长一段时间里左右着德国人对古希腊文学艺术的理解和认识。温克尔曼认为，希腊人用他们的艺术形象，表现了一个处于激烈感情里面的伟大而沉静的灵魂，正如海面上是惊涛骇浪，而海底的水依旧是寂静一片。他以"拉奥孔"群像为例，说雕塑家把他们父子"身体的痛苦"和"精神的伟大"均衡地分布在群像的结构中，拉奥孔父子身体的极端痛苦，并未在面容和姿态上表现得多么激烈。温克尔曼的研究后来启发莱辛撰写了著名的《拉奥孔》。

弗里德里希·施莱格尔对古希腊文化的研究虽然受了温克尔曼的启发，但他的研究路线却不同于温克尔曼，他是以学者的眼光观察每个作家的艺术特点，把希腊人的"高贵"与他们的"节日的欢乐"联系起来研究，从中认识希腊人为何会投身于节日的狂欢、陶醉在音乐之中，为何会产生热烈的激情等。他认为，希腊人的种种自然的冲动是在高超的艺术美中爆发出来的，这就是希腊人文化教养的奥秘。他把古希腊作家的艺术美概括为"客观"，所谓客观美的事物，必然是增一分嫌多、减一分嫌少，这充分体现了完美和静穆的理想。他总结说，文学创作领域里体现这种特征的典型，在史诗中是荷马，在抒情诗中是品达，在悲剧里是索福克勒斯。

现代文学与以上提及的古代文学有所不同，在弗里德里希·施莱格尔看来，自中世纪但丁以来的现代文学，逐渐消除了各种文学体裁的界限，把叙事、抒情、说教或哲理、音乐、绘画等杂糅在一起，成了一种包罗万象的时尚文学。在题材方面，现代文学愈来愈倾向于捕捉富于刺激性的素材，不断地编造更加"刺激"的故事，直至最终在文学描写中突出"趣味性"，用"有趣的个性"描写来满足读者的审美欲望，逐渐成为文学的时尚。早期，古希腊文学凭着对自然文明过程的描写，形成了一种对周期性圆满的崇尚；现代文学由于追求"趣味性"，而有趣的事物是无限的，所以现代文学呈现出一种无限的渐进性或渐进的无限性。在现代文学里，个性化的、有趣的事物占绝对优势，作家不断追求新奇、刺激性和惊人之笔。不过这一切都是永远得不到满足的，这是一种无限的追求。在文学创作的历史长河里，能够最完美地体现这种特征的典型是莎士比亚。在弗里德里希·施莱格尔看来，"客观的诗"在索福克勒斯的作品中达到登峰造极之后便渐趋衰落下来，继之而起的是具有另外特色的诗，是但丁和莎士比亚引领着"有趣的诗"攀登上了一个新的高峰。而到了歌德时代，一向彼此分离的"客观的诗"和"有趣的诗"融合了起来，从而展现了一个审美教育的新阶段。弗里德里希·施莱格尔认为，把"客观"和"有趣"融为一体是歌德对文学所做的新贡献。

弗里德里希·施莱格尔的书尚未印出来，他就发现自己在理论阐述上是有毛病的，他觉得自己在比较古代诗与现代诗的特征时，有意无意地贬低了现代诗。他发现，席勒在《论朴素的诗与伤感的诗》一文里，评述古代诗与现代诗的口吻是公允的，席勒通常不是谈论孰优孰劣，而是毫不含糊地赋予它们平等地位。弗里德里希·施莱格尔认识到，对现代诗与古代诗采取"抑此扬彼"，是一种过分简单化的态度，他认为还是席勒的说法更公正：古代诗人以其"限制的艺术"见长，现代诗人以其"无限的艺术"取胜。弗里德里希·施莱格尔若是在自己的文章付印之前就读过席勒的文章，他在论述现代诗的那些段落中，就不会流露出贬低现代诗的倾向，就会避免片面性和不完善的论述。

二、动荡的生活，丰硕的成就

在德累斯顿期间，弗里德里希·施莱格尔的姐姐和姐夫为他那些莱比锡的债主们付了一笔保证金，免得他们来讨债，影响他的学习和研究。弗里德里希·施莱格尔也确实十分勤奋，在学术研究领域取得了不少成绩。在莱比锡出版商赖夏特的鼎力相助之下，他凭着可观的预支稿酬偿清了在莱比锡欠下的所有债务。

弗里德里希·施莱格尔不想在德累斯顿久留，他一直想着与他尊敬的哥哥奥古斯特·威廉·施莱格尔住在一起，时刻与他切磋学问。他在德累斯顿逗留期间，哥哥奥古斯特·威廉·施莱格尔应席勒之邀，放弃阿姆斯特丹的家庭教师职位，于1795年年底赶赴耶拿，帮助席勒编辑《季节女神》和《文学汇报》刊物，当起了文学评论家。1797年与卡罗利妮结婚，1798年擢升为耶拿大学副教授。德累斯顿距离耶拿不远，它们同属萨克森公国管辖。弗里德里希·施莱格尔于1796年夏天来到耶拿，重逢久违的哥哥。弗里德里希·施莱格尔抵达这座魏玛附近的大学城之日，就是他正式跨入德国文学和哲学界之时。当时的耶拿是德国的一个文化重镇，费希特、谢林、席勒等哲学家、作家都在那里教书，青年诗人诺瓦利斯家住耶拿附近的魏森费尔斯，诗人蒂克也是这座城市的名人。不过弗里德里希·施莱格尔进入德国学界的这个开端并不顺利，由于他来耶拿之前，在赖夏特的《德意志》杂志上发表了一篇评论席勒《1796年缪斯年鉴》的文章，这篇文章里的一些话尖锐地讽刺了席勒《妇女的尊严》这首诗，说他存心把男人和女人对立起来，执意褒奖女人。他不但指责这首诗写得太理想化，而且还拿席勒与歌德做比较。这就犯了席勒的大忌，席勒向来最不喜欢人家拿他与歌德做比较。为此，席勒不仅写了一些格言诗"回敬"弗里德里希·施莱格尔，而且还解除了他哥哥在编辑部的工作，宣布断绝与他们兄弟在文学方面的交往，拒绝他们在自己的刊物上登载作品。歌德得知此事之后并不赞成席勒这种缺乏雅量的做法，歌德很喜欢弗里德里希·施莱格尔兄弟的才华，称他们为"评论界的哥俩好"。他们对歌德的评论，特别是对《威廉·迈斯特》的高度评价，使歌德的声望不再停留在仅仅被认为是《少年维特之烦恼》和《葛兹·冯·伯里欣根》的作者的层面上，而是令读书界理解了歌德文学创作的伟大时代意义。这种对歌德文学价值的发现，可以视为弗里德里希·施莱格尔兄弟在文学评论上的一个重大贡献。

弗里德里希·施莱格尔在耶拿期间写了许多颇为引人注目的哲学论文和哲学评论。作为费希特和尼特哈默主编的《哲学杂志》的撰稿人，他在一篇评论文章中十分中肯地评论了费希特的《全部知识学的基础》。早在来耶拿之前，他就研究过费希特的哲学思想，他认为费希特的"存在观"过于单调，只承认纯粹的存在是有生命的，不承认存在的多样性。他很想用诸如爱情、独创性、社交、文化教养、机智或艺术等浪漫元素来丰富《全部知识学的基础》的内涵。但弗里德里希·施莱格尔十分欣赏费希特哲学的"发生学"方法。从现象的变化中来解释现象，这一点深深影响了弗里德里希·施莱格尔的文学批评方法。他在评论文学作品的时候，不是根据某种美学理论下判断，而是从作品发生学的角度追根溯源，探寻隐藏在作品机理中的意义，揭示具体作品的特点。他赞成费希特所说的生命是流动的，没有任何存在是停滞的。他接受了这个思想并把它加以改造，用历史来说明精神科学，从而形成了他的浪漫主义文学批评的理论基础。他的文学评论的缺点在于越来越重视哲学分析，忽略了文学的审美效应。

弗里德里希·施莱格尔还在《论民主主义的概念》这篇论文里，阐释了他当时的政治理想。歌德虽然十分赏识弗里德里希·施莱格尔兄弟的才华，但对他们那早已露出苗头的民主主义思想也不无担心，这样的文章肯定会令歌德感到震惊。弗里德里希·施莱格尔针对康德代议制国家的主张，提出了一个"民主主义"的概念，主张在国家活动中实行纯粹的民主。所谓纯粹的民主，是直接来自民众的、从民众中产生的，这种民主的理想范例，就是古代希腊非代议制共和国。弗里德里希·施莱格尔也不同意康德用"民族联盟"来促进"永恒的和平"的主张。他提出大众民主的概念，主张在这个基础上建立共和主义的国际，弗里德里希·施莱格尔力图从理论上证明，一个由许多民族共和国组成的世界共和国思想，在实践上是完全可行的。后来，即1802年，弗里德里希·施莱格尔夫妇赴巴黎谋生的时候，应蒂克之约撰写了一篇《法兰西之旅》，发表在蒂克主编的《欧罗巴》杂志上。弗里德里希·施莱格尔从"德意志和法兰西两个民族，由于都具有精神文化的悠久传统，有朝一日应该融汇成一个民族"的设想出发，通过德、法两个民族的接近，逐步达到整个欧洲的联合。德国学者恩斯特·罗伯特·库尔提乌斯认为，弗里德里希·施莱格尔这种欧洲理念具有"历史的必然性"。奥古斯特·威廉·施莱格尔甚至称他弟弟的欧洲意识为"欧洲爱国主义"。由此可见，今日的欧洲联盟思想，早在19世纪的德国思想家中就有了雏形。在弗里德里希·施莱格尔的论文中，浪漫派文学具有了政治和社会的性质。这是弗里德里希·施莱格尔理论上的又一个不可小觑的建树。

弗里德里希·施莱格尔在耶拿期间还写作了一系列评论文章，其中最能体现他的评论风格的有《论莱辛》《论雅科比的"沃特马尔"》和《格奥尔格·福斯特》等论文。他在方法论上接受了费希特的"发生学"方法，强调对研究对象的个性进行深入详尽的探讨，直至深入对象的细枝末节，揭示其盘根错节的相关意义。他称这种时尚的批评形式为"性格刻画"，不论是评论个人、个别作品，还是评论某一个时代，弗里德里希·施莱格尔都强调讨论对象的个性，强调对艺术现象的性格刻画。在他看来，正确把握一种思想体系的发展，或者一种精神现象的发展，都不是轻而易举的事情，尤其是讨论一个具有独创性的天才，更要花费力气去仔细刻画，重新构建他的思想，这样才有可能了解他的细部的特点和整体的状况。评论家只有能够仿制一件作品，或者清楚一种思想的形成过程，才可以说理解了这部作品或者这种思想。弗里德里希·施莱格尔称这样的评论为"内行评论"，认为评论文章写成这样才算达到了评论的本质。《论莱辛》一文至今还受到学术界的重视。弗里德里希·施莱格尔一直很看重雅科比的哲学思想，他甚至称雅科比与康德、谢林、费希特一起构成德国哲学"体系四巨头"。这篇文章的结尾引用了雅科比一句名言："在空中翻了个筋斗，一头栽进上帝恩典的深渊"，借以形容雅科比的主观主义的形而上学。有趣的是后来的评论家们也借用同一句话评价弗里德里希·施莱格尔晚年的哲学思想。

弗里德里希·施莱格尔的一生如同水上浮萍一般，他一直没有找到稳定职业，他的文学创作和学术研究始终是在动荡不安的状态中进行的，一方面是兴趣使然，另一方面也是生活所迫，不得不凭着勤奋写作来养家糊口。19世纪初期，他像欧洲许多流浪艺人一样，为当年巴黎丰富多彩的文化生活和充满浪漫气氛的繁华景象所吸引，漂泊到这个被人誉为"世界之都"的法国首府来谋生。1802年7月至1804年4月，他和妻子多罗苔娅在巴黎居住了将近两年，主要是依靠做学术报告和多罗苔娅出租"食宿公寓"维持生计。他在巴黎居住时间虽然不长，但却做了两件在学术史上具有非凡意义的事情。

一是从1803年秋到1804年春天，他为来自德国科隆的三位富商子弟开了一门文学史课，讲授从古希腊到当代的欧洲文学。弗里德里希·施莱格尔根据学生的具体需要，宏观地讲述了欧洲文学，他以希腊精神文化为背景，把欧洲文学理解为统一的、"渐进的"、包罗万象的文学，概述了法国、意大利、西班牙、葡萄牙、英国和德国等国的文学发展历程，在这个基础上描绘了一幅欧洲各民族精神的画卷。他在这部皇皇巨著前面写了一篇致梅特涅的献辞，说明他写这部著作"首要的目标"，是为了"弥合一向把文学世界和人的精神生活与实际现实分割开来的鸿沟，展示民族精神如何深刻频繁地影响世界大事的进程和国家的命运"。这部著作被学术界认为是开了文学史撰写方法的新时代的标志。这三位富商子弟用黄金这种硬通货回报他的授课。这次讲学对于德国文学科学建设来说称得上是一个浩大的文学工程。后来，弗里德里希·施莱格尔根据学生的笔记把它整理成书，并于1814年年底出版，这本书与他哥哥的《戏剧艺术和文学的历史》一书并称为德国浪漫派最重要的两部人文科学学术著作。一个名叫亚历山大·汉密尔顿的人花了几个月的时间，向他学会了梵文。

二是弗里德里希·施莱格尔在巴黎期间结识了一位出生在印度的苏格兰人，同时他还结识了在巴黎国家图书馆供职的法国人安东尼·莱昂·德塞西，除了向他学习波斯文之外，还利用那里的梵文文献进行了梵文和比较语言学研究。他在1803年5月给哥哥的一封信里说："我掌握了梵文。4个月后，我将能读原文的《沙恭达罗》。"后来他在科隆虽然生活十分拮据，但在他哥哥资助下经过精心构思，撰写了《印度人的语言和智慧》一书，于1808年出版。这本著作的重要意义在于，在德国第一次创立了印度学和比较语言学，这是弗里德里希·施莱格尔在德国学术史上的一大贡献。

1808年，漂泊在科隆的弗里德里希·施莱格尔，在他哥哥奥古斯特·威廉·施莱格尔的安排引荐之下，来到奥地利首都维也纳。从学术角度来说，他在这里取得的重要成就，是研究了奥地利历史，并开办了关于欧洲历史的讲座，在这个基础上，他撰写了一部《近代史论》。从1810年2月到5月，他在维也纳为一批地位显赫的听众举办了一系列历史讲座。据他自己说，光是订票就有120多张，其中有20位公爵夫人和侯爵夫人，还有从不缺席的符腾堡公爵，即德国符腾堡公国国王的弟弟和年轻的列支敦士登公爵夫人。这部讲稿于1811年出版后被翻译成多种欧洲语言文字，产生了广泛影响。弗里德里希·施莱格尔也因这部著作具有直率的语言、雄辩的文体而被称为一流的历史风格大师。这部著作的中心思想在于，从国家政体的角度进一步论述了国家的超欧洲性质，阐释了他的欧洲联盟设想，在他看来，统一的联盟国家并不妨碍单一民族的自由、独立发展。这就是他的在欧洲建立"世界共和国"的理想。

弗里德里希·施莱格尔在奥地利梅特涅政府供职几年之后，产生了插手外交活动的野心，梅特涅虽然欣赏他的才华，却并不认为他适合做外事工作。被免职后，弗里德里希·施莱格尔产生了专门从事学术研究的想法，在妻子多罗苔娅支持下，开始了早在德累斯顿就进行的哲学研究。他曾经称那个时期是他的"哲学的学习年代"。他对哲学问题的思考，不同于当时的唯心主义哲学体系，他不相信哲学思考一定要遵循封闭的哲学体系，他始终相信哲学是一条永无止境的思维之路，他主张用"开放的体系"来定义哲学研究。经过多年读书，据他妻子统计，来维也纳之前，他写了20本哲学笔记，记录了他在"哲学的学习年代"所做的努力。从1807年到1828年，他又写了42本笔记，其用功之勤可想而知。从1827年开始，弗里德里希·施莱格尔计划开办三个系列讲座，借以创立一种新的哲学思想。从1827年3月到5月，他在维也纳分18次交叉讲授了《生命哲学》和《历史哲学》。1828年年底，他把第三次讲座有意识地安排在德累斯顿波兰酒店里，这是他从事哲学研究的起步的地方，遗憾的是，他的《语言哲学》尚未讲完，死神就命令他中止了这项宏伟的工程。弗里德里希·施莱格尔于1829年1月11日夜里，因心脏病突然发作而辞世，享年仅仅57岁。他的这些哲学讲稿分别在1828年和1830年出版。

弗里德里希·施莱格尔辞世后，他的朋友们，如作家、哲学家，包括奥地利首相梅特涅和他哥哥，还有德国、奥地利的出版家，纷纷向他的遗孀伸出援手，帮助她抢救、整理弗里德里希·施莱格尔遗稿并组织出版。由于插手的人过多，弗里德里希·施莱格尔遗稿损失相当严重。在众多弗里德里希·施莱格尔的出版物当中，维也纳出版家伊格纳茨·克朗编辑的5卷本《弗里德里希·施莱格尔文集》影响最为广泛，几乎翻译成欧洲所有语言和斯拉夫语言，甚至还传到了美洲大陆。那时的弗里德里希·施莱格尔，诚如法国女作家斯塔尔夫人所说，是个"思想独特"的人。在德国作家中，像席勒一样，他比其他批评家远为高明，他总是通过广泛的研究才肯说出自己的观点，如果不悉心研究前人的遗产，决不单凭个人观点讲话。19世纪70年代以后，德国又出版了《弗里德里希·施莱格尔青年散文集》《弗里德里希·施莱格尔兄弟书信集》，弗里德里希·施莱格尔早期的生活经历引起了读书界的关注。威廉·狄尔泰的《施莱尔马赫的生平》和鲁道夫·海姆的《论浪漫派》两本书，以令人信服的史料和论述凸显了弗里德里希·施莱格尔在浪漫派中的显赫地位。不过，随着时间的流逝，评论界和读书界对他的兴趣逐渐变淡，人们在文学方面的兴趣转向莱辛、歌德、席勒、海涅、霍夫曼等人；在哲学方面，人们的兴趣转向康德、黑格尔、谢林和费希特。

除了兴趣的转变之外，评论界对弗里德里希·施莱格尔的某些指责，也是弗里德里希·施莱格尔受到冷遇的重要原因。如他与多罗苔娅一同皈依天主教，为梅特涅封建政权服务，一度醉心于探讨神秘主义的"传心术"等。此外，他曾经攻击席勒的《大钟歌》写得滑稽可笑，也曾引起人们反感。在生活作风方面，这位天赋甚高，但相当任性的弗里德里希·施莱格尔遭到的责备更多。直到 20 世纪初期，学术界发现了一些从未发表过的弗里德里希·施莱格尔遗稿，此外还找到了一些未署名发表的文稿的手稿，这为全面理解弗里德里希·施莱格尔、重新塑造他的形象，还原欧洲文化史上一位重要人物提供了可贵的材料。第二次世界大战以后，随着学术界对德国浪漫派的重新评价，弗里德里希·施莱格尔作为浪漫派首领的功绩，作为德国文学史上最伟大批评家的地位也得到了首肯。

第四章 德国浪漫主义文学对德国文学创作的影响

德国浪漫主义文学家的创作特色主要体现为反对古典主义的循规蹈矩、压制个性，追求个性鲜明的自由创作，反对文学创作思维固式化、格式化，他们的文学主张和文学实践都是对人本主义的高扬，对后来的现实主义文学产生了深远影响。本章分为海涅与浪漫主义文学、托马斯·曼与浪漫主义文学两部分，主要内容包括海涅的生平简介、海涅与德国浪漫派、托马斯·曼的艺术思想和托马斯·曼的艺术主张及创作等。

第一节 海涅与浪漫主义文学

一、海涅的生平简介

革命民主主义诗人亨利希·海涅是德国文学中一颗光彩夺目的明星，他的辉煌诗篇一直为德国人民所珍视和引以为豪。海涅早年曾自称为"浪漫派最后的幻想之王"。他前期的大量诗歌作品光芒四射，是浪漫主义百花园中的奇葩。这使他跻身世界最优秀的抒情诗人之列。

海涅 1879 年 12 月 13 日出生于杜塞尔多夫。他父亲是个犹太商人，母亲出身犹太名门望族，受过良好教育。杜塞尔多夫处于法国当局管辖之下，法军在莱茵地区摧毁封建制度，使犹太人取得了法律上的平等地位。因此，海涅终身都是法国资产阶级革命的热烈拥护者。海涅的母亲曾希望他参军入伍，或当文官。但是，1815 年海涅中学毕业时，拿破仑已垮台，父母便决定让海涅经商。在法兰克福的银行经受一年训练后，他被送到汉堡叔父家担任银行职员。

1819 年 12 月，海涅进入波恩大学学习法律。他选修了德国语言文学和德国史课程，与浪漫派代表作家威廉·弗里德里希·施莱格尔过从密切。1820 年秋，海涅转入哥廷根大学，不久因参加决斗被停学。1821 年 4 月又转入柏林大学学习。这时的柏林充满着活跃的精神生活，海涅听了黑格尔的课，结识了著名的法恩哈根·冯·恩赛夫妇和作家沙米索、富凯等人。恩赛夫妇家的文艺沙龙是当时柏林的文学中心。海涅在这里与文化界和政界的许多知名人士接触，广泛的话题、自由的谈论、热烈的探究促进了海涅思想的发展。同年8月，他积极参加了由犹太青年知识分子组成的"犹太文化科学协会"的工作。犹太人的不幸命运促使他为反抗压迫、争取平等地位而斗争。

1820年，年轻的海涅发表了一篇不长的论文《论浪漫派》。海涅在文章中肯定了浪漫派诗歌在艺术上所取得的成就，他主张艺术家要反映现实，文学应接近生活和政治潮流。他认为，真正优秀的浪漫主义诗歌应该拥有清晰的轮廓，就跟好的造型艺术一样。这是一种较原德国浪漫派更为进步的美学纲领。

海涅于1816年开始写诗，他的处女作《诗集》于1821年在柏林出版。悲剧《威廉·拉特克列夫》描写个人反抗的主题，对社会上的贫富对立现象进行了尖锐的批判，表达了对德国反动现实的激愤抗议。

在此期间，海涅还为《莱茵－威斯特法伦报》撰写了一系列文章。1824年1月，海涅重返哥廷根大学学习法律，并继续写诗。他为《柏林通讯》写的文章笔调轻松，形式丰富多样，有报道，有小说，还有讽刺性的文化评论和社会评论。波兰旅行归来，海涅写了《论波兰》一文，对普鲁士的暴政加以抨击，明确地对受害者表示同情。文章还指出了波兰农民和犹太人的非人处境。

1824年，海涅重返哥廷根大学学习法律，并继续写诗，完成了《还乡集》。同年秋天，他步行游览了哈尔茨山，在归途中走访魏玛，拜望了年迈的歌德。这段经历使他不久后写出一部具有独特风格的散文集《哈尔茨山游记》。游记生动地描绘了作者的旅途见闻和德国的自然美景，同时又以辛辣讽刺的笔触揭露了德国贵族的骄横、市侩的庸陋、生活的沉闷。海涅巧妙地把风俗画场面和对当时德国社会政治的尖锐嘲讽交织在一起，叙述中往往突然插入一些漂亮的隽语、抒情的题外话和整段的诗。游记所描绘的一切，骨子里都是微妙的讽刺；将对客观的、真实事物的描述随意转换为对主观印象、情绪的表述和浪漫的、一时兴起的感想。1826年，《还乡集》增订后与《哈尔茨山游记》《北海纪游》中的第一部分组诗汇编为《旅行记》发表，引起强烈反响。

1827年，海涅在吕纳堡完成了类似自传体的散文《观念——勒·格朗集》。诗人以极其幽默的笔调抒写了他在杜塞尔多夫度过的时光，生动地记叙了他与法国兵勒·格朗的友谊，并表达了他对启蒙思想和法国资产阶级革命的热烈拥护与向往。书中细致地描述了法国军队1806年进驻杜塞尔多夫的情况，以及

1811 年拿破仑驾临该城的盛大场面。诗人无疑把拿破仑的形象理想化了。他对拿破仑的崇拜是跟对法国革命的强烈感情联系在一起的，他把拿破仑看作法国革命的继承人。

1828 年和 1830 年，海涅先后游历了意大利和美国。归国后，他写出了《旅行记》的第三卷和第四卷。海涅生动、鲜明地描写了意大利风光和社会生活，极富南国情调。这里面有形形色色的场面、浪漫的自然崇拜、恋爱的冒险故事等。但最主要的是反封建、反教会的主题，诗人呼吁反对德国的分裂状况，常常提到革命的必要性。他称自己是"解放人类斗争中的英勇战士"。而在《英国断片》里，诗人对欧洲社会的批判达到了他早期作品的最大深度。海涅已认识到当时最大的资本主义国家英国的深刻矛盾。他看到了那里尖锐的贫富对立，统治阶级的极度骄奢，人民大众的令人不寒而栗的惊人贫困，以及金钱在社会中主宰一切的地位。诗人由此肯定了革命的正义性，提出了斗争的号召。

1830 年夏，他在黑尔戈兰浴场治病期间，巴黎爆发了七月革命。海涅为此欢欣鼓舞，并预言德国也必将获得解放。他在一篇跋文中热情洋溢地向德国人民呼喊："……你的意志，我的人民，是一切政权唯一合法的源泉。即便你现今镣铐锒铛，可你美好的权利终究会取得胜利。解放的日子临近了，一个新时代开始了。"出于对法国革命的热烈向往，也由于他在国内可能会因革命思想而遭受迫害，海涅于 1831 年以政治流亡者的身份迁居巴黎。此后，诗人的思想发展和艺术创作都进入了一个新的阶段。

海涅是德国浪漫派中最有才华和成就卓越的诗人。他早期抒情诗创作的结集《歌谣集》是德国诗歌中的瑰宝，是德国浪漫派的巍峨高耸的文学纪念碑。这部诗集感情真挚，格调清新，语言优美、自然，并且富于传统的民歌色彩，深为德国人民所珍爱。

收入《歌谣集》的最早作品是组诗《梦的幻影》，它从素材到形式全都是浪漫主义的。据海涅《回忆录》所叙，这组诗的大部分内容都和执刑官的女儿、美丽的约赛法有关。她讲述的许多民间传说和迷信故事，反映到诗人的作品里，给诗篇涂上了很浓厚的魔怪迷信色彩。当时在德国十分流行的霍夫曼的怪诞神异小说，也对诗人产生了很大影响。海涅的这部处女作，在艺术风格上明显地留有德国早期浪漫派影响的痕迹，如过多地运用梦幻的主题，歌咏月夜、森林、幽魂和梦中女郎等。《歌谣集》中《青春的烦恼》那部分，大都是关于不幸爱情的悲哀的怨诉和痛苦的呻吟。

诗人曾深情地倾慕和赞颂他的恋人，对她献出全部最宝贵的感情："我愿只为你一人，献出我的生命。"但这遭到蔑视、没有回报的爱情，给年轻诗人带来了极大的痛苦：

　　夜里我睁着眼失眠，

　　抱着无限忧伤；

　　昼间我恍如半寐，

　　梦沉沉地彷徨。

　　尽管这些诗歌在思想和艺术上还不够成熟，它们却已经表现出诗人鲜明的艺术个性，显示出其高度敏感的心灵、卓越的艺术禀赋、杰出的抒情才华，以及与民间歌谣的深厚联系。这些略嫌稚嫩、却十分清新动人的诗篇，以其感情的纯真、深挚，和它们所奏出的朴素、奇妙的民歌音调，强烈地拨动了德国人民的心弦。德国著名作家卡尔·伊默尔曼曾对此评论道："海涅具有一个诗人最起码的，也是最根本的东西，这就是心和灵魂；以及从心和灵魂中迸涌出来的东西，即内心的历史。"

　　爱情的挫折、富贵亲友的冷眼，都使海涅深深体味到社会上的贫富对立和世态炎凉。他逐渐扩大了眼界，他的个人痛苦也逐渐带上了社会色彩。诗人把他个人的体验扩大，提高到对德国社会生活的评论上，这使他的诗歌具有了更广泛的意义。

　　诗人在献给他母亲的一首诗里，揭露了当时社会的自私和冷酷，倾诉了他的哀伤和忧愁：

　　我到大街小巷去找爱情，

　　在每家门前伸出我的手来，

　　我乞求一星星爱的馈赠，

　　人们却冷笑着给我残酷的憎恨。

　　我仍然痴心去找爱情，

　　永远去找，永远是枉费追寻。

　　我怅然回故乡，病倒含悲辛。

　　而诗人的反抗情绪则表露为对权贵的轻蔑与憎恨：

　　我已经习惯了，把头抬得高高，

　　我的思想有些顽固和坚韧；

　　尽管国王看着我面对面，

　　我也不肯垂下我的眼帘。

　　从《青春的烦恼》里，可以看到海涅"浪漫式冷嘲"、讽刺风格的最初迹象。而在之后，这渐渐成了他创作方法中的决定性因素。

　　《歌谣集》的第二部分《抒情插曲》多写于 1822 年，显示出诗人卓越的抒情才华。这些诗写得真实、凝练，朴素而毫不矫揉造作。它们既有极其丰富的想象，又有民歌的质朴单纯；既贯穿着诗人特有的激情、机智和风趣，语言又极为简洁。浪漫主义诗人喜欢以大自然做比拟，海涅也不例外。如"一棵松树在北方……"，用寒松和棕榈作比，象征诗人跟自己心爱的人永无结合希望的强烈痛苦，具有震撼人心的力量：

　　一棵松树在北方，
　　孤单单竖立在枯山上。
　　冰雪的白把它包围，
　　它沉沉入睡。
　　它梦见一棵棕榈树，
　　远远地在东方的国土，
　　孤单单在火热的岩石上，
　　它默默悲伤。

此外，有些诗篇还抹上了异国色彩，流露出对东方古国的憧憬，更增添了迷人的魅力：

　　展开歌唱的翅膀，
　　爱人啊，我带你前往，
　　去到那恒河的原野，
　　我认识那儿最美的地方。
　　那儿在静静的月光之下，
　　有一座万紫千红的园林；
　　莲花在翘首期待，
　　她们亲爱的姐妹光临。

第三部分是《还乡曲》。1823 年 5 月，海涅到吕纳堡探望父母，后又去汉堡和北海的库克斯港海滨。这部分诗歌多为怀旧之作，抒发了诗人失恋的痛苦，写得哀婉动人。《还乡曲》主要还是歌唱无望的爱情，却已不再具有《抒情插曲》的那种柔和的光泽；它们写得更为大胆，也更辛辣有力，往往在结尾处用讽刺的笔调嘲笑那种过于多愁善感的爱情的痛苦，显示了思想的逐步成熟。

诗人痛苦的恋爱经历，加之多年来的颠簸生活，随着阅历的加深，海涅进一步认识到封建专制的可憎及市侩们奴颜婢膝的丑恶。他的有些诗作所表达的思想感情远远超出了狭隘的个人失恋的痛苦的范畴，而表现出对鄙陋的德国社会的不满和抨击。他在一首诗中激愤地写道：

　　我透过硬得像石块的外壳，

观看世人的住宅和他们的心，

在这两方我只看到欺骗和苦难。

那首著名的咏唱罗蕾莱的诗，闪烁着民谣的灿烂光华。它在夕阳、清流、山林、女妖和诱惑的歌声的浓郁抒情氛围中，深情地叙说了一个古老动人的传说，是《还乡曲》中最负盛名的诗篇。经过作曲家谱曲，它已成为一首世界名歌。

海涅在库克斯海滨所写的八首诗，歌唱渔家姑娘和人鱼以及海岸风光，都是脍炙人口的杰作，也是德国诗歌中最早歌咏大海的篇章。

《哈尔茨游记插曲》写于1824年秋季。诗人描写了恬静纯朴的山间生活、雄奇绚丽的自然景物；融入了古代的神话传说，抒发了对祖国山川的热爱和对劳动人民的同情。在《山上牧歌》一诗里，海涅借宗教问答的形式，表达了对资产阶级民主理想的热烈向往。

《北海组诗》给我们打开了一个崭新的世界——海洋的世界。在海涅之前，还从未有过一位德国诗人像他那样熟悉和热爱大海，并用德语里从未听到过的节奏，如此深情地歌唱海洋。海涅形象地描绘了海滩、沙鸥、云彩、帆影，以及大海的朝晖、落日、幻景。他激情地礼赞大海的平静和狂放，展现出一幅波澜壮阔的大海画卷。为了更好地表达诗人内心里像大海一样奔腾、跳跃的情爱，海涅不再采用四行一节、按传统押韵的旧诗体，而是创造了一种有着大海一样狂放节拍的自由诗体。海涅的这组诗像大海里奔涌的波涛，在一片深不见底的海洋里任意起伏、汹涌翻滚。

北海诗篇交织着诗人对童年的回忆，对台莱赛的热烈的爱情，对荷马诗歌的倾慕，对祖国的热爱和对贫民的同情。诗人还十分幽默地把南欧希腊神话中的诸神搬到了雾气弥漫的北方海滨，风趣地调侃他们，把自然、神和人结合起来，赋予自然以人的感情，创造出一种独特的极富抒情色彩的诗的境界。

海涅的作品在梅特涅反动政策的阴影笼罩欧洲之际，曾遭到普鲁士政府禁止发行的厄运。但这部《歌谣集》在海涅生前先后重版过十三次，深获广大德国人民和欧洲人民的喜爱。《歌谣集》中的许多诗篇，曾被著名作曲家舒曼、舒伯特、门德尔松、布拉姆斯等人谱成乐曲。仅在德国境内，由它们谱成的歌曲即有千首之多。这在世界各国的抒情诗人中是首屈一指的。

收入《新诗集》的《新春曲》抒情组诗，基本上是在1830年诗人留居德国时写的。作曲家梅特费塞尔向海涅索要诗稿，诗人便应邀写了这些动人诗篇。在风格上，它们跟《抒情插曲》和《还乡曲》十分接近。不同之处在于，这些诗不再抒写诗人本人的相思苦情，而是直接讴歌人间最强烈的感情之———爱情本身。这些诗里既有爱的欢悦，也有哀愁和叹息，却没有从前的那种冷嘲和挖苦，总的调子比较温和。它本为谱曲而作，因而语言上具有很强的音乐性，曾被许多音乐家谱成歌曲。其中《一阵可爱的钟声》就曾被谱过八十多种不同的曲子：

> 一阵可爱的钟声，
> 轻轻掠过我心房。
> 飞吧，春天的小鸟，
> 一直响到远方。
> 响出去，响到那，
> 百花盛开的园邸。
> 如果看见一枝蔷薇，
> 说我请你代为致意。

二、海涅与德国浪漫派

海涅与德国浪漫主义之间有着千丝万缕的关系。他隶属于浪漫主义，又背离了浪漫主义，他被认为是"浪漫主义最后的诗人"。在探索海涅与浪漫主义的关系时，我们不禁充满了疑问，比如：海涅为什么背离了浪漫主义？他究竟是反对浪漫主义，还是属于浪漫主义作家之列？他为何最后要评判浪漫主义？本节将探讨上述问题。

（一）海涅背离浪漫派的原因

一个作家或是艺术家想要获得成功，总是要学习民族的传统，吸收前人的经验，再走上自己的创新道路。海涅亦如是。当他摸索着进行自己的文学研究时，浪漫自由主义恰好在德国和欧洲其他国家流行。对于海涅来说，浪漫主义既是前人留下的瑰宝，也是目前盛行的思潮。他在年少时就熟读霍夫曼、富凯、乌兰德和米勒等知名文学家的作品。海涅于1819年就读于波恩大学，他深受浪漫主义学者奥古斯特·威廉·施莱格尔的喜欢，他教授海涅韵律艺术。海涅为了向他的老师表达自己的感恩之情，曾创作了三首诗献给奥古斯特·威廉·施莱格尔。后来，海涅前往柏林读书，在那他认识了阿尼姆以及另两位浪漫主义代表人物富凯和霍夫曼。当他在慕尼黑做编辑的时候，他还与著名的格雷斯和谢林交情深厚。浪漫主义哺育了早年的海涅，因而，海涅早期的作品必定深受浪漫主义影响，在形式和内容上都印有"浪漫自由主义"的标签，例如作品《歌集》。但是问题并不是年少的海涅是否创作了浪漫主义作品，而是为什么一开始支持它，后来又走上反对其学派的道路，是什么导致了如此巨大的变化？

海涅背离浪漫派并不是一朝一夕完成，而是长时间挣扎思考的结果。对此产生影响的因素有二：一是海涅本身的认识随着他的成长发生变化；二是浪漫主义这个学派也产生了衍变。

虽说海涅早年追随浪漫主义，但他和浪漫主义一直有相矛盾的地方，青年海涅在 1820 年发表的一篇评论文章《论浪漫派》便是最好的见证。海涅的这篇佳作好像保卫浪漫主义，感谢了奥古斯特·威廉·施莱格尔，表达了他对浪漫主义的爱和信念。但同时也说明，这个未来的诗人不愿全部照搬浪漫主义传统。在海涅看来，浪漫主义的描写应该是"形象的""真正的浪漫主义"，绝非"西班牙珐琅、苏格兰雾霭和意大利音响的大杂烩"，绝非"那些杂乱无章、模糊不清的景象，它们仿佛从魔灯发射出来，通过五彩缤纷的色彩变幻和惊人的映照，奇怪地使人心情激动，感到赏心悦目"。更重要的是，海涅主张摆脱中世纪的束缚，认为文学要以现实生活为源泉，他说："德意志的文艺女神又应是个容光焕发、不矫揉造作、真正德国的自由少女，而不是多愁善感的修女，也不是以祖先自豪的骑士小姐。"由此得出，海涅早期的文艺主张已经与浪漫主义推崇朦胧美感的思想相违背了。显然，青年海涅这些要求同浪漫派要把一个事物描写得更加朦胧、模糊、复杂的美学思想主张相违背。可是，处于那个时期的海涅对自己的意识萌芽也不甚清楚。

19 世纪 20 年代中期以后，海涅逐渐与浪漫主义渐行渐远。在这期间，他开始同黑格尔及其美学接触，这是他思想转变的重要标志。1823 年，海涅在柏林求学时认识了黑格尔，并师从黑格尔，学习了黑格尔的美学，这让他感受到这是他向往的知识。对青年海涅来说，黑格尔主义美学中最重要的一点是，诗人"务必从里到外熟悉人的生活，把广阔世界及其众多的现象接纳进他的胸怀里，在里边去感受、钻研、深化和美化它们"。黑格尔的美学帮助海涅清晰认识了浪漫主义。

卢卡契认为，"黑格尔在海涅（思想）发展上所起的作用是难以充分估计的"，"海涅的全部历史见解，对希腊人和基督教的理解，对文艺复兴、宗教改革、法国革命、拿破仑的意义的认识等，和海涅的全部艺术理论、古典和近代的对立、对浪漫派的理解等，都是由黑格尔决定的"。

海涅深受黑格尔的影响，在黑格尔的帮助下，海涅终于意识到他与浪漫主义的冲突在于文艺与现实生活的关系。他的作品《论浪漫派》已经开始阐释这个问题。19 世纪 30 年代初，海涅同时又以佛罗伦萨和雅典为例进行研究探索，这让他感受到，即使在动荡时代之中，这些地方也诞生了伟大的作家和不朽名作，因为艺术家们置身于现实生活里，体验感受并描述时代的问题。在海涅看来，伟大的作品始终是时代的一面镜子，探索和反映时代的问题是创作具有艺术生命力的作品的前提。海涅在《论浪漫派》中还指出："诗人也只有在不脱离现实的土地时，才是坚强有力的，一旦神思恍惚地在蓝色太空中东飘西荡，便会变得软弱无力。"他清晰地阐释了自己对于创作与现实生活的关系，评判了浪漫主义作家们虚无缥缈的艺术作品。

当然审美差异是促使海涅对浪漫主义产生隔阂的原因，但真正让海涅背离了浪漫主义的重要原因是政治意识的差异。在海涅看来，天主教严重地影响束缚着人们的思想政治自由。但浪漫主义却具有浓厚的宗教神秘性。1814—1815年维也纳国际会议后，宗教反动势力与地方恶势力进一步勾结，使社会变得更加黑暗。浪漫主义代表弗里德里希·施莱格尔、亚当·米勒、约瑟夫·格雷斯却加入了反动势力，他们的行为让海涅感到愤懑。海涅的思想发生了进一步的转变。

（二）海涅与浪漫派的关系

海涅的流派归属问题具有很大的争议，德国学者众说纷纭，关于此问题的讨论一直持续不断。他被归为"启蒙学派"，也被列入"古典主义作家"之列；既被称为"浪漫主义诗人"，也被称为"浪漫主义批判者"，总而言之，他的身份十分复杂。

但是，浪漫派与浪漫主义既相似又不对等。就德国而言，前者是指18世纪90年代末至19世纪30年代以弗里德里希·施莱格尔兄弟和诺瓦利斯等为代表的一场文学运动（或思潮），属文学史范畴；后者是指创作方法，属美学范畴。如果仅从海涅的写作手法来判断，他肯定是浪漫主义的代表人物。但他的学派就要另加分析了。

海涅看待浪漫派的态度不是一成不变的，而是随着他的成长发生了一定的变化。青年时期的海涅受到浪漫派代表人物的影响才开始进行浪漫主义创作。他早期的诗歌和游记都刻上了浪漫主义的印章，比如《歌集》和《哈尔茨山游记》。这些游记熔政论、警句、神话、传说、诗歌与散文于一炉，让人联想到浪漫的理论家打破艺术的各个学科的界限，建立"全方位的文学"的美学命题。

19世纪30年代，师从黑格尔的海涅经历了一次痛苦的蜕变。他深受法国七月革命的感召，背离了一开始走上的浪漫派的道路，并越走越远，甚至最后走到了它的对立面。但是在这漫长的过程中他与浪漫主义藕断丝连。他在19世纪40年代继续以浪漫主义手法创作《阿塔·特罗尔》和政治讽刺长诗《德国，一个冬天的童话》。

19 世纪 40 年代末，当浪漫派快要销声匿迹之时，海涅在《自白》里很欣赏法国人称他为"残留的浪漫主义者"，他在回顾自己的一生时，曾经这样评价自己："我虽然向浪漫派发起过毁灭性的讨伐，但我本人始终是个浪漫派作家，并且是个比我本人预料的还要高一级的浪漫派作家。"

总而言之，海涅与浪漫派的关系十分复杂。他继承了浪漫主义的创作手法，但就政治观点而论，他持反对观点。因此我们要纵观历史，全面辩证地思考问题，而不能只从一个作品或一个时期中妄下定论。

（三）海涅对浪漫派的批判

歌德认为十字架如同烟和大蒜一样讨厌，而海涅亦如是，他对天主教饱含憎恶之情。他在《论浪漫派》中也抨击了浪漫派代表与天主教的关系，他指责这些作家沉迷于神秘的宗教、向往中世纪、躲避现实。海涅的抨击直击要害，应该说，一把抓住了浪漫主义诗人的软肋。

浪漫派代表人物弗里德里希·施莱格尔是海涅批判的主要对象。在海涅看来，弗里德里希·施莱格尔在 1808 年就已皈依天主教，思想十分保守，应该受到谴责。但是早期的弗里德里希·施莱格尔，其政治思想更加开放和进取。当法国大革命爆发时，他像几乎所有的德国知识分子一样，为伟大的邻国推翻封建统治而欢欣鼓舞。即使在革命逐渐深入，尤其在 1793 年雅各宾党专政时期，他也没有改变对法国大革命的态度。当然，弗里德里希·施莱格尔和他的派友终究不是一个革命家，对法国大革命的认识和态度问题不是前后一贯、始终如一的，但总的来说，他们寻求的是政治自由和解放，而不是中世纪的封建统治的恢复。纵观弗里德里希·施莱格尔的发展历程可知，只有对这个历史人物的功过进行全面的分析，才能做出公正的评价。

海涅的《论浪漫派》从整体上否定了浪漫派，贬斥了浪漫派代表人物，认为德国浪漫派无非是"中世纪文学的复活"。换句话说，浪漫派文艺是以中世纪社会历史为题材，表现宗教的主题思想，为复辟封建传统宗法统治效劳的文艺。海涅本人也认为自己给了浪漫派"最致命的打击"，到了 19 世纪 30 年代，德国浪漫主义运动结束了，海涅的抨击自然会加速它的灭亡。

事物有其自身的发展规律，浪漫派的消亡毕竟是自身矛盾不断发展的结果，没有人可以责怪海涅给了它"最致命的打击"。问题是，海涅的评论是不是客观公正的。《论浪漫派》是海涅为反驳法国一个著名女作家斯塔尔夫人而写的一部思想论战性著作，写于他 19 世纪 30 年代流亡法国学习期间。

斯塔尔夫人作为法国一位著名人物，在拿破仑时代曾经流亡德国，她的《论德国》从各方面美化了落后的封建德国，在海涅看来有失偏颇。海涅在《论浪漫派》里则发表相对的言论。然而海涅的讨论似乎更为主观，缺乏冷静的态度和辩证的思维，论点带有个人偏见。

由于浪漫派本身的复杂性和矛盾性，关于浪漫派的争论持续不断。浪漫派是个"派中有派"的文艺流派，它包含耶拿派、柏林派、海德堡派、施瓦本派等，各小派系及其成员思想倾向不同，贡献大小各异。此外，浪漫派自身也是发展变化的，随着历史的发展，浪漫派自身的发展经历了早期、中期（盛期）和晚期等不同阶段。这些阶段的划分，标志着浪漫派内部世界观和美学思想的某些变化，年长的耶拿派和年轻的海德堡派互相反目就是例证。在政治风云变幻不定的年代里，有人在前进，有人在倒退，各有变化。

因此我们需要遵循实事求是的原则，采取辩证的态度，具体问题具体分析地来看待浪漫派。在德国，由于海涅在文坛上具有权威性，所以他对浪漫派的评论产生了深远影响。然而海涅的思想虽然比较进步，但他毕竟受时代和世界观的局限，他没有也不可能全面深入地了解浪漫派，所以他也很难对浪漫派做出客观公正的评价。海涅的评论固然有积极的一面，即它有助于我们对浪漫派的了解，特别是有助于我们对其消极倾向的认识，从而有助于发扬德意志民族文化的优良传统。但同时也要看到，海涅的评论也产生了消极的作用。他的评论构成了日后人们给浪漫派扣上"反动""消极"之类政治帽子的重要根据，因而不利于世人对浪漫派做出客观、科学、全面、公正的评价。事实上，只有正确看待浪漫派，才能正确看待和处理其文化艺术传统和遗产的继承问题。

第二节 托马斯·曼与浪漫主义文学

一、托马斯·曼的艺术主张及创作

（一）"生活与创作"相提并论

早年的托马斯·曼就把歌德的谏言——"我所创作的一切，都是对亲身经历的再加工，凭空杜撰从来不是我的事情。我认为，生活比我更有天才"奉为圭臬。曼曾经深入地研究歌德的生平和著作，《死于威尼斯》便是当时即兴构思写成的"大师悲剧"式的中篇小说。

在《一个不问政治者的看法》一文中，歌德的名字和尼采同样被多次提到。在曼稍后完成的散文《歌德与托尔斯泰》中，他把歌德看成是"安泰式的"、完全健康、"天生地热爱生物界"，并在这种热爱中生活和创造的"大自然之子"。曼把歌德看成兼具自然与精神、"魔力"与"通晓世故"的两重性人物，并视歌德为"人类的骄子"。

促成曼对歌德深入学习和研究的另一个原因便是外界的压力。曼在1922年的法兰克福歌德纪念周上，发表了其第一篇有关歌德的讲演。甚至有人建议曼写一本关于歌德的书。此时，曼对歌德的崇拜已经不仅仅局限于后者作品的艺术美，以及从不"凭空杜撰"之类的创作原则，而是歌德这个伟人的"生活态度"。他认为，瓦格纳和易卜生要求人们热爱他们的"作品"，而只有歌德要求把"热爱和价值的重心放在他的生活上"。曼从歌德身上学到两点：生活和主题、武装自己，并将这些主题应用到自己的作品之中，在《布登勃洛克一家》中引用了歌德的大量名言便是明证；在《魔山》和《约瑟夫和他的兄弟们》第一部中，就像歌德母亲称歌德那样，兄弟们也称约瑟夫是"娇生惯养的汉斯"。

（二）"生活与艺术"不再矛盾

托马斯·曼通过歌德启发和教育自己，增强克服自卑的信心。曼曾坦言自己是从叔本华那里受过悲观主义熏陶的年轻人。曼在小说《死于威尼斯》的前半部中赞同艺术深化了生活。从小说主人公阿申巴赫对艺术的态度可知，从某种程度上说他更像个完美主义者。事实上，艺术贴近生活。

曼不仅接受曾接触过"圣西门主义"的老年歌德对未来的社会政策的预见，而且在歌德的引导下，曼从叔本华、瓦格纳和尼采的束缚中解脱出来，认为生活与艺术一致，艺术并非浪漫主义的苦行僧的产物，艺术是众多的人文主义学科之一，而且赋予艺术更高的地位，认为它是"人类通过诗人将自己的经历用语言的形式固定下来，并使之得到永存"。生活要求人们严肃地对待它，艺术也是如此。在歌德那里，曼看到了自己所从事的艺术这个职业的价值。曼谈到，只有少数作家能够像歌德那样，除了自己的作品以外，还在创作的间歇中，对自己的职业以及从事这种职业的幸福，做出发自内心的颂扬。曼尊重的是这位超脱、伟大、令人景仰的大师形象。

曼曾谦虚地告诉人们，《绿蒂在魏玛》将是他对歌德一生所做研究和学习的总结。《绿蒂在魏玛》中的歌德形象从不同侧面和角度反映艺术家的心路历程和与现实社会的冲突。曼一反人们的愿望和要求（叙述歌德生平），甚至没有按照自己早已拟就的计划去写歌德和其所痴恋的乌莉克的故事，而是选取了歌德一生中微不足道的经历作为素材，即一位已年近花甲的歌德的朋友绿蒂，歌德于 1816 年 9 月来魏玛拜访了这位年轻时代的朋友。一方面，这虽是一个历史事实却几乎没有文字记载。另一方面，两人的会面时间也很短，歌德礼节性地邀请绿蒂，不久便送走了并不太受欢迎的客人。但如曼的其他作品，他在形式上用了完全新颖，甚至超乎寻常的方式解决创作中潜在的困难：俩人真正的会面，即绿蒂在歌德家里用餐，放在了第八章。

在此之前，曼则不惜笔墨，详细描写绿蒂到达魏玛当天连续不断接待来访宾客的场景，包括到此旅游的以画像为生的英国人罗斯·库茨勒女士，哲学家叔本华的妹妹阿苔勒·叔本华，以及歌德的儿子——奥古斯特·冯·歌德。绿蒂报告了魏玛文人圈有关歌德的闲言碎语，曼讲述了这位"巨人"的两重性以及歌德生活的痛苦和寂寞。曼所采用的——出场讲述的结构，仍是歌德式的"重复照射"原则，被照射客体的全部形象得以真正全部浮出水面。

曼在规划《浮士德博士》第二部中的假面舞会的时候，再次显示出其作品中"艺术家寂寞孤立"这个一贯主题，并且被赋予强烈的时代政治色彩。曼在 1930 年的日记中写道，歌德晚年时，在为爱国和"自由"而举国狂欢的德国所感到的陌生感，他本人也痛苦至极地体验到了。这种艺术家孤独的主题与浪漫主义的主旋律一脉相承。虽然曼笔下的歌德形象与"英雄和英雄崇拜"毫无共同之处，但是，曼崇拜歌德"无所不容"的胸襟和其"虚无"，这正是艺术创作的先决条件。就此而言，曼与歌德的艺术创作如出一辙，即"艺术与生活"的一致性。在曼眼中，最伟大的智慧和最惊人的天真融合在一个人的心胸之中，才是最令人心醉神迷的东西。由此，曼自己的身影走进了自己的小说，而且也走进了歌德的讲话中。

歌德信仰自然，这是曼从来未曾认同的，因此他们在对宇宙的理解上亦存在不可逾越的鸿沟。与歌德不同，曼从道德出发，崇拜精神人道主义者。即便如此，曼崇拜的歌德仍盛赞他是"世界之子"、浪漫主义的"狂飙突进"者。

（三）托马斯·曼的艺术家主题小说

托马斯·曼的创作始终表现出追随艺术家的天性。在曼的这些艺术家主题小说作品中，他都要赞扬艺术家是高度智慧的人，并且不厌其烦地强调艺术家的"快乐的智慧"、艺术家对"心灵世界"的寻求和"对大智大睿精神的主宰"。在曼的作品里，那些艺术家的形象一向都颖异慧黠，令人叹美，从托尼奥·克格尔、阿申巴赫，到冰凉的绝缘体阿德里安·莱维屈恩，最后到对艺术家问题的讽刺改写作品中的主人公弗利克斯。值得一提的是，保尔·布尔热的心理学研究成果最先使曼意识到艺术家的风险和责任，而且由此告诉曼作家这一职业的痛苦和伟大。无独有偶，布尔热的文章也被尼采加以吸收和发展，并通过尼采对曼产生了深远的影响。

很大程度上可以说，曼的艺术家主题小说是其真实的文学历程的投射，如阿申巴赫便是一位以德国作家萨穆尔·卢勃林斯基为原型创作的艺术形象；而且在长篇小说《魔山》中，主人公汉斯·卡斯托普具有类似的精神气质：投身体验，怀揣勇气，敢于冒险，即使是踏入同道德王国相对立的罪恶王国。这其实是艺术家共同具有的特殊气质。曼笔下形式不同的艺术家小说，就本质而言，是一种不同于世俗的、功利的、利害关系的审美生存方式，而不只是为宣泄自己病态的情绪，从中获取个人的疗救或鞭策。

曼继承了歌德创造的将理性和审美合一的传统观念，在其系列艺术家主题小说中表达了感性生命必定在审美中实现与超越，以及理性和审美合二为一的理想。

（四）《魔山》

地图上的空白地域就是还未被人类涉足和认知的场所。事实上，它终将被人类征服。"未发现的地域"并不只是地图上用语言或符号来填补空白空间的预留位置，也是对人类的一个挑战，需用话语、故事、名字来填补。更确切地说，用恰当的名字来填补空白空间是一个挑战。就像任何一个难题所赋予的意义一样，那些地图上人类尚未涉足的区域是进行身份登记的场所。就此而言，人类制作地图的历史其实就是一段探险和殖民化的历史。未标注地域的风景影射人类的欲望和需求，它们以已知事物为模板，却与未知事物还保持着一种陌生和距离。有必要指出的是，由于16世纪商业的需求和探险的刺激，基于圆柱投影的制图学作为一种艺术和科学，在1569年由"现代地图之父"佛兰德斯人格拉尔杜斯·墨卡托发布世界第一张地图之后得以迅猛发展。至18世纪，欧洲国家的地图绘制也被应用于军事活动中。

赫伯特·穆勒对托马斯·曼的《魔山》中反复出现的二元对立现象做了详细分析，指出托马斯·曼的终极目标是试图综合生命中的各种矛盾，从个体的感性和理性的融合中显示出他的人道主义光辉来。

阿尔卑斯山作为文学创作意象，长久以来受到诸多作家的青睐。从18世纪开始，阿尔卑斯山脉就成了人们在欧洲大陆范围内表现欲望的场所。在托马斯·曼史诗性小说《魔山》"雪"一章中，主人公汉斯·卡斯托普的幻觉投射到阿尔卑斯山的雪白空间绝非偶然。迷惑其眼目的暴风雪成了山里的一堵空墙。虽是暂时的，但汉斯的身份冲突在这场如屏障般横亘在前路的暴风雪中逐渐展开，最终得以建构。

1. 作为揭示人类精神内涵的历史

在"山庄"国际疗养院的第二个冬天，小说主人公汉斯决意实行接触山脉的计划。从来到达沃斯的第一天起他就开始观察这些山脉，在疗养院里与病友、恩师的激烈讨论逐渐激发了他对阿尔卑斯山的浓厚兴趣。其对话内容涉及死亡、疾病和对自然的迷恋。但是隐藏在兴趣之外的是一种高谈阔论，即把阿尔卑斯山区域构建成一个欧洲大陆以外的具有象征意义的空间。山脉的距离感和陌生感增强了汉斯对它们的向往，在此碰撞过程中，他变成了"探险家"，开始了一段探索身份的远征之旅。

在人道主义导师塞特姆布里尼的关怀下，汉斯自学了滑雪。为体验自然，他独自去山坡滑雪。因为突遇罕见暴风雪，他只好返回山中小屋。借助葡萄酒的酒精作用，汉斯重获勇气，终止了生死轮回的挣扎。最初，他对纳夫塔迷恋于山庄死案迷惑不解，但塞特姆布里尼随身携带小号和手摇风琴的模样打断了他的沉思。在与无形力量的抗争中，其意识回到了现实中。此时，他产生幻觉，面前浮现出的画面仿佛是歌德田园诗中所描述的地中海景象，充满了德国画家路德维希·冯·霍夫曼画中特有的俊美的青年人和母亲的形象。

《魔山》擅长用隐喻的手法塑造人物，而这类人物却是民族文化、民族精神的象征，这恰恰是该小说的魅力所在。阿尔卑斯山脉的虚构地形在此从个人扩大到德国人的群体形象。乍看汉斯是暴雪中濒临危险的独立个体，其实是德国人的群体代表。在"雪"这一章中，汉斯的身份冲突因其本质上是德国人而变得曲折。无论是小说中的叙述，还是对《魔山》的当代评论，都是如此。本质上，"德国性"是《魔山》的主题。在1924年8月22日写给安德烈·纪德的信中，托马斯·曼宣布《魔山》是一部"极具疑问的、德国性的、宏大叙述"作品。由于处于欧洲大陆的中心位置，德国突出了其在精神层面和地理位置的双重重要性。《魔山》中的汉斯则是其祖国——德国的代表。

此观点得到了耶鲁大学德国文学研究专家赫尔曼的论证，他曾对《魔山》做了经典性的研究，从他的研究成果中看，《魔山》中的汉斯是具有"德国代表性"特征的人物。他认为，汉斯也挣扎于自己的身份，这点与当时德国人所处的境地极为相似。小说一方面依稀描绘了战前的德国逐渐走向衰败的过程，另一方面则指明新建的祖国需要通过战后重建重新定义自己在欧洲的地位形象。

托马斯·曼在《一个不问政治者的看法》中给德国贴上了浪漫的标签，而最终在"雪"一章的结局里，汉斯选择了超越浪漫死亡的生活，这与他在《论德意志共和国》中所表现的对新成立的魏玛共和国的直接支持一脉相承，是其思想意识转变的真实反映。

2. 物质主义表层下信念的留存

托马斯·曼在谈话中多次解释了他选择山坡作为汉斯刚愎自用场所的原因。一方面，自1336年彼特拉克攀登冯度山起，阿尔卑斯山脉就被赋予了隐喻特质；另一方面，就登山者而言，登上山顶所付出的努力强调了其体验愿望。因此，身体成了精神价值和物质现实之间的综合体。阿尔卑斯山脉象征一种抽象体验，人们赋予了山脉教育功能，使其成为欧洲上流社会教育旅行的必到之处。浪漫主义时期，山脉在文学、视觉领域都代表了显示自我发现的场所，如德国19世纪浪漫主义风景画家弗里德里希就创作过油画《瓦茨曼山脉》。《魔山》中的阿尔卑斯区域就像"未发现的地域"一样，一直保持着其神秘性，而托马斯·曼就此唤起传统。18世纪，在该区域首次成为科学界关注的焦点时，哲学话语早已将阿尔卑斯区域构建成崇高和超验的场所。19世纪，英国著名哲学家莱斯利斯蒂芬认为拉斯金以其诗性语言征服了阿尔卑斯山脉高峰之一的马特霍恩峰。小说中阿尔卑斯山脉风景区与平原地带相比，表现出明显的差异，这个地域还保持着非历史性的自然状态，这使山脉成为平原地带的人们寻求自我发现的完美地点。在汉斯与塞特姆布里尼的讨论中，其话语始终围绕山脉展开。"迷失自我"和"发现自我"成为广袤无垠的自然风景中的同一主题。

20世纪早期，神秘莫测的山脉终于融入更为广阔的现代消费文化中。该风景区是为满足典型的现代欲望，为城市人和反城市人提供住宿而建造起来的。阿尔卑斯山风景区的治疗功能归因于其新鲜的空气，成为欧洲"游乐场"的滑雪圣地以及登山运动的场地。确切地说，从汉斯首次登上这座"魔山"伊始，就展示出了人们该如何欣赏山脉。他完全痴迷于风景，认为这是"宏伟艺术"，但是当他向约阿希姆谈到山脉全景时，却失望了。

第一眼看到山脉，汉斯和读者都学会了如何用约翰·厄里的"观客凝视"来理解该地域。每个构成都被命名，并且在全景图中标出位置。山脉的庄严和神秘被融入该书的描述性语言中，作者根据抽象的视觉图表将阿尔卑斯风景的构成记载下来并命名。小说创作源于1912年托马斯·曼赴达沃斯看望妻子卡佳·曼的经历。他与山脉协会成员一起游玩，从具有德国哲学和美学传统的地方到为欧洲资产阶级和上层阶级开设的旅游胜地和健康温泉会所。由此，隐喻的抽象概念掩盖了阿尔卑斯山脉的地域构造。

若汉斯对阿尔卑斯山的旅游欣赏是他的第一次远足经历，那么第二次的探险则是出于激烈的内心冲突，这种冲突是在他观察到存在于阿尔卑斯山脉固有的挑战之后产生的。作为登山者，汉斯面临巨大的挑战。幻想与真实、超验与物质在汉斯的经验中融合，因此登山成了追求梦想和物质现实的交汇点。

骄傲、勇敢、自我牺牲和对科学的好奇构成了欧洲自 18 世纪开始人们深深着迷于登山运动的原因。同时阿尔卑斯山从生活的矛盾中激起"救赎的感觉"，阿尔卑斯山也代表了测试人类体魄和情感极限的舞台，所以登山运动史被称为"对自我发现和挑战的叙述史"。阿尔卑斯山成了欲望竞赛的现场，在这里个体运用自己的能力同无情的对手，即自然环境做斗争。

这类故事的教义不仅在于揭示阿尔卑斯登山者与探险家对国外领土的殖民冲动，同时它把身体遭受的痛苦与"人格"形成过程中不可战胜的对手统一起来，个人和民族认同的建立再一次融合在英勇的探险家的形象之中。由此，由范克创造，又由曼继承和发展的浑身肌肉的登山者形象被大众意识中的平行人物——极地探险家活化。

（五）《浮士德博士》

托马斯·曼曾经多次谈及《浮士德博士》一书的诞生经过，一一列举了他在写作过程中阅读的无数有关艺术家资料以及对他有所帮助的人名，如音乐家莫扎特、贝多芬的音乐和传记作品；与伊洛·斯特拉文斯基、阿诺尔德·舍贝格、恩斯特·克雷内科等众多当代作曲家富有教育意义的交往；得益于德国哲学家、社会学家、音乐理论家，法兰克福学派第一代主要代表人物特奥多尔·阿多尔诺的批评性指导；查阅了尼采的著作和传记；研究海涅的叙事诗草稿。托马斯·曼在小说《浮士德博士》这部"神秘的作品"中塑造的几乎所有人物，在轮廓上都以曼认识的或思想上有过接触的人为原型。托马斯·曼写信给女儿艾丽卡·曼说，反正所有人物都在小说中出现了，有些甚至直截了当"指名道姓"。

《浮士德博士》的全部主题思想都可以从曼的切身经历中被提炼出来。曼对这篇《看法》讲话如此记忆犹新，以致他在晚年作品中还能够引用其中的各个词组。丢勒的版画艺术及其内涵为解读以《浮士德博士》为代表的曼小说中"艺术家"显性的主题视觉化提供了一个极好的视角。小说主人公阿德里安试图以审美和艺术改造生活，到审美和生活结合的失败，再到审美将生命带向死亡的过程。为实现该过程，曼通过丢勒版画在小说中的影射和小说的视觉戏仿，即语言描述的视觉图像唤起了读者的视觉想象，旨在宣布审美主义作为现代性救治方案的失败和幻灭。小说文本、视觉图像之间的审美类比往往反映唤起的情感，它作为曼小说的一种叙事策略通过在文本构建中的"挪用"而赋予小说新的视觉智性。《浮士德博士》体现了曼重新回到德国早期文化历史瞬间，特别是浪漫主义。这亦是典型的曼小说创作的代表性特征。

《浮士德博士》中丰富的典故，复杂的反语、戏仿、寓言，缺乏增补的文化融入增加了阅读的难度。但是，曼对人物、文化、历史多层美学类比的技巧不仅获得了微妙的艺术效果，更对道德混乱、个体瓦解的时代艺术创作的可能性表现出深厚的洞察力。

第五章　德国浪漫主义文学中的反讽研究

反讽手法在文学创作中起到了重要的作用，在西方文化中有着悠久的历史传统，并且随着西方文化的发展而变迁。从最初作为修辞格的非本质反讽发展到 18 世纪末德国浪漫主义反讽文学，反讽进入了本质性反讽的时代。它不再局限于作为一种修辞技巧，而是作为一种文学和美学的创作方式，一种人的思维原则和生存策略出现在学术理论界。本章分为反讽手法概述、德国浪漫主义文学中的反讽，以及德国浪漫主义反讽的文学创作分析三部分。

第一节　反讽手法概述

一、反讽的概念

1797 年，弗里德里希·施莱格尔发表在《美艺术学苑》的《格奥尔格·福斯特》一文中首次使用了"苏格拉底式的反讽"一词。此前一百年，就已经有一篇用拉丁语写成的论文用"反讽"做标题。而英语中的反讽（irony）一词出现得更早，首次使用大约是在 1502 年。

从语言学的角度来看，反讽的前提是反差，比如说现象与本质、字词与意义、所说与所指、假象与存在。在反讽这种表达方式中，字面所说与实际所指处于滑稽的反差之中，但是，所指在所说后面应该可以被清楚地了解到。反讽总是否定性的，从不说出自己的真相。阐释反讽时就必须考虑，反讽到底在什么地方借助否定说出肯定性的东西。否定性可保证反讽者具有很大的自由度，他可以否认自己的话语只是表面上很严肃，他还可以坚称自己的所指就是字面所说。

二、反讽的类型

通常情况下，反讽的作用是通过多种多样的方式实现的，这里可以粗略地划分为两个方面。

（一）戏剧性反讽

1. 悲剧性反讽

有一种自我反讽是反讽者本身无意中完成的，他自己并不知道所说话语还有更深的含义。比如，文学作品中的人物说出了这样的话，听者是读者，他们比人物了解得多，更加明了情势。作品中的人物，特别是悲剧中的主人公，常常又面临悲惨的结局；所以，这种反讽被称为悲剧性反讽。悲剧性反讽和悲剧中所谓的"命运反讽"紧密相关。这种反讽让戏剧的主人公在浑然不知的情况下成为悲剧人物，而别的角色以及读者已经觉察到了即将降临的灾难，他们都知道主人公的结局非常悲惨，这出戏也将有一个悲剧性的结尾。

悲剧性反讽并不仅仅在悲剧中才有，它在叙述性文学作品中同样也可以使用。此时，这种反讽也可以叫作叙述性反讽。同修辞性反讽一样，悲剧性反讽也是一种表现手法，并不像苏格拉底式的反讽那样出于教育的目的。

2. 喜剧性反讽

戏剧性反讽的另外一种形式叫作喜剧性反讽。美国文论家艾布拉姆斯举出的例子是莎士比亚的《第十二夜》中的第二幕第五场，主人公马伏里奥因为预感到要交好运而表现得洋洋得意，而观众和骗局制造者却明白他的预感是由一封假信造成的。由此形成一种强烈对比的效果。

（二）修辞性反讽

修辞性反讽实际上就是日常生活中的正话反说。这是一种充满智慧的修辞手段，也是一种语言游戏，但没有什么深层的教育意义。它要求谈话双方具有相同的教育水平。运用修辞性反讽的前提条件是对话伙伴可以理解所说内容的反面含义才是真实想法。所以，只有思想相近的谈话者才可以使用这种修辞手段。它同时也是一种精神游戏，所冒的风险就是，可能会产生一些有趣的误解和充满智慧的误导，但是会带来很多的乐趣，也会让对方感觉到自己的想法。

根据国外诸多批评家的研究，反讽的基本构成元素大体被确定为三种。首先，必须有对比因素，可以是直接对立的矛盾，也可以是不同程度的不和谐，甚至可以是很细微的差别。其次，要取得反讽的效果，还必须有天真或无知的因素存在，受讽者对于即将发生的事情一无所知，或者是反讽者假装不知，也就是说，受讽者将要经受的事情是他始料不及的。最后，反讽者自身要有客观而超脱的姿态。浪漫主义反讽可以理解为客观超脱的一个典范，浪漫主义作家对自身以及创作加以反思，这就要求具有客观性。

修辞性反讽分为日常语言修辞的反讽和超文本的文学反讽两种。

①日常语言修辞的反讽。这是最通俗意义上的反讽，简单理解就是说反话，表里不一，正话反说，反话正说。"修辞的反讽，若运用得有节制也能产生精妙的效果，特别是在论战当中。"

②超文本的文学反讽。之所以说这种文学反讽超文本，是因为文本中的反讽毁灭了文本，文本自我毁灭，似乎有一个超然的反讽主体高于文本，玩弄文本于股掌之中。

三、反讽象征的内容

当然，反讽这种从修辞学到文学的迁移现象越来越引起人们的关注。对大多数人来说，这标志着文学品味的变迁。在从古典主义到浪漫主义的过渡中，反讽是主要的征象之一。浪漫主义反讽这一名称本身就是有力的说明。浪漫主义者发现，反讽除了具有修辞含义之外，还是一种文学形式。他们相信，他们所赞赏的作家，例如薄伽丘、塞万提斯、莎士比亚、狄德罗、斯特恩，都运用了反讽这种文学手段。从此，浪漫主义作家在自己的创作过程中有意识地应用反讽。

与古希腊修辞学中的修辞手段反讽相比，浪漫主义反讽要复杂得多。弗里德里希·施莱格尔在《雅典娜神殿》中，特别是在《批评断片》中引入了反讽这个概念，并把它提升为浪漫主义总汇文学的艺术原则。可以说，这一原则彻底改变了所有与艺术有关的观念。

弗里德里希·施莱格尔把反讽理解为一种贯彻始终的精神态度，它要求对一切已经存在的事物加以批判性和怀疑性的追问，以求借助于持续不断的反思去接近真理。反讽应该让人们意识到有条件与无条件、现实与理想之间的矛盾，作为媒介飘浮在这两个极端之间。反讽具有创造性，因为它刺激精神永远不停地继续思考，同时又具有毁灭性，因为它容不下简单的和谐以及自我满足。

弗里德里希·施莱格尔给苏格拉底的反讽概念添加了新的内涵，把它放在了"时代最大趋势"的背景之下。浪漫主义反讽至少有三层含义：哲学思维能力、生活态度以及文学原则。"哲学是反讽的根本故乡"，费希特倡导最高自主性的原则和自由独立思考的原则，但同时又通过对现实的参与对自我进行了限制。在弗里德里希·施莱格尔的先验式的反讽概念中，最高自由与限制之间的对抗保留了下来："它（浪漫主义反讽）包括并激发对有条件和无条件之间、完全诉知的不可能性与必要性之间的不可调和的矛盾的感觉。"所以，我们可

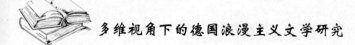

以把浪漫主义反讽理解为区分和调和不可逾越的矛盾的一种哲学能力，反讽让我们时刻记得，无限是在有限里体现的。这种矛盾意识促使自我去超越自我、消解有限并实现无限。

第二节　德国浪漫主义文学中的反讽

一、浪漫派反讽的来龙去脉

德语"Ironie（反讽，讽刺，反语）"源自希腊喜剧人物"EirÖn"和希腊语"eironeia"。大约在公元前400年，"EirÖn（ironiker，说反语者）"和"eironeia（Ironie，反语）"开始在希腊语中出现。"eironeia"原本的词义近似谎言、欺骗、迷惑，带有贬义。在公元前4世纪的伦理学和阿里斯多芬的喜剧中，所谓"eironeia"，是指怀着欺骗意图的伪装。

对后世颇具影响的反讽有两类，即所谓修辞反讽和苏格拉底反讽。它们虽然都是从希腊语"eironeia"演变而来的，但其含义差别很大。所谓修辞反讽，按照古罗马修辞学家和教师昆体良为其下的经典定义，是指故意说跟真实意义相反的话。反讽（反话，反语）借助意思相反的话语说出真实的意思。譬如，借助赞扬来谴责，或者通过谴责来表扬。修辞反讽作为有教养、有才智者的一种修辞手段，既与其他修辞方式（如比喻、隐喻）或者谎言不同，又与苏格拉底反讽有别，其本身不带有伦理道德教育的意图。但它的运用有时可能要冒一些风险，会引起误解。因此，它的运用要以对话双方具有同等或者相近的文化教养为前提。

柏拉图的《对话录》和色诺芬的《回忆录》中有很多关于古希腊大哲学家苏格拉底的学说，但他本人并没有留下书稿供后人参阅。据说，古希腊喜剧人物 EirÖn 是个聪明的人，虽在角逐中失败，但凭着自己的才智一再战胜好夸口的阿尔祖。苏格拉底反语正是起源于这种喜剧形式。在与对话者交谈时，苏格拉底大智若愚，有时故意给对方设置圈套，仿佛他自己知之甚少，甚至一窍不通，好让对方产生错觉，误以为自己知之甚多，甚至无所不知，以致到头来陷入自相矛盾、无法自圆其说的窘境，不得不承认自己是"阿斗"，愚昧无知，从而受到一次伦理道德教育。可见苏格拉底反语是一门语言艺术，通过斗智形式把对手（对话者）引入"歧途"。在斗智背后唯有育人的目的，没有险恶用心和不良图谋。从古希腊到现在，苏格拉底反语已被证实为一种行之有效的伦理道德教育手段。

产生于 18 世纪末 19 世纪前 30 年间的德国浪漫派反讽或反语，既与传统的修辞反语不同，也与苏格拉底反语有别。它是一个有独特内涵、独特形式和风格，自成一体的美学概念，不带有讽刺、嘲讽的意味。德国浪漫派的反讽或反语，其含义颇类似老子的"正言若反"。

二、弗里德里希·施莱格尔式的浪漫派反讽

所谓浪漫派反讽，是以弗里德里希·施莱格尔关于反讽的论述为依据的反讽，其实就是弗里德里希·施莱格尔反讽，通常称之为弗里德里希·施莱格尔式的浪漫派反讽。弗里德里希·施莱格尔不仅是浪漫主义的杰出代表，还对反讽理论做过详细深入的研究，他的反讽哲学体系有着深远的影响，因此浪漫派反讽被称为弗里德里希·施莱格尔式的浪漫派反讽。弗里德里希·施莱格尔在反讽哲学问题上耗费了大量的时间和精力，但他无意创建一个体系。他的反讽理论多以断片、断简残编形式发表，有关的断片数量极为可观，数以千计，散见于《雅典娜神殿》《哲学见习期》，尤其是《艺苑断片》等集刊上。

（一）浪漫派反讽的产生与苏格拉底反语

古典修辞学和费希特的先验论无疑是浪漫派反讽产生的源泉，弗里德里希·施莱格尔从中受益匪浅，而对他的反讽理念的形成与发展贡献更大的，则是苏格拉底反语。他的反讽理念首先是来自苏格拉底反语。苏格拉底反语是唯一不由自主的和完全深思熟虑、审慎的伪装，无法把它假装和泄露出来。谁也无法拥有它，即便在做了最坦诚的供认后，（它）依然让人摸不着头脑。它不应该欺骗任何人，除了那些把它视为欺骗，要么乐于以开玩笑去戏弄世人，要么当他们被认为也参与某事而受到制裁时就火冒三丈的人。反语里的一切都应该是玩笑，又都应该是严肃认真的，都应该是袒露无遗的，又都应该是深藏不露的。它含有并激起无条件事物与有条件事物、一种完整的不可能性与必要性之间的无法调和的冲突之情感。

这是弗里德里希·施莱格尔众多关于反讽、反语的断片中最著名、最重要的断片之一，富有深刻的哲理，发人深思。与此同时，这则断片揭示了苏格拉底反语与弗里德里希·施莱格尔式浪漫派反讽的密切关系：后者是对前者的继承和发展，带有前者的深刻烙印。当然，我们也不可以将两者混为一谈。从弗里德里希·施莱格尔对苏格拉底反语的高度评价不难看出，他对这位古希腊哲人怀有深深的敬佩与仰慕之情。令弗里德里希·施莱格尔神往的，不仅仅是苏

格拉底的智慧和渊博知识，更主要的是他与别人交谈时流露出来的那种大智若愚和虚怀若谷的胸襟。人们可以从柏拉图的《辩解篇》中看到苏格拉底在众多无知者面前所展现的那种大巧若拙、深藏不露的风范。可见上述断片中所谓"深思熟虑、审慎的伪装"不含任何贬义，相反，它表现了一个有思想、有修养学者的风范。

弗里德里希·施莱格尔的另一则断片，即《艺苑断片》第42则，也相当著名，具有经典性的意义。这则断片称，哲学是反讽的真正家园，人们应该给它下个合乎逻辑的美学定义，因为人们在口头上或者以书面的方式探讨哲学的时候，处处都会应用或者需要应用反讽……有些古老的和现代的诗，它们无处不散发着反讽的神奇气息。这些诗含有一种名副其实的超验的滑稽，其内里的心态是漠视一切的，无限地超越一切现存事物，甚至超越自己的艺术、道德或者天才；外观上表现出来的则是一个优秀意大利滑稽演员的风采。显然，这则断片也揭示出了浪漫派反讽的本质特征。

（二）浪漫派反讽的构成要素和基本特征

根据《艺苑断片》第108则和第42则以及其他有关断片，我们可以把弗里德里希·施莱格尔式浪漫派反讽的构成要素和基本特征大体上归纳为以下几点。

1. 浪漫派反讽是滑稽嬉戏与严肃认真的结合

或者说，浪漫派反讽有"内外有别、表里不一"的两面性。所谓"两面性"并不含贬义，表面上是开玩笑、说俏皮话，其实是谈严肃问题、说正经事。柏拉图的《会饮篇》也讲到苏格拉底这种"内外有别"的情况，说他仿佛像雕塑家的某些雕像，表面上像神话传说中的森林之神西伦或萨蒂尔，可要是去掉雕像的一半，里面露出来的却是一幅神像。上面所引用的那两则断片，都分别论及滑稽嬉戏与严肃认真的结合或者说"内外有别"的情况。在反讽里，"一切都应该是玩笑，又都应该是严肃认真的"。反讽表面上滑稽可笑，表现出一个滑稽演员的风采，但内里的"心态"则是漠视一切的，是超越个人的艺术。

把"滑稽嬉戏"与"严肃认真"结合在一起，这似乎是浪漫派美学的一个创举。但在力求维持各艺术门类界限，追求尽善尽美、完美无缺的理想的古典主义者看来，这种结合简直是"不伦不类"、不成体统，是对古典体裁论的践踏。而在浪漫派看来，这种结合是非常可取的。弗里德里希·施莱格尔在《论希腊文学研究》里试图将"客观的"和"有趣的"作为区分古代文学与现代文学，即浪漫文学的标准。"滑稽嬉戏"当属浪漫派所追求的"有趣"事物，它与"严肃认真"相辅相成，在两者的结合中，前者可作为引起"兴味"的手段，以达到深化对后者认识的目的。

反讽作为一种心态，是漠视一切的，无限地超越一切现存事物，甚至超越自己的艺术。可见艺术虽然"神圣"，但还是有限的事物，而艺术家的思想自由却是无限的、不受任何约束的。它在一切现存的有限事物中是最自由的。《艺苑断片》第87则也表达了这种自由观念，它说："有些艺术家，他们……并无足够的自由，去超越他们那至高无上的事物。"所谓"至高无上的事物"，无疑是指他们创作的艺术作品。这里，弗里德里希·施莱格尔提出了一个异常重要的问题，即艺术家与艺术作品的关系问题。在西方唯美主义者（弗里德里希·施莱格尔无疑是其中一员）看来，艺术作品是神圣的、至高无上的，可它毕竟受艺术家支配，处于从属地位，而艺术家则处于主导的支配地位。由此可见，艺术家的思想自由是浪漫派反讽的本质。那些没有足够自由去超越自己作品的艺术家，其实指的是拘泥于艺术门类界限，放弃或者不敢享受艺术家自由的古典派艺术家。

2. 浪漫派反讽具有矛盾性

事物本身就是一个矛盾对立的统一体，事物内部的矛盾对立、相互斗争推动事物的发展。浪漫派反讽的职责使其不仅要唤醒矛盾存在的意识，而且要设法让矛盾激化，促使其向转化的方向发展。浪漫派反讽所表达的是一种无止境的矛盾冲突感情，其中既有相对性因素，又有绝对性因素，艺术作品既不可能对事物做完整报道，又有必要做这样的报道。这里，弗里德里希·施莱格尔就事物的"完整报道"阐明了他与浪漫派的独特见解：对事物做"完整报道"是不可能的，却又是必要的。这仿佛是个自相矛盾、无法自圆其说的说法。这里涉及弗里德里希·施莱格尔和浪漫派的文艺观和认识论问题。浪漫派放眼宇宙、拥抱世界，而大千世界无所不包、无奇不有，在大自然中，在人世间，事物是纷繁复杂、深奥莫测的，真理埋藏得很深，寻找真理是个永无止境的过程，只能逐步接近，却无法找到。因此，对事物做"完整报道"是不可能的。但是另一方面，浪漫派追求无限，追求无穷无尽、无边无际的理想，从他们要构建的"渐进的万象文学"来看，对事物做"完整报道"自然又是必要的。

3. 浪漫派反讽强调持续的脑力运动

如何让不受约束的思想不断探索、无限地超越一切，逐步深化认识、接近真理，既是浪漫派的理想，也是浪漫派反讽的天职。反讽作为启发思想、深化认识的手段，如何发挥作用呢？关于这个问题，弗里德里希·施莱格尔有自己的一套设想。在《论反讽》一文里，他提到与他人交往和沟通的必要性，他说对话双方可以从中获得启迪和教育，提高认识。从这个意义来说，集体讨论，或者用浪漫派的行话来说，即所谓协作哲学，是不可缺少的。反讽作为启发思考、促进大脑运转、逐步深化认识的手段，也可用于个人的独立思考。这就是说，人们可以在自言自语中不断地自问自答，不断地修正错误、提高认识。用《雅典娜神殿》第 51 则断片来说，就是"自我创造与自我毁灭的永恒更迭"。意思是说，旧的创造（或见解）随着大脑运转、认识提高而被看出其局限性，从而遭到"毁灭"，由新的创造（或见解）取而代之。通过这种"自我创造和自我毁灭的永恒更迭"过程，世人就能逐步深化认识，接近绝对的事物，亦即接近绝对真理，日益接近理想境界。所谓"永恒的更迭"，无非是要求大脑永恒地运转。弗里德里希·施莱格尔在其他的断片里也有近似的表述。其中《主意》断片第 69 则颇为著名，经常被人引用，即"反讽是对永恒敏捷，对无限完满的混沌的清楚认识"。这里说的"敏捷"，当然是指思维的敏捷；"永恒更迭"和"永恒敏捷"都体现了对脑力运动的高度要求。两者就其活动性质而言是一致的，都要求大脑持续不断地运转。

3. 浪漫派反讽是反讽与哲学的结缘

一开始，浪漫派反讽就与哲学结下了不解之缘。《艺苑断片》第 42 则开门见山地指明了两者的关系，说"哲学是反讽的真正家园"。事实上，弗里德里希·施莱格尔的有关断片，其中有不少内涵是多义的、深奥的、玄妙莫测的。一些文辞，诸如"逻辑的美、高尚的举止、神奇气息、先验的滑稽、持续不断超越业已存在的事物、哲学的诙谐和愉快的乙醚"等，或者被当作浪漫派反讽的同义词，或者被当作近义词。这类文辞扑朔迷离，容易使人迷惑不解。不过，弗里德里希·施莱格尔并不担心，他在《论费解》一文里赋予"费解"以积极的意义。

弗里德里希·施莱格尔把浪漫派反讽视为他的美学核心，将其提升为创作"渐进的万象文学"的艺术原则。上述浪漫派反讽的构成要素和基本特征，体现了浪漫派对真理的追求，体现了为实现他们的艺术纲领、实现"渐进的万象文学"而奋斗的精神。显然，这是一种锐意进取、积极向上的精神。

三、对浪漫派反讽的接受与评击

（一）弗里德里希·施莱格尔在反讽哲学上的知音

弗里德里希·施莱格尔式的浪漫派反讽，是内涵多义的、深奥的、玄妙莫测的，难怪浪漫派反讽接受史上出现过如下奇怪现象：在同时代人中，比较理解浪漫派反讽的，首先并非弗里德里希·施莱格尔最亲密的朋友诺瓦利斯和施莱尔马赫，或者他的胞兄奥古斯特·威廉·施莱格尔，而是哲学家谢林、亚当·米勒和佐尔格。

谢林遵照弗里德里希·施莱格尔的理念，把反讽现象引进了他的《艺术哲学》。同时他也看出，浪漫派反讽的一个基本特征是严肃认真与玩笑的结合。这表明这位哲学界名流对弗里德里希·施莱格尔的反讽思路是认同的，这对弗里德里希·施莱格尔式的浪漫派反讽带来的社会影响是非同小可的。

亚当·米勒没有把自由、意识和反讽看作是三个不同的概念，而是几乎把它们看作是同义词。在他看来，反讽是"愉快优势的标志，是艺术家精神自由的证明，尤其是富有创造性的人的自由意识的证明"。由此可见，亚当·米勒也是强调艺术家精神自由的，他强调这种自由意识。他在"关于阿里斯托芬的反讽、喜剧"讲座里，把希腊词"ironie（反讽）"翻译成"艺术家或者人的自由表白"，并称它为"神奇的自由"，没有它成不了大事。亚当·米勒这种自由观念和自由意识，与弗里德里希·施莱格尔在《艺苑断片》中的有关论述是一脉相承的。亚当·米勒把反讽视为一种艺术创作手段，"借以使艺术家的主体与客体化的作品保持一种惬意的距离"。由此可见，弗里德里希·施莱格尔分散在众多断片中有关反讽的论述，在亚当·米勒的著作中得到了一定程度的系统梳理。

佐尔格在他的两卷本《埃尔温》和《美学讲演录》中，深入讨论了反讽这个核心美学概念。在《美学讲演录》中，他阐明了反讽的地位、本质和意义。他把"艺术家心态"称作"艺术（家）反讽"，认为"反讽并非艺术家个人偶然的心态，而是全部艺术最内在的生命胚胎"。他还认为："真正的反讽是以最高的觉悟为前提的，有了这样的觉悟，世人就能彻底弄明白，什么叫观念与现实的矛盾与统一。"佐尔格根据自己对反讽的认识，得出结论说：反讽构成艺术的本质和艺术的内在意义。他甚至声称："没有反讽压根儿就没有艺术。"这种说法虽然显得夸张，但也有行家认为这是无可辩驳的。

另外，佐尔格关于反讽与热情关系的论述也颇有意思。在他看来，反讽和热情是不可分割的，他把热情视为"对我们的神奇观念的感知"，把反讽理解为"对我们现实生活中的无能为力、观念毁灭的感知"。因此，他认为在艺术中，热情与反讽是一回事，是无法分割的。从佐尔格关于反讽及其本质、意义与使命的论述中可以看出，这位哲学家的反讽理念与弗里德里希·施莱格尔的反讽理念基本上是一致的。佐尔格的论述更为深入、系统。可以说，他的论述不仅是对弗里德里希·施莱格尔反讽理念的梳理、归纳和阐释，更是对弗里德里希·施莱格尔反讽哲学的补充与发展，为人们理解反讽开辟了一条便捷的道路。

（二）黑格尔对浪漫派反讽的抨击

弗里德里希·施莱格尔的一些反讽断片，仿佛是一条条谜语或用数字编织而成的密码，虽也有人能破解，但毕竟是少数；多数人恐怕是两耳塞豆、糊里糊涂的，三人成虎、以讹传讹的情况有可能出现。与此同时，因为误解而招致质疑甚至抨击的情况也在所难免。亚当·米勒意识到这种情况，他指出："一大群满怀诗意的时髦哲学家都攻击（反讽）这个词。"在向弗里德里希·施莱格尔式浪漫派反讽发难的哲学家群体中，最吸引世人眼球的除丹麦哲学家克尔凯郭尔外，莫过于黑格尔。

黑格尔与弗里德里希·施莱格尔在伦理道德、哲学和美学等一系列重大问题上，都产生过严重的碰撞。在反讽哲学这个问题上，两者也是冤家路窄。黑格尔是继诗人歌德之后最早起来"重炮猛轰"浪漫派的德国名流。由于"反讽"是弗里德里希·施莱格尔美学的核心概念，在他的美学理论中占有举足轻重的地位，因此黑格尔把批判的矛头对准了它。在其巨著《美学》里，他对弗里德里希·施莱格尔式的浪漫派反讽大肆攻击，声称它给艺术以"自由自在的支配、肆意妄为的权力"，"一桩自身思想内容丰富的事情、事实、品德"，有可能"随意"被废除。他无视弗里德里希·施莱格尔断片中对"深思熟虑、审慎"和"法规"的强调，故意把"肆意妄为"说成是浪漫派反讽的特征，把反讽视为一种"空虚无聊家伙的情感"，斥之为"无限的绝对否定"。这里所谓"否定"，显然是指否定一切客观事实，否定一切有思想内容和有价值的事物。黑格尔从浪漫派反讽的本质和特征推断出它的"破坏性"和"危险性"。

黑格尔之所以如此猛烈抨击弗里德里希·施莱格尔的浪漫派反讽，并非出于个人恩怨，而是首先得归因于双方美学基本观点的差异，确切地说是对立。如果说受古典主义美学熏陶的黑格尔把尽善尽美、完美无缺视为自己的艺术理想，把客观和稳定视为其追求的美学标准，那么弗里德里希·施莱格尔的艺术理想则是无穷无尽、无边无际，其美学标准则是主观和活动。美学观点的对立使得黑格尔无法接受浪漫派反讽。此外，也不能排除他对浪漫派反讽的质疑和抨击含有误解的因素，因为他把弗里德里希·施莱格尔的反讽归为费希特的自我哲学，从而推论出浪漫派作家信奉极端主观主义。

总的来说，浪漫派反讽自问世以来，在很长时间内，或者说在 19 世纪，被接受情况不佳，处境不妙：要么不为世人所理解和接受，要么遭到曲解或误解。学者福尔克尔·多伊贝尔在一篇全面系统的科研报告《弗里德里希·施莱格尔研究》的"反讽"一节里指出："早先关于反讽概念的研究，大部分的理解为误解史。"

（三）浪漫派反讽接受情况的转机或逆转

进入 20 世纪，情况开始发生逆转：人们对浪漫派及其代表人物探索兴趣的激增与研究的逐步深化，促使人们逐渐改变对浪漫派的不公正看法、种种偏见和误解。文艺学这一新学科的出现，至少与下述两件事存在因果关系。

其一，弗里德里希·施莱格尔哲学手稿，特别是他那内涵丰富、哲理深刻的《哲学见习期》的发现，激发了人们对弗里德里希·施莱格尔的探索热情。哲学家威廉·狄尔泰于 1861 年在波恩研究了弗里德里希·施莱格尔兄弟的遗稿，被青年弗里德里希·施莱格尔的哲学笔记深深打动，暗下决心，根据未曾出版的原始资料撰写了一部浪漫派史。在他看来，弗里德里希·施莱格尔的观点"比起当初小心翼翼摸索的论文来，更富有独创性"。

其二，20 世纪 60 年代前后展开的关于德国浪漫派艺术和艺术概念的争论，主要是由对现代派艺术的不安或者由它的艺术魅力而引起的，而现代派的鼻祖是浪漫派。争论双方都援引早期浪漫派的思想倾向和诗学概念，这样的争论自然有助于激发对浪漫派美学的兴趣，推动浪漫派研究的深入。

研究现当代文学的专家们意识到，黑格尔及其追随者（如文学史家科尔夫和卢卡契）在反讽问题论战中的根本弱点就是他们对弗里德里希·施莱格尔式浪漫派反讽这一概念并未真正理解。或者说，他们所批判的并非浪漫派反讽本身。针对黑格尔的责难，文学史家奥斯卡·瓦尔策尔经过对浪漫派反讽进行深入研究后，在一篇题为《方法：弗里德里希·施莱格尔与佐尔格的反讽》的论著里指出："（黑格尔）这里所说的，与我上面所引用的弗里德里希·施莱格尔关于反讽的一些句子，简直是风马牛不相及。可谓是无的放矢……这位真正的大人物黑格尔，出于盲目的仇恨，就弗里德里希·施莱格尔式浪漫派反讽说了错话。"

瓦尔策尔在《浪漫》一书中对浪漫派反讽做了深入研究。在他看来，弗里德里希·施莱格尔的浪漫派反讽，作为"美学范畴是苏格拉底式愚昧无知的现代发展"，成了浪漫文学乃至现当代文学的一个本质特征。它完全符合柏拉图"高级反讽"的精神，比起诸如斯威夫特的粗野反讽来，显得高明。所谓"高级反讽"，并非讽刺、嘲弄之类的东西，而是把玩笑与真正的喜悦结合在一起的极端严肃认真的态度。这种态度使诗人具备支配题材的能力，使他避免"片面性和空洞无物的理想化"。

20世纪，随着德国浪漫派的"复兴"、文艺学研究的发展和深入，浪漫派反讽作为一个美学的核心概念，在文艺批评界日益受到青睐。现当代的德国文学史研究，或多或少都会涉及它。在全面论述浪漫派的学者中，下列几位是其中的佼佼者：奥斯卡·瓦尔策尔、格奥尔格·梅利斯、玛丽·约阿希姆、弗里茨·施特里希、保尔·克鲁克霍恩、尤利乌斯·彼得森和弗兰茨·舒尔茨等人。

更为引人注目的是，从20世纪初期起，以浪漫派反讽为主题的专著不断涌现，一批专家学者或以博士论文，或以专著形式，从不同的侧面、角度和层面，对浪漫派反讽进行了深入的分析和探索。例如：弗里茨·布吕格曼于1999年出版了《反讽作为发展史因素》，马克斯·普尔弗早在1912年就出版了博士论文《浪漫派反讽与浪漫派喜剧》，弗里茨·恩斯特于1915年出版了博士论文《浪漫派反讽》，费迪南德·瓦格纳于1931年出版了博士论文《浪漫派反讽与辩证法反讽》，汉斯·埃贡·哈斯于1950年出版了博士论文《反讽作为文学现象》，贝达·阿勒曼先后于1956年、1969年出版了专著《反讽与文学》，英格里德·施特罗施奈德·科尔斯于1960年出版了专著《理论与创作中的浪漫派反讽》，贝恩哈德·海姆里希于1968年出版了专著《德国浪漫派理论与文学作品中的虚构与虚构反讽》，赫尔姆特·普朗于1980年出版了专著《浪漫派反讽》等。

随着研究的深入，浪漫派反讽的神秘面纱正逐渐揭开，人们可以用千言万语细说它的本质特征，但它所涵盖的方方面面，却难以用简洁的文字给它下个明确定义，做到言简意赅、令人满意。

（四）浪漫派反讽小结

浪漫派反讽自19世纪诞生至今，经历了200多年，纵观两个多世纪的浪漫派接受史，可以得出下列三点看法。

第一，它是浪漫派美学的一个核心概念，在浪漫派美学中占有中心位置。它内涵丰富而深奥，不免难以理解和接受，但还不到不可以理解和接受的程度，只不过需要一个深刻钻研探索的过程。

第二，它的遭遇与德国浪漫派的命运息息相关，两者可谓唇齿相依、休戚与共。自浪漫派步入文坛以来，在漫长的历史长河中，它历经风雨坎坷，命途多舛。它时而惨遭批判，被打入冷宫；时而时来运转，东山再起。第二次世界大战结束后，由于民主德国和联邦德国奉行不同的文化政策，它因此有了不同的际遇。在联邦德国，浪漫派受到重视，它与它的代表人物的文化遗产得到很好的保护，卷帙浩繁、规模达35卷的《弗里德里希·施莱格尔全集（评注本）》的编纂就是例证；而在民主德国，在敌视浪漫派、充当它的审判官和文坛"教皇"卢卡契的影响下，浪漫派简直成了人人喊打的"过街老鼠"，直到20世纪60年代初，汉斯·马耶尔教授在莱比锡大学召开浪漫派讨论会以后，情况才出现转机。浪漫派在不同历史时期的不同际遇，成了浪漫派反讽的一面镜子。

第三，综观现当代文坛发展全局和倾向，浪漫派反讽正在被越来越多的人理解和接受，它的春天即将到来。

第三节 德国浪漫主义反讽的文学创作分析

一、弗里德里希·施莱格尔与小说《路琴德》

（一）小说《路琴德》的诞生

弗里德里希·施莱格尔本人最擅长的领域是文学史和文学批评，他自己并非充满创作冲动的作家。在他早期的通信中，谈得更多的是别人的作品，而不是自己的创作。早期的弗里德里希·施莱格尔几乎就没有进行过文学创作。在1792年致兄长的一封信中，他寄去了自己写的一些诗行，这也许是唯一的一次。在此后的几年中，弗里德里希·施莱格尔再也没有什么诗作，而是把精力更多地倾注于文学史的研究和文学批评上。1794年，弗里德里希·施莱格尔终于制订了一个创作计划。计划本来是要再现弗里德里希·施莱格尔和卡洛丽娜之间的关系；而且，弗里德里希·施莱格尔对小说的主人公和基调都有比较具体的设计。但是，这一计划并未得到实施。1794年夏天，弗里德里希·施莱格尔倒也确实着手创作一部小说，但并没有取得很大进展。

直到1797年深秋，弗里德里希·施莱格尔又一次提到要计划写小说。1798年10月20日，他第一次在给诺瓦利斯的书信中提及写作《路琴德》的计划。1798年11月中旬到1799年5月期间，弗里德里希·施莱格尔完成了小说第一部的创作，并于1799年秋季出版。他本来还计划写第二部和第三部，但是只完成了一些短小的非韵体片段和大量的诗作。依照弗里德里希·施莱格尔的计划，后续的部分应当是从路琴德的角度继续写下去的。在他的笔记中，研究者发现了很多与《路琴德》有关的计划和结构草案。另外，笔记中还有很多与别的作品相关的创作计划，这些计划大多与《路琴德》的"续集"有关联，要么是要放进《路琴德》当中，要么就是准备将《路琴德》包含在内。这就是说，我们今天所看到的《路琴德》在弗里德里希·施莱格尔的原设想中只是一部篇幅很长、涵盖范围很大的"浪漫主义小说"的开头部分。

汉斯·埃希纳在弗里德里希·施莱格尔作品校勘版中为《路琴德》所写的导读中说，自 1920 年起，这部小说在德国就是"浪漫主义文学中被阅读最多的小说"。

（二）小说《路琴德》的评议

《路琴德》出版以后，引起了很大争议。即便是在好友圈内，也只有施莱尔马赫支持（他于 1800 年在耶拿匿名发表了《关于弗里德里希·施莱格尔的〈路琴德〉的秘密通信》，为这部小说进行辩解）。当时小说在几个方面都成了一桩丑闻：无论是从社会角度还是从道德角度，或者从文学角度看，都掀起了不小的风波。

由于小说的自传色彩在接受过程中被过分强调，这部小说在当时被当成了描写弗里德里希·施莱格尔与多罗苔娅之间超越常规的爱情关系的纪实作品，所以在社会上成了丑闻。后世也有批评家把这部小说当成影射小说，并以此为途径来认识早期浪漫主义文学所处的社会现实。

从道德角度讲，这本小说强调灵魂之情与感官之爱的统一，忽视了当时存在的爱情与婚姻之间的区分，从而展示出新的道德价值观，所以不为当时的道德学家所容忍。弗里德里希·施莱格尔在小说中所表现的婚姻不再是男性与女性之间的理性联合，而是理想化的、最密切的人类联合体。婚姻不是体制化的现象，并不需要任何外在的许可。这种对婚姻的看法当然会引起激烈的反对意见，包括海姆、狄尔泰、贡道夫、瓦尔策等人在内的浪漫主义文学研究者都谴责这部小说中的"不道德"描写。这种理解方式的问题就在于，只是将《路琴德》的主题限制在情欲、婚姻和所谓的非理性倾向之中。

从文学角度看，这部作品的副标题是"一部小说"，这已经明确地指出了作品的类属。但这部小说无论是从内容还是从结构上来看，都打破了小说创作的传统，为小说这种文学体裁增加了新的内涵。传统的小说经常被理解为讲述一个爱情故事，《路琴德》虽然也提到了爱情，但没有讲述爱情故事。

从结构上看，除去前言外，《路琴德》一书由十三章组成。这十三个部分在形式上和内容上都很对称，第七章"男性的学习年代"之前和之后各有六个章节，其长度和外部形式都基本平衡，而且前六章和后六章在内容上有很明显的对应。

前言之后出现了另外一个副标题"一个笨人的忏悔录"。"忏悔录"这个词很容易让人想起弗里德里希·施莱格尔之前其他作家的一些作品，如基督教拉丁神父奥古斯丁的《忏悔录》、卢梭的《忏悔录》和歌德的《威廉·迈斯特的学习时代》中的第六卷《一个淑女的忏悔》。路多维科在《关于小说的通信》里将"忏悔录"和阿拉贝斯克并列为"我们这个时代仅有的浪漫主义自然产品"。由于"真实的故事是所有浪漫主义文学的基础"，忏悔录作为"作者或多或少有些掩饰的自我认识"就成为浪漫主义小说的重要因素。而"笨人"的称谓也表明这部小说的主人公与传统小说中主人公的发展模式不同。这种笨人式的主人公当然就不是传统小说中的"英雄人物"了。

这部小说的语言形式多种多样，既有对话，也有细致入微的描写；既有场景描写，也有诗意幻想。这些形式相互更替，不断变化。而语言风格本身也多种多样，既有颂歌，也有简单随性的日常对话；既有充满音乐性的非韵体散文，也有论证性的演讲。从内容上来看，既有叙述，也有描写；既有性格刻画，也有回忆和反思。对读者来说，这些变化都会影响其阅读心理，传统的阅读期待在这本小说上很难找到切入点。形式上的多样性（书信、对话、反思、叙述）正好体现了弗里德里希·施莱格尔自己的小说理论，也就是说，小说作为一种综合的文学形式应该体现出阿拉贝斯克的艺术原则。

二、《路琴德》的自传色彩

小说《路琴德》不可否认地充斥着自传的色彩，弗里德里希·施莱格尔与多罗苔娅的恋情或多或少地体现在小说对爱情的描写中。

1798 年夏天，弗里德里希·施莱格尔在一个沙龙上认识了摩泽斯·门德尔松的大女儿多罗苔娅·法伊特。当时他二十五岁，而她年长七岁，而且正处在和银行家西蒙·法伊特的不幸的婚姻之中。多罗苔娅十九岁时就嫁给了和他们家相熟的西蒙·法伊特，而且这一婚事完全同当时的习惯相符，就是所谓的父母之命、媒妁之言。多罗苔娅无权决定自己的婚姻。她在家庭生活中的表现也算符合常规：一共生了四个孩子，但其中两个不幸早早地就夭折了；夫妻之间的关系始终没有得到改善。这并非他们两人中谁的过错，错就错在当时的社会环境。法伊特品行不差（多年后他对待离婚后的多罗苔娅和他俩的儿子的态度也堪称典范），同当时的大多数犹太青年一样，早早就投身于职业，直到很久以后才有时间和机会接触精神方面的活动。而多罗苔娅是门德尔松宠爱的女儿，由门德尔松（他是哲学家，还管理着一家丝绸制品工厂）亲自抚养成人，接受了即使不太深入但对于当时的女性而言也算得上非常全面的教育。两人之间当然有很大的差异，再加上并没有真正的爱情，关系出现裂痕也难以避免。多罗苔娅当然会在精神活动中寻找寄托，而这些活动又使得她离丈夫越来越远。婚后不久，她就在自己家里组织了一个读书会。每个周五的晚上，她还参加康德学派分子马库斯·赫尔茨组织的聚会，并和赫尔茨的妻子、洪堡兄弟建立了文友关系。而且，她的女友们也都举办各种各样的沙龙，参加者不仅有贵族，更重要的是还有一些文化精英，如洪堡兄弟、施莱尔马赫。后来，弗里德里希·施莱格尔、费希特和蒂克也加入了。

多罗苔娅在这个圈子里获得了许许多多的启示，这对她自己的思想发展和个性成长有很大影响。但是，这些精神活动并没有为她的不幸婚姻带来任何慰藉。当她在1798年夏天结识弗里德里希·施莱格尔时，多罗苔娅正处于绝望的边缘。当时的弗里德里希·施莱格尔仪表堂堂，很有吸引力，而且充满智慧和激情。不难想象，这个从未经历过真正爱情的成熟女人会以多么大的热情来回应弗里德里希·施莱格尔的关注。

从弗里德里希·施莱格尔这方面来讲，人们可能会对他的选择表示疑惑，因为多罗苔娅的外貌不会对他产生很大的吸引力：同时代的人都不止一次地提到过，多罗苔娅缺少魅力，也算不上温柔。但是，当他们两人第一次相见时，她就给他留下了深刻的印象，这一点连旁人都觉察到了。不久，弗里德里希·施莱格尔就发现，多罗苔娅就是他长久以来一直有意无意在寻找的女性：她带来友谊，和她相处非常美好，她综合了精神上的体贴、感官上的激情。这就是弗里德里希·施莱格尔的爱情。

正是她和弗里德里希·施莱格尔的爱情给了他最终的动力。他们先是共同生活了好几年，直到1804年才成婚。在对尤利乌斯的生平描写中，特别是在"男性的学习年代"一章中，出现了很多弗里德里希·施莱格尔自己生活中的人物形象和恋爱关系（特别是他的莱比锡求学时代）。

后世在评价《路琴德》时都没有忽视追溯小说人物在现实生活中的原型，但得出了截然不同的结论。在我国影响不小的文学史家勃兰兑斯对这本书以及弗里德里希·施莱格尔和多罗苔娅的这段恋情评价不高。但在德国当代浪漫主义文学研究中，已经没有多少学者会对勃兰兑斯的《德国的浪漫派》一书感兴趣了。

三、《路琴德》中的爱情观

（一）《路琴德》中爱情观的体现

在《关于最美情形的酒神颂歌式的想象》一章中，尤利乌斯这样回顾结识路琴德之前的时光："我当时肯定会把这当作童话，不会相信会有我现在感受到的这种快乐、这种爱情，也不会相信会有一个这样的女人，她既是最温柔的情人，还是最好的伙伴，而且同时也是一个完美的朋友。"这句话包含了整部作品的核心。这种思想与整个时代都格格不入。

这样的爱情当然要求其对象有着完全非同一般的特点。路琴德"和别人不同"，她不知道"习惯和顽固观念把什么称为女性"，对她来说"生活和爱有着同样的意义"。这样的非凡女性能够和爱人一起"走过人类所有的台阶，包括最放松的感性和最深邃的精神"，因为只有她身上融合了"真正的骄傲和真正的女性谦卑"。

在《路琴德》中，作者本人的爱情观以及女主人公在"感觉解放"的过程之中的想法占有比较重要的位置。但是，这些思想观点只是对道德和社会观念革新加以讨论的一个出发点。结合弗里德里希·施莱格尔在《雅典娜神殿》中论及婚姻的断片，我们可以发现，爱情在他心目中占据了神圣的位置，但是，这与通常的婚姻概念没有必然联系："人们称之为幸福的婚姻与爱情的关系，犹如一首工整的诗与一席即兴演唱一样。"弗里德里希·施莱格尔认为："几乎所有婚姻都不过是姘居，即左手上的婚姻，甚至不过是暂时尝试实际结合，而离真正的婚姻遥遥无期。婚姻的本质不是按照这种或那种体系的悖论，而是在于根据宗教的和世俗的法则使两个人成为一个人。这个思想高雅而有教养，但它的实现似乎有许多巨大的困难。如果问题在于一个人是否自己想要成为一种个性，抑或只是构成一种共同个性所必需的部分，那么也有发言权的任意在这里就应当尽量少受限制；并且不可忽视，究竟可以用什么彻底的办法对付四角恋爱。国家如果要强制维持业已失败的婚姻，那么也就因此排斥了通过新的，或许更成功的尝试而得以促成的婚姻本身的可能性。"

弗里德里希·施莱格尔对世俗婚姻概念的反感主要体现在对国家的或者教会的结婚仪式的评价不高。但值得注意的是，婚姻问题中的经济因素没有被提及。这些结婚仪式本身是多余且没有效果的，如果两个人之间存在真正的爱情，就完全不需要这种外部强加的联系，因为这种联系并不能让爱情持续长久。忠诚或者忠贞实际上只能存在于爱情之中，世俗婚姻不能保证忠诚和忠贞。

"对不起，我的爱人。我不愿意突然发怒，但是我根本理解不了人们怎么能够嫉妒……对我来说，幸福是确定的，爱情和忠诚是一体的。当然，人们实际上是以另一种方式来爱的。男人爱的是女人身上的种属，而女人爱的是男人身上的自然材质及世俗存在的分量，双方在孩子身上爱的只是他们的后代和他们的所有物。在这种情况下，忠诚是一种功绩、一种美德；而且，嫉妒也在那里占据了自己的位置。"

此处的"种属"暗示了弗里德里希·施莱格尔的爱情观具有强调个体的色彩。在浪漫主义之前的启蒙运动和古典主义中，"种属"这个概念更加流行。显然，弗里德里希·施莱格尔认为，在真正的爱情中，爱的对象应该是一个具体的、特定的人，而不是种属。

（二）《路琴德》中讴歌真正的爱情

真正的爱情在小说里得到了大力讴歌，尤利乌斯将他和路琴德的关系也称为婚姻："这是婚姻，我们精神之间永恒的统一和联系，它并不只是为我们称之为这个和那个世界的东西而存在的，而是为那个真正的、不可分割的、无名的、无限的世界而存在的，是为我们全部的永恒的存在和生活而存在的。"这种真正的爱情让相爱的两个人感觉到："一切都永远生存着，死亡也是友善的，只是一种错觉。"就这样，生与死的鸿沟被爱情跨越了。

正因为爱情使得我们成为"真正的、完整的人"，正因为爱情能够跨越死亡，尤利乌斯在给路琴德的信中才会写道："那时我们相拥相抱，心中所有的狂喜和宗教一样多。"这种"爱情的宗教"让爱情双方对世界有了新的了解和认识："我们才真正对这个世界有了感触。通过我你认识到了人类精神的无限性，而我通过你理解了婚姻和生活以及所有事物的美好。"

《路琴德》是一本关于早期浪漫主义文学主要主题——爱情的一部小说，这种爱情不是那种仅仅局限于某个人身上的爱情，尽管爱情的对象似乎就是路琴德。实际上，这个人物代表了爱情中的一个类属，而且不仅是女人，还是整个人类本身。

作家在美学上的能量和在爱情中的能量几乎是同一种。弗里德里希·施莱格尔等人认为，爱的能力和得以实现的爱情是艺术创作的一个前提。尤利乌斯正是在实现了对路琴德的爱情之后才成为完整的艺术家。

四、浪漫主义反讽在小说《路琴德》中的体现

浪漫主义反讽（或者说"反思"）在小说《路琴德》中的体现可以在很多

章节中找到，几个主要章节中都有对文学和文学创作理论的反思。在短短的前言中就出现了好几位文学家的名字：彼特拉克、薄伽丘、塞万提斯。寥寥数语就点出了弗里德里希·施莱格尔创作这部小说的意图所在："彼特拉克带着微笑的感动俯视并打开了他永恒的叙事谣曲集，聪明的薄伽丘在自己的书的开篇和结尾处礼貌而略带奉承地对所有的女士说话。"

在弗里德里希·施莱格尔看来，这三位作家都是浪漫主义文学的代表人物。在《关于文学的谈话》中，安德列阿在所做的报告《创作艺术各阶段》中提到浪漫时代的"首要人物"就有他们。

弗里德里希·施莱格尔的前言与上述作家作品中的前言有一个很大的区别：在整个前言中的四段里，没有任何地方提到前言的接受者。卡闵斯基认为，这是弗里德里希·施莱格尔有意在前言中将读者"放逐"了。彼特拉克在《抒情诗集》、薄伽丘在《十日谈》的序言中明确表示将自己的书献给淑女读者，而且想要"替她们解除一些忧愁"；塞万提斯在《堂吉诃德》的上卷序言中将所有的话都说给"闲逸的读者"来听，并且还明确地祈求上帝保佑"温和的读者"健康，序言里还请读者"多多保重"。而弗里德里希·施莱格尔在序言中为了向读者告别，说出了"一句话"或者说描绘出来"一幅画"："并非只有皇家的鹰才可以蔑视乌鸦的聒噪，天鹅也是骄傲的，它并不理会鸦噪声。除了让自己的白色双翼保持洁净，天鹅并不关心别的事情。"

这段话中的三种动物分别代表了三种文学：乌鸦是低级、没有艺术性的文学的代表，皇家的鹰象征着高雅的文学，上文提到的三位作家的作品应该是其中的佼佼者，而天鹅可以理解为序言作者的自喻。

即使在序言中，我们也可以看出弗里德里希·施莱格尔对文学创作的思考以及对自己的要求。在他看来，天鹅所代表的文学也有一席之地。

《尤利乌斯致路琴德》这一章由尤利乌斯致路琴德的一封信构成，但是，这封信的开头并没有提及收信人。收信人只是在第一段间接地出现了："而且，我用我精神的眼睛也看见了以很多形象出现的那一个永恒和唯一的情人，她时而作为单纯的姑娘出现，时而作为充满爱情和女性的热情和能量的女人出现，时而作为怀抱严肃男童、充满尊严的母亲出现。"

就这样，情人并没有以具体的形象出现，而是作为一个整体出现了。尤利乌斯同时看到了这一切，并且享受着这一切。

到了第二段描写时，尤利乌斯才直接对路琴德说话。他向她指出，刚才的一切都只是梦境："你是如此的聪明，最亲爱的女友，你可能早就猜到了，这一切只是一个美丽的梦。"不仅如此，尤利乌斯还再次强调："这是幻象，亲爱的女友，这一切都是幻象。"直到这时，唯一真实发生的事情是，尤利乌斯刚才在窗前站过。

就在这短短的两个段落里，自我创造和自我毁灭得到了具体而形象的实践。这一点似乎与传统的打破幻象的技巧并无二致，弗里德里希·施莱格尔之前的狄德罗和斯特恩分别在《定命论者雅克和他的主人》和《项狄传》中使用过这种表现形式。但是，这里的自我毁灭也是尤利乌斯致路琴德的信件的一个组成部分。自我创造和自我毁灭这两种叙述方式实际上是对叙述直接可能性的回应，同时赢得了先验的色彩：对文学表达的思考和反思贯穿在第一封信的后半段中。

《路琴德》第五章的标题叫作"闲适牧歌"。牧歌本来是一种文学体裁，艾布拉姆斯这样定义维吉尔继忒奥克里托斯之后所奠定的正统牧歌的持久模式："牧歌是一首精美的传统的诗歌，它表达都市诗人对在理想化的环境里牧羊人和其他农夫纯朴恬静生活的一种怀旧的向往。"

弗里德里希·施莱格尔在《雅典娜神殿》第238条断片中论及先验文学时这样肯定牧歌的地位："先验文学以处理理想与现实之间的绝对相异性的讽刺作品开始，以哀歌的形式飘浮在理想与现实中间，以处理理想与现实之间的绝对同一性的牧歌结束。"

弗里德里希·施莱格尔赋予了先验文学非常重要的意义，认为它"无论什么地方都是文学，同时也是文学之文学"。而《闲适牧歌》就是以文学本身为主题，具体地讲，就是以《路琴德》这部小说的形成及其背后的文学理论为主题。

尤利乌斯就这样自我评价："看，我是自动学习的，一位神把某些旋律种进了我的灵魂。"这句话实际上来自荷马的《奥德赛》，原话是："现在，容我告你一番预言，神们把它输入我的心田；我想这会成为现实，虽然我不是先知，亦不能准确释辨飞鸟的踪迹。"在荷马的著作中，这是涉及文学创作的为数不多的几句话之一。这句话中的古希腊痕迹还可以从"一位神"的概念用法中看得出。在这里，"一位神"当然不是基督教传统中的上帝。而"旋律"表达出文学与音乐的密切关系，古希腊语的"音乐"正是来源于主管音乐、歌唱、文学和舞蹈的宙斯的女儿们"缪斯"。而尤利乌斯的"旋律"来自一位神，这种说法也符合柏拉图关于文学源于灵感的理论。

但是，尤利乌斯的这句话并非毫无矛盾。其中自我的自主性（"我是自动学习的"）与文学源于神赋灵感之间的矛盾非常明显，原文中通过一个并列连词"和"将这两点放置在一起。也就是说，在第一句话中我们就遇见了文学创作中相互矛盾的一对因素：自主性和受制性。这种矛盾关系是缠绕弗里德里希·施莱格尔的一个主要议题，浪漫主义文学的主要特征就在于此："在这里

（在神话的形成过程中）我发现有一种与浪漫诗那个伟大的机智极为相似的东西。这个机智不在单个的灵感中，而是在整体的构造中展示自己，我们的朋友已经多次在塞万提斯和莎士比亚的作品中阐述过这种机智。的确，这个人为的有秩序的迷惘、矛盾之间优美的对称，这个热情与反讽永恒而又奇妙的交替，即使在整体最微小的肢体中也在交替着。我觉得，这些本身已经是间接的神话了。"

对于弗里德里希·施莱格尔来说，"热情"就是"神性的思想和感情的明亮的混乱"。其中混乱就是不由作者自己决定的因素，而反讽则是作者自己可以控制的能力。正是在这种相互作用之下，文学得以诞生，得以成为文学。对于作者而言，就必须从"自我创造"出发，经过"自我毁灭"之后达到"自我限制"。

但是，《闲适牧歌》的叙述者并没有将引自荷马的话直接与文学创作，即"文学的欢快科学"联系起来，而是将它与"懒散的类似神灵的艺术"联系起来。

按照尤利乌斯自己的说法，他是"懒散的类似神灵的艺术"方面的大师。艺术之所以与神类似，是因为古希腊文学中神的形象是自足的，没有追求。尤利乌斯认为自己也是自足的，因为他的灵魂中已经被一位神种进了"旋律"。

尤利乌斯将懒散也视为与神灵类似，他在后文中的反思里对此有比较详细的说明："为什么那些神灵能成为神灵？难道不正是因为他们有意识地什么也不做，因为他们懂得这一点，是这方面的大师吗？诗人、哲人和圣人是如此努力，以求在这一点上像神灵一样啊！他们在赞颂孤独、安逸、无忧无虑和无所事事方面互相竞赛，一个赛过一个！"

依照这种说法，作家、智者和圣人故意追求无所事事，就是因为无所事事是与神类似的地方，使得神灵成为神灵。人类追求懒散和闲适，其动机在于想要与神灵平起平坐。

正因为尤利乌斯是懒散和闲适方面的大师，所以他才会说："关于闲适，我如果不自己思考、与自己谈论，那更应该与谁一起思考、一起谈论不可呢？"这段自白实际上也与费希特的绝对自我密切相关：自我只可以指自身，因为除了自我之外没有别的能够构架自我。而这句反问中的"更应该"还表现出一种自我的选择自由。

尤利乌斯对着自己说话这一行为显得很重要，这也体现为下文的独白中他对闲适的呼唤："甚至在守护神给我灵感，让我宣布真正的快乐和爱情的伟大福音已经到来的不朽时刻中，我也对自己说：'噢，闲适，闲适！你是纯洁与热情的生活气息；享受极乐的亡灵呼吸着你，谁拥有你谁就有福了，你这神圣的珍宝！你是天堂里留给我们的、具有类似神灵特点的唯一的残片。'"

在古希腊文学中，讲述故事的人常常在作品开始时呼唤缪斯，希望主管文艺的女神们可以眷顾自己。荷马的《奥德赛》的开头是这样的："告诉我，缪斯，那位聪颖敏睿的凡人的经历，/（……）开始吧，/女神，宙斯的女儿，请你随便从哪里开讲。"

而尤利乌斯在这里呼唤闲适，和古希腊诗人似乎有同样的意图。当然，其中还是有明显的区别的。荷马求助于不属于自我的神灵，而尤利乌斯的呼唤朝向的是一种抽象的现象，即闲适。另外，灵感的来源不是缪斯或者神灵，而是保护神。可以说，尤利乌斯的这段独白仍然涉及了文学中作家可以控制的和不可以控制的因素。

"福音"和"天堂"体现出基督教文化的影响。但是，快乐和爱情与福音的联系有些不同寻常，不符合基督教传统。

在古希腊文学中，对缪斯的呼唤是由故事的叙述者自己发出的，而这里的呼唤者是经历者，是故事中的角色。由此，叙述者赢得了一定的距离和自由，他没有像古希腊文学中的叙述者一样求助于神灵，但他可以对呼唤这件事情加以综述、进行反思，因为他身处故事的层次之上。另外，传统文学中的灵感问题成了故事中的主题，成了小说情节的一部分。其间的距离感还得到了进一步加大，因为尤利乌斯在呼唤时并没有真正发出声音，而只是"对自己说"。

不难看出，整个故事是由叙述者尤利乌斯讲述的，而故事本身主要是角色尤利乌斯的意识活动。尤利乌斯在这里只是讲述自己以前的思想活动，对灵感以及文学的产生问题加以思考的是身为人物角色的尤利乌斯。他是这样思考的："我想，这棵树（任性和爱情的奇妙之树）是自由萌发的，那就该让它自由生长，让它枝繁叶茂，我绝不想出于低微的、对整齐的爱好和节俭而去修剪生机蓬勃的多余的枝叶。"

故事情节中的尤利乌斯在这里论及了文学理论上的一个重要现象：阿拉贝斯克。在《关于文学的谈话》中我们已经了解了弗里德里希·施莱格尔自己的这种思想。

正如前面所论及的，《闲适牧歌》中的尤利乌斯实际上有两个，一个是经历者，另一个是叙述者。叙述者尤利乌斯并不是复述经历者尤利乌斯的内心思想，而只是指出经历者所思考的话题以及自己在进行反思这一事实。于是，读者不会产生幻象，不会把经历者尤利乌斯的意识活动和思考内容当作意识流一样。恰恰相反，叙述者尤利乌斯的中介作用得到了明白无误的体现，经历者尤利乌斯的思想意识主要是间接得到叙述的，它们都是以类似的话为开端而引出的，如"我也对自己说……"，"所以，我也想到……"，等等。由此，所叙述内容就赢得了距离，而且一直是抽象的。叙述本身显得更重要，而叙述内容的重要性有所降低。

不管是叙述内容还是叙述本身，都跟文学理论有很大关系。叙述内容就是尤利乌斯如何得到创作《路琴德》的灵感以及文学的起源和形成过程，而叙述本身也涉及了如何叙述。

从"他们（那些想从生活中减少睡眠的人）大概从来没有睡过觉，从来没有生活过"开始，到"最崇高、最完美的生活也只会是纯粹的艰苦度日"结束，这两句话之间的内容都与此相关。

另外，其他人物角色也参与了对文学或作品的议论。比如，直接的议论有："我……决定将来要用我自己的创造力为我们两个人重现这次巨大幸福所给予我的东西，并为你撰写这首真理之诗。"间接的议论有："不会蔑视的人也就不会尊重。这二者都只能是无限的，正确的态度应该是，戏耍人们。一定的审美恶意难道不是和谐教育的重要组成部分吗？"

在《闲适牧歌》中，关于文学的起源一直存在着两种说法：来自柏拉图的灵感说和作家自主性思想。尤利乌斯自己的思想俨然是对柏拉图学说的矫正，因为除了灵感之外，还有作家自身的反思。之所以将"思想和创作"以及"述说和构建"加以区分，就是因为前者是灵感，后者是艺术家赋予思想一定的形式。在先验文学中，对文学可能性条件的反思以及对反思的表现占据了很大篇幅，这也是弗里德里希·施莱格尔将文学以及文学理论（诗学）融为一体的根本原因。

尤利乌斯对于作家对自身的反思也有保留，并不赞成纯粹以自我为中心，因为这等同于自恋。"但是，水浪的逃遁和流淌是那样的沉着、平静、感伤，仿佛应该有那耳喀索斯在清澈的水面上映照自己的影子，沉醉于自身之中。假若我的天性不是那么不自私，不是那么实在，以至于我的思想总是无时无刻为抽象的善而操心的话，那么，那清澈的水面也会引诱我的，也会让我越来越深地沉醉于自我精神的内部景象的。"

此处的那耳喀索斯（希腊神话中的自恋者）并没有把自己当作他者加以考察，而是陷入了自恋之中，把自己当成了自己的镜子。对尤利乌斯来讲，这是真正的"自私"。叙述者将自己赖以对抗这种自私的武器称为不自私、很实际的天性，对"抽象的善"的追求使得自我可以避免陷入自恋。这样一来，自我就有了对立面，有了他者。他就可以"很认真地思考持久拥抱的可能性"了，因为拥抱的前提是分离，是另一个人的存在。

对于作家的可能性和能动性的意识也表现在，经历者尤利乌斯思考着自己应该如何超越命运："我思索有什么办法可以延长相聚的时间，避免日后因突然分离而吟唱令人心碎的哀歌。我不愿像迄今为止那样为命运的这种安排之中滑稽可笑的东西而喜悦，因为事情既已发生，就不可更改了。"

但是，不可支配的灵感是文学创作不可或缺的先决条件，所以，理性和个人行为并没有马上取得成功。理想的不可实现使得灵感得以占据统治地位："在绷紧的理性的力量因理想不能实现而崩溃松弛时，我才决开思想之堤，任其奔驰，顺从地倾听各种各样绚丽的童话；欲望和想象——我自己胸中不可抗拒的赛壬——用这些童话迷住我的感官。"

即使在这个"思想之堤"中，尤利乌斯的意识并没有完全丧失："我不想去批评说这种诱惑性的把戏是鄙俗的，尽管我知道大部分只是漂亮的谎言。"就是说，尤利乌斯在灵感的浸淫中还很清醒，还知道些什么。

《闲适牧歌》中，作家创作过程中可支配因素和不可支配因素之间的关系始终是重要的主题："想象的轻柔之音似乎填补了渴念的空隙。我满怀感激地察觉到了这一点，并决定将来要用我自己的创造力为我们两个人重现这次巨大幸福所给予我的东西，也为你撰写这首真理之诗。"其中的"幸福"是被给予的，是不可支配的；而"决定"是自己做出的，属于可以支配的因素。

可以看得出，消极无为显得极为重要，就是因为灵感是文学生成的必需条件："如果人们不是完全听凭某种天资的影响，那么，一切思想和文学创作又怎能发生？然而，在一切艺术和科学中，说话和描绘只是次要的事情，重要的是思想和文学创作，而这只有做到消极无为才有可能实现。当然，这是一种有意的、任性的、片面的消极无为，但终究还是消极无为。"

创作过程中的这对相互矛盾的因素在《闲适牧歌》中频频出现，而且还以暗喻的形式出现。在关于剧场的想象当中，"寓意喜剧"中的赫拉克勒斯就体现了这种矛盾关系。普罗米修斯在"寓意喜剧"中"制造"观众，这些人站在舞台前面，是舞台表演的接受者。由于这是一出"寓意喜剧"，我们就可以将普罗米修斯与进行文学创作的作家相比较，普罗米修斯制造出"寓意喜剧"中的人物形象，而作家创作出文学作品中的人物形象。但是，普罗米修斯制造的人物形象却有些问题："怎么就能够想着去造人呢？这些根本就不是正确的工具。"普罗米修斯是"教育和启蒙的发明者"，他"工作得非常快捷卖力"，但却使用了错误的工具。这就是说，文学创作中不应该以技术化的手段来创造人物形象，这样的创造注定要失败，因为它没有为灵感及其基础——闲适留下任何余地。所以，普罗米修斯也不能得到悠闲："而正因为普罗米修斯诱使人劳动，所以他现在也不得不劳动，不管他是否愿意。"

作为与普罗米修斯相对的正面典型，赫拉克勒斯的行为体现了积极与消极之间的正确关系。赫拉克勒斯也创造人，但他的方法更加正确，他接受并顺应已有的事物。"在这一点上，我们的朋友赫拉克勒斯想得更为正确，他为了人类的福祉，可以在一夜之间让五十个姑娘有事可做，而且都是英雄姑娘。"当然，"他也劳作过，曾经扼死过很多凶恶的野兽。但是，他一生的目的始终是高贵的闲适，也正因为如此，他来到了奥林匹亚。"赫拉克勒斯是自己的主人，他总是将工作的目的置于工作之上，所以，他可以心安理得地看着普罗米修斯辛苦劳作，而且没有感觉到竞争压力。消极无为成了可以带来创造性的意识状态和感觉状态。正是在这种状态下，个人愿望才得以远离世俗标准而得到明确的表述。

文学理论中的这种不可支配的灵感与有意识的、可支配的作家主体意识之间的矛盾关系也在其他地方得到了体现。由此，《闲适牧歌》很好地体现了"这个热情与反讽永恒而又奇妙的交替，即使在整体最微小的肢体中也在交替着"。

应该顺带提到的是，本章中对闲适的歌颂实际上也是对发展迅速的现代生产方式的批评。机器使得人类的工作环境严重地非人性化了，人们以普罗米修斯式的方式不知疲倦地劳作，陷于沉重的工作压力之下，从而不能真正享受人生，个人没有能力设计和实施自己的生活。在业绩至上的社会中，人类自身被异化了，而且对身边的环境没有任何影响力。普罗米修斯就在锁链的捆绑中工作，"他身边还站着几个魁梧的汉子，他们不停地催促他、鞭笞他"。《闲适牧歌》以玩笑和游戏的方式对这种社会的发展趋势进行了批评性描写。

对文学创作的思考以及显现出作家主体意识的反思不仅表现在《闲适牧歌》一章中，其他几个章节也都有篇幅不短的自我反思。好几个章节都可以分为两个部分，比如，第一章《尤利乌斯致路琴德》中的间隔在第15页，第七章《男性的学习年代》中的间隔在第100页，其中第二部分都是对写作的反思和思考。实际上，这种趋势在前言中就已经得到比较明显的表露："但是，我的精神中有什么可以给予他的儿子呢？他和他儿子一样，都缺乏文学，而富有爱情。"这种自我怀疑表现出了文学以及文学创作过程中作家的主体意识。

正是出于这种考虑，恩斯特·贝勒认为，同为浪漫主义小说，《路琴德》和蒂克的《施特恩巴尔德的游历》的区别就只在于，《路琴德》中出现了寓意，也就是说，其中出现了很多反思和理论。贝勒把《路琴德》称为"寓意小说"，并认为"寓意"同时具有"象征"的含义，只是当时弗里德里希·施莱格尔还没有接受歌德和谢林等人的影响，没有使用过"象征"一词。不仅如此，贝勒还认为，《路琴德》一书中也包含了关于寓意小说的理论。为支持这一观点，贝勒引用了弗里德里希·施莱格尔在《关于小说的通信》中的一句话："小说的这样一个理论自身也应该是一部小说。"在《路琴德》中，反思占据了非常重要的地位，第十章的标题就叫"反思"。反思本身也让人想起文学史上的一些作品，如拉罗什富科的《箴言录》（原标题可以直译为"反思或道德格言与箴言"）。文学反思贯穿于整部小说中，小说的构思、计划、理念和成形都得到了展示。小说最初构思的由来在《闲适牧歌》中得到展现。《小威廉米妮的性格刻画》中隐藏着作品的自我呈现。小威廉米妮具有"内在完美"和"欢快的自我满意"，"她会很多小丑艺术，对小丑艺术很在行"。这让人想起弗里德里希·施莱格尔在谈论先验文学时提及的诙谐色彩。尤利乌斯这样讲述他和这个非同寻常的孩子的关系："如果我模仿她的表情，她马上就会模仿我的模仿；就这样，我们有了一种表情语言，可以用表现艺术的象形文字进行交流。"似乎在这里可以看出《路琴德》的特征。而小说的象征意图在作品中得到明确说明："真正的字母是全能的，本来就是魔杖。想象这个高贵的魔术师所有不可抵抗的随意正是凭借着字母来触动整个自然的崇高混沌并催生出无限的语言，这种语言和神性精灵一模一样，正是它的镜子，这种语言被世人称为宇宙。"这种精神反思也可以从小说中多次出现的语汇中看出：镜子、回声、那耳喀索斯。弗里德里希·施莱格尔的《路琴德》中的男主人公也对文学创作进行了反思："但是，作为有教养的情人和作家，我想尝试构造这种粗糙的偶然，并把这种偶然设计成目的。对于我以及这些文字来说，对于我的爱情来说，对于爱情的构成来说，只有这一点更加符合目的性：在开始时我就将我们称为秩序的东西毁灭掉，远离秩序，使我自己获得诱人的混乱的权力，并通过行为来保存这一权力。这一点显得尤为必要，因为我们的生活和爱情给予我精神和笔头的材料具有如此不可阻挡的渐进性和不可改变的系统性。"就小说创作而言，其中的阿拉贝斯克原则得到了说明。联想到阿拉贝斯克最初源于美术，我们可以理解为什么尤利乌斯是个画家了。实际上，画家的功能就在于将时间纬度的事物转化为空间纬度。尤利乌斯成熟后所画的作品中出现了正在洗浴的姑娘、水边的那耳喀索斯、母亲和孩子，这些人物都以画面的形式重复着下面几个主题：自然、沉浸于自我的艺术家和代表着母性理想形象的情人。他们分别代表了女性群体、单个男子和母亲与孩子的结合。这里面包含辩证三原则：正论、反论和合论。而阿拉贝斯克的主要原则在小说中的体现可以深入作品人物中，而不仅仅局限于小说的整体结构上。正是反思使得自我创造和自我毁灭的行为具有先验的特性。自我创造和自我毁灭都是表现的必要手段，在第三个阶段，二者获得了统一，达成了综合统一。小说、非韵体散文、断片不再是相互界限非常明显的文学形式，这部小说包括了几乎所有别的体裁，同时是自我呈现，也是反讽式的自我嘲讽。

　　在这里，这部小说中的反讽或者说对于文学的反思并没有穷尽。弗里德里希·施莱格尔自1797年起就写下了不少断片，以论述他自己的小说理论。后来，这些论述在1800年出版的《关于小说的通信》里得到总结。弗里德里希·施莱格尔自己在这封信中写道："小说的这样一个理论自身也应该是一部小说。"应该说，《路琴德》这部"关于小说的小说"在一定程度上实现了弗里德里希·施莱格尔自己的理论主张。

第六章　德国早期浪漫主义文学中的女性诗学

在德国早期浪漫主义作品中，诗化的世界观是其理论的基础要素。从女性视角耙梳和阐释德国早期浪漫主义女性观，发掘女性诗学的浪漫想象、审美空间，揭示女性对早期浪漫主义思潮和文学的贡献，凸显浪漫主义之女性因素，较为完整地呈现德国早期浪漫主义女性诗学框架。本章分为浪漫派的诗学、德国早期浪漫主义文学中女性诗学的观念，以及德国早期浪漫主义女性诗学的典型人物研究三部分。主要包括"女性：早期浪漫主义诗学的化身""女性：自然寓意与浪漫表征"，以及索菲·梅里奥 - 布伦塔诺的生平等内容。

第一节　浪漫派的诗学

一、本体的诗

浪漫派有两个"诗"的概念，弗里德里希·施莱格尔分别用"Poesie"和"Gedichte"来指称，前者指形而上的诗，是世界的本体，是审美、精神和道德的统一体。它是一种无限的创造力，是生命的自我显现。后者则是形而下的诗，是作为文体之一的诗。弗里德里希·施莱格尔虽然有时用前者指称后者，但都要加以限定，所以其间的界限基本是清楚的。弗里德里希·施莱格尔用他的《谈诗》区分了这两个概念而且分清了它们的内涵。

谢林的自然哲学认为，上帝创造万物，包括人、诗、地球。而诗就是地球，就是孕育、滋养万物的大地，我们人类是它的一部分。人与诗的关系是，人的所有的作为、所有的欢乐，都是在创造诗。诗在人的心中，人与心中的诗互感相通。

弗里德里希·施莱格尔在《谈诗》中还说："因此，所有艺术与科学最内在的奥秘属于诗。从那里生出一切，一切又必定回归那里。在人性的理想状态，只会有诗的存在，即艺术和科学融而为一。而在我们，只有真正的诗人才是理想的人，才是通才的艺术家。"原文首句中有"Eigentum"一词，也就是说，艺术与科学最本质的东西属于诗，是诗的财富。诗既是万物之源，也是万物的归宿，又是人的理想状态。这诗也就被弗里德里希·施莱格尔称为"原初之诗"。

浪漫派就把诗的境界看作一个本体性的超越现实的理想境界。而改造当下庸俗的"散文"社会的途径，就是"诗化"。因为诗人是完整人性的体现，所以诗的王国才是唯一自由的王国。

浪漫派在德国古典哲学的滋养下，形成了自己超越艺术的、人文主义的"诗"，以及相关的"诗意、诗意的人生"等别具含义的概念。其实质是通过"诗"把人类提升到最高的境界，以实现对永恒、对绝对精神的追求。它体现了浪漫派对现实的否定、对理想的追求、对美好未来的企望，它包括完善的人、完善的社会以及人与自然的和谐等。

罗素曾说过："浪漫主义运动的特征总的来说，是用审美标准代替功利的标准。"于是形成了欧洲文化中独特的审美人文主义方向，即审美不只是单纯的艺术，而且有了关涉人类生存发展的意义。可以说正是德国浪漫派，为这个审美人文主义奠下了第一块稳固的基石。

二、文字的诗

关于文字的诗，弗里德里希·施莱格尔、诺瓦利斯都有不少论述，虽然构不成体系，但体现出浪漫派对文学之诗的理解与诉求。下面择其要而综述之。

（一）诗学之融会

弗里德里希·施莱格尔发表于《雅典娜神殿》上的《断片》，一向被视为浪漫派诗学的基本纲领。他开篇就说，浪漫诗是渐进的、融会的诗。它的使命不仅是把诗的被割裂的体裁重新统一起来，让诗与哲学、修辞学相接触，还要把诗和散文、天赋和批评、艺术诗与自然诗或糅合或融会，使诗生动而有社会性；赋予生活和社会以诗意，把机智变成诗，使艺术形式充满纯正、实在的内容，并利用幽默使其生动。

这段话的第一句是定义，后面是对定义的解释，主旨就在这个"Universalpoesie"（融会的诗）。对这个自造的组合词，中译者有不同的译法，如总汇诗、包罗万象的诗、涵盖一切的诗、整体的诗等，其中的"包罗万象"最为接近词根"universal-"的本义。但联系上下文可知，它指的并不是简单的包含与囊括，而是各文体的有机融合，同时还要融通文学之外的东西，所以用了"融会"。弗里德里希·施莱格尔在《断片》中对"Universalität"的解释支持了"融会"的译法。

他说"Universalität"就是所有的形式和所有的材料相互补充。只有凭借诗和哲学的结合，它才能达到和谐。……融会精神的生命是一连串不间断的内在革命，所有原初的、永恒的个体就生活于其间"。针对这种新诗体，弗里德里希·施莱格尔还创造了一个新词"Sympoesie"，用以表示"相互取长补短、相辅相成"之意，并期望着"有一种艺术能把诸个体融为一体"，其中的"verschmelzen"就是熔化、融合之意。由此可见，"融会"就是浪漫派所追求的新文学的本质。而这个"诗"显然不同于传统的分行、押韵的"诗"。

　　浪漫派的"融会的诗"是对文学传统的颠覆。在西方文化中，自亚里士多德以来就开始给科学和艺术分类，到贺拉斯则更加严格地区分文体和规则，他说："每种体裁都应该遵守规定的用处。"可以说，要求体裁的纯正，成了古典主义以及新古典主义的戒律，并沿袭成为传统。启蒙文学、魏玛古典主义也重视并遵从这一传统。而浪漫主义却要推翻这两千年来"分"的文学，建立自己"合"的文学，这不能不说是一次文学革命。其实不只是"Universalität"，与其近义的"Vereinigung（联合、统一）""Ganzes（整体）"等概念，在弗里德里希·施莱格尔和诺瓦利斯的著述中也常常出现，所以"融会的诗"是浪漫派克服分裂、实现"统一"的理想在诗学上的体现。

　　与"融会"相关联，弗里德里希·施莱格尔还提出，浪漫诗是"无限的"。"无限的"至少应该有三层意思。首先，其形成是无限的，因为它不是单纯的一个文体，也就永远不会"固定"，也不会"完成"。弗里德里希·施莱格尔说："其他的文体都已经衰亡，现在可以把它们彻底肢解开来，浪漫诗却正在形成当中。它永远只是在形成之中，永远不会完成，这就是它的真正本质。"其次，是其内涵的无限。因为浪漫诗要包容一切，要表现一切，从"吟唱歌谣的孩童"到"把许多其他系统囊括于自身中的那个艺术体系"，所以它必定是开放的，永远在吸纳、在包容，所以是"无限的"。

　　再就是诗人在开放的形式之下，他的创造力也是无限的。他的想象、追求是无限的，所以他的诗也就是无限的。正因为如此，弗里德里希·施莱格尔也承认："现在还没有一个形式能完全用来表现作者的精神"，因此，也没有一部完成的作品可作范本。浪漫派的小说如《亨利希·冯·奥弗特丁根》《哥德维》《无用人的生》等，情节散缓，诗、描写、叙述、对话、议论、说理相融合，应该接近弗里德里希·施莱格尔的这个"诗"，但也远远没有达到这个"诗"。而因为它的无限性，也永远不会有什么人在完全意义上创作出这样的诗。显然这是理论家的理论，而实际创作则是另外一回事。在弗里德里希·施莱格尔提倡融会和无限的同时，他自己以及其他浪漫派的作家，也都还在写相当传统的诗。

（二）诗学之自由

弗里德里希·施莱格尔指出，诗人可以不受任何形式和规则的束缚，他有绝对的创作自由，只有诗才是自由的。弗里德里希·施莱格尔还说道："它能在被表现者和表现者之间，摆脱一切现实的和理想的利益，乘着诗意反思的翅膀飞翔。"特别指出这自由要靠摆脱功利来获得。这个观点恰与康德"美是无一切利害关系的愉快的对象"，即所谓"艺术不涉功利说"相一致。而此言论应该是针对启蒙思想和古典主义而发的。

启蒙文学是功利的文学，它要通过宣传科学、理性以开启民智、教化民众，实现其理性王国。歌德、席勒的"美育"，同样蕴含着改革社会的理想，所以在本质上也是功利的。而浪漫诗正是要打破种种"工具论"，推翻"载道"的文学，实现诗人真正的自由，创造纯粹的艺术。

古希腊以来的西方诗学，从亚里士多德开始，一直在做两件事，一是给诗分类，二是给诗制定规则。在亚里士多德看来，"诗"是一个上位概念，指的是"韵文"，他把它分成两类：戏剧和史诗，然后又把戏剧分为悲剧和喜剧。其《诗学》的原文"poietike"是"poietike techne（作诗的技巧）"的缩略，表明它是一本有规可循的"诗艺入门"。继《诗学》之后的贺拉斯的《诗艺》继续在这条路上前行，形式和规则更加受到重视。

德国自己的文学创作起步很晚，直到17世纪的巴洛克时代才有了民族文学的自觉。其代表人物都是人文主义者，他们继承了人文主义的理想，为建设自己的民族语言和民族文学，从先进的意大利、法国等引进各种诗歌形式，然后根据德语的语言特点加以改造，最后形成了自己的诗体和格律。那时的诗人，以学习为主，以规则为艺术。作诗被看作是学而能之的"技艺"，而不是创造。一直到启蒙时代早期，高特舍特还在强调规则。歌德的魏玛古典主义也十分重视形式美。因此可以说，德语诗歌从草创到高峰，一直有个讲究规则、形式的主流。而弗里德里希·施莱格尔的"自由、纵情"，无疑是要颠覆整个德语乃至欧洲诗歌的传统。

浪漫派既然否定了规则，也就否定了理性，于是艺术就来自非理性的天才创造。弗里德里希·施莱格尔认为，文字之诗不是靠理性的技艺写出来的，而是天才的诗人以自己的心感知那原初之诗，自己的灵性被神性激发而自然流淌出来的，所以它必定是自由的。因此，真正的诗是自然天成的诗，是神性与人的生命所蕴含的诗性的妙合。

诺瓦利斯所说的显然接近柏拉图的"迷狂"或是灵感。这是一个身心自由的诗人，在忘我的状态下，在神的灵性的光照下，依照神示进行创作，他的作品具有恰到好处的完美，显然这样的诗得之于天。而在这从天而得的创作中，天才在不知不觉之中为艺术制定规则。

在德国思想史上，浪漫派和狂飙突进作家都强调天才。他们所说的天才是指芸芸众生中的精英。比如弗里德里希·施莱格尔就说过："人们应当要求每个人都具有天才，但却不要期待每个人都确有天才。"

康德在《判断力批判》中对天才有详细的论述。他说："天才就是那天赋的才能，它给艺术制定法规。既然天赋的才能作为艺术家天生的创造机能，它本身是属于自然的，那么，人们就可以这样说：天才是天生的心灵的禀赋，通过它自然可以给艺术制定法规。"他强调的是艺术家凭天赋创造艺术，理性与灵感、自由和规律在"天才"的概念里自然地达到和谐统一。所以天才给艺术立法，而不是倒过来，人为艺术制定规则。这与浪漫派的观点在大方向上是一致的。

因为重自由、倡天才，因为没有功利性，所以浪漫派文学重抒情。诺瓦利斯认为"诗是表现感情的，即全部的内心世界"。除了外向的激情迸发之外，浪漫派更注重深潜人心的观照。在这一点上显示出与狂飙突进的区别。诺瓦利斯有诗云："你激起我高贵的激情，向深远的情感世界窥望。"而这里深远的内在世界不只是诗人的"内心"，而且包含着外在世界的"内在"。如果诗人不能沉入自己的内心，也就不可能洞察世界的本质。

诗表现主观自我还是客观世界，是启蒙运动以来德国历次文艺思潮争论的焦点。西方美学自亚里士多德以来形成了一个主流性的"模仿"传统，客观之物一直是艺术表现的中心。德国的启蒙文学继承了这一传统。特别是在早期，因为肩负着开启民智、教化民众的任务，所以理性、客观是其本色。后来的感伤主义、狂飙突进对其进行拨正，感情从边缘移到中心。这之后的魏玛古典主义寻求主、客二者之间的调和，钟摆又摆向客体。而浪漫派作为文学的新生代，代表着新一轮的否定，他们又坚定地站在感情一方。

诺瓦利斯明确地说："诗是表达心灵的，也就是表现整个的内心世界。"诗的媒介语言已经说明了这一点，因为它们是内心世界的外向呈现。因为诗人沉潜于心，他就必然"寂然凝虑，思接千载；悄焉动容，视通万里"（《文心雕龙·神思》），也就必然"乘着诗意反思的翅膀飞翔"，这就是想象。

康德在《判断力批判》中也论及想象。他认为美的理想要靠想象力来实现，他还具体地说明了想象的过程："想象力在一种我们完全不了解的方式内不仅能够把许久以前的概念的符号偶然地召唤回来，而且从各种的或同一种的难以计数的对象中把对象的形象和形态再生产出来"。这就肯定了想象有一种生产性能力。这些都从理论上支持、引导启发了浪漫派的美学理念和创作实践。

（三）诗学之精神

与唯物主义的"反映论"不同，唯心主义的浪漫派认为，诗来自精神。弗里德里希·施莱格尔在《谈诗》中提出一个看法：现代诗不如古代诗，原因是"我们缺少神话"。因此"我们应该共同努力，以创造出一个神话来"。他接着说："过去的神话里，遍地是青年人想象力初次绽开的花朵，古代神话与感性世界中最直接、最活泼的一切亲密无间，并且按照这一切的模样来塑造自己。新神话则反其道而行之，人们必须从精神的最深处把它创造出来。"这里弗里德里希·施莱格尔明确地区分了古代神话与新神话：古代神话来自直接的感性和模仿，也就是我们常说的来自现实生活；而新神话则是从精神深处创造出来的，同客观世界毫无牵涉："一个新的神话只能产生于精神最内在的深处，就像是通过自身而产生出来似的。……唯心主义以同样的方式，可以说是从虚无中产生出来，而且目前在精神世界中已经有一个坚实的据点被建造起来……唯心主义将不仅在生成方式上成为新神话的范例，而且它本身也以间接的方式成为新神话的源泉。"这里弗里德里希·施莱格尔指出一个精神生产的系列：唯心主义—新神话—现代诗。它们都是从虚无的精神中产生的，其中唯心主义是新神话的"生成方式"，新神话是现代诗的基础。所以可以说，诗出自精神。

诗既是精神的创造，诗也就表现精神，包括人和自然万物的"精神"。浪漫派在面对自然时，着力把握的不是它们的外在形貌，而是内在的生命本质，比如诺瓦利斯就说过："诗确实是唯心主义的，它观察世界，如同观察一个伟大的心灵，这是宇宙的自我意识。"

因为诗来自精神、表现精神，它必然有形而上的倾向，也就是哲学式地追问天人之际。弗里德里希·施莱格尔曾赞许古希腊人的"诗同哲学的相互交融"，他还明确地说："一部作品含有多少精神它就有多少价值。"他也曾直接向诺瓦利斯指出："你并非徘徊在诗与哲学的交界线上。在你的精神里，这二者亲密地相互渗透，融为一体。"可见诗与哲学的融合不仅是弗里德里希·施莱格尔的美学理想，也是诺瓦利斯的思想和创作实际。

因为要表现形而上的精神，而诗与哲学是不同的，所以它就要借助形象，通过象征的手法来实现。可以说，"象征"是浪漫派明确的美学追求。对此，弗里德里希·施莱格尔在《谈诗》中有清晰的表述："我们没有神话，没有适用的象征性的自然景物作为想象的源泉，作为每种艺术以及艺术表现所需的生动的系列形象。但是我要补充一句，我们就要有神话了，它不只是旧的象征，而且我们借此可以获得新的；或者毋宁说，我们应该努力重建这样象征性的认识和艺术。这一时刻就要来了。"为什么诗应该是象征的？因为浪漫派追求精神、追求无限，所以他们要解决的问题就是，怎样通过具体的有限来表现抽象的无限。而象征按照歌德的定义正好是在特殊中表现一般，也就可以解决这一问题。另外，弗里德里希·施莱格尔的象征还与隐喻同义，因此他还有如下论断："一切美都是隐喻。那最高者正因为是不可言传的，所以只能通过隐喻说出来。"奥古斯特·威廉·施莱格尔也说："谢林认为，以有限的方式表现的无限就是美，这个定义里应该已经包括了崇高。我对此表示完全赞同，仅仅希望这样能表达得更好：美是对无限的象征复现；因为这么一说，为什么无限会出现于有限之中就变得清楚了……无限怎么被引导到表层，怎么会显示出来呢？这只是象征地以图像和符号的方式出现的……作诗（这是最广泛意义上的诗，它是一切艺术的基础）不是别的，就是不断地用象征来表示。"而托多罗夫则进一步认为："如要把浪漫主义美学浓缩成一个词，这就是奥古斯特·威廉·施莱格尔在这里用的'象征'这个词。"而当文字的诗要表现先验的精神、指向无限和永恒的时候，它也就趋向并实现着本体的诗。所以浪漫派的诗学，他们的两个"诗"，一个是普遍的理想，一个是具体的实现，二者相辅相成，有机地构成一个看似玄远其实自足的体系。

（四）诗学之反讽

反讽是浪漫派诗学的另一个重要范畴，主要涉及小说和戏剧等叙事文学。反讽的德语原文是"Ironie"，出自拉丁语"ironia"，并可上溯到希腊语"eiron-ela"，意为"精致的讽刺"，也就是我们常说的"反话"，是古希腊的一个修辞学术语。弗里德里希·施莱格尔给它加进了新的内涵，但却没有给出一个权威性的明确定义，更没有全面系统的论述，所以让后世的研究者见仁见智、莫衷一是。根据弗里德里希·施莱格尔的文本，结合个人的理解和他人的研究成果，大致说明如下。

弗里德里希·施莱格尔较为集中地论及"反讽"，是在他《艺苑断片》中的42则和108则，此外在短文《论不理解》以及其他断片中也有所涉及。

将弗里德里希·施莱格尔对反讽的最重要论述进行梳理，大致可得出以下几点结论。首先，反讽本是修辞学的一个术语。弗里德里希·施莱格尔的反讽虽与此相关，却另有新意，它建立在哲学而不是纯粹语言学的基础上。

其次，反讽是矛盾的统一。它是感性与理性的统一、自然科学与美学的统

一、有限和无限的统一、理想与现实的统一。反讽有内外两面，"内在"严肃、深刻，"外在"幽默滑稽；"内在"是居高临下的超越，"外在"则能带来笑声。它源自智慧，表现为感情。

最后，反讽集中表现了艺术家的创造力。这种创造力有两种元素，一个是激情的"自我创造"，另一个是限定、修正的"自我毁灭"。在创作过程中，如果听任自我创造的激情自由发展，那么创作主体就必然屈从于本能，精神沦为奴隶，从而失去了自由。因此，就必须有清醒的理性来制衡，于是就出现了感性和理性的对立，随之也就产生一个统一二者的冲动，在此基础上产生出"飘浮"于二者之上并调和其矛盾的反讽。因此，反讽的本质就在于统一"自我创造"和"自我毁灭"，调节人自身上对立的两极，使人能超越自己，达到精神的绝对自由。

反讽主要表现于小说和戏剧创作中。弗里德里希·施莱格尔在《论不理解》中举了两个反讽的例子。其一是"戏剧反讽"，"即诗人写了三幕戏之后，不料却变成了另外一个人，但还是不得不把最后两幕写完"。这是说，艺术家在创作中有绝对的自由，他出于控制自己的"激情"、拉开距离的目的，在剧情走向高潮的时候，突然改变了自己的视角：他可能打断或改变事件的原有进程，也可能告诉观众，刚才的一切全是子虚乌有，你们千万不要当真。然后按照新的立场和逻辑把戏写完。那么情节就被分成两截，打破了已经制造出的幻觉，让观众从沉醉中清醒过来，产生恍然大悟的感觉，这是一种反讽。

弗里德里希·施莱格尔还说："如果剧中有两条反讽线索平行展开，互不干扰，一条是替正厅观众而写的，另一条则是为包厢观众而作，同时也可能有些小小的火花会飞溅到幕后。如果出现这样的情况，那么就出现了双重的反讽。"这里作者兼顾两种不同类型的观众：贵族和市民，同时还关照着幕后，所以事实上展开了三条线索。作者在这三条线索之间相互"离间"，相互"陌生化"，从而产生特别的反讽效果。在具体创作中蒂克的戏剧是体现反讽的突出实例。例如，蒂克喜欢在舞台上布置一个观众席，让这些台上的观众一面看眼前的戏中戏，一面评论，时而称赞，时而指责，从而打破观众把艺术当真的幻觉。应该说，布莱希特的"离间效果"从反讽中得到了启发。

反讽理论受到黑格尔和克尔凯郭尔的批判，但他们是从现实主义的立场来看待浪漫主义的，自然就有他们的局限。到20世纪下半叶，"反讽"逐渐被重新认识，也找到了新的知音。浪漫派的诗学是他们的理论，而他们的文学实践却与此并不完全一致。

第二节　德国早期浪漫主义文学中女性诗学的观念

一、女性：早期浪漫主义诗学的化身

德国早期浪漫主义主张世界必须通过"浪漫化"才能返璞归真，"浪漫化不是别的，是质的乘方。低级的自我通过浪漫化与更高、更完美的自我实现同一……给普通的东西赋予崇高的意义，给平凡的东西披上神秘的外衣，使熟悉的东西恢复未知的尊严，给有限的东西以无限的表象，这就是浪漫化"。

对早期浪漫派诗人而言，"浪漫化"等同于"诗化"，世界的"诗化"首先是人的诗化，"诗化"必须通过爱来实现，"爱是最高的实在、原始的根基"，只有爱才能使一切分离回归绝对的同一，消除对抗和分裂的痛苦。"爱一贯表现为浪漫，或者爱的艺术总是浪漫的"，因此，弗里德里希·施莱格尔在《诗歌漫谈》中把"爱"宣布为浪漫主义诗歌的原则，"爱的精神"是浪漫诗学的真谛，"它必须若隐若现地时刻飘浮在浪漫的诗歌之中"。

爱"是艺术的内在驱动力，缺乏这种爱，无论对于艺术创作还是对于艺术欣赏都是致命的损害"。弗里德里希·施莱格尔进而在《诗歌断片》中断言："只有内心充满爱的人才能成为诗人，写一本爱情书。"诗人是被诗化的人，需要爱的契机激发灵感。小说《亨利希·冯·奥弗特丁根》中的女主人公玛蒂尔德作为爱的化身，她正是艺术家亨利希苦苦寻觅的爱的契机，"爱为女性而存在"，女性原始和谐的"自然"天性是爱的载体，"女人的本质完全是爱"，而"爱是所有诗的源泉"。

当亨利希找到了女人之爱后，便找到了诗之所在，成为真正的诗人。正如弗里德里希·施莱格尔在《诗歌漫谈》中指出，诗存在于女人之爱中。在此意义上，哈纳劳尔·施拉夫指出，"浪漫主义者的女人们……便是诗人们表达的诗学生活理想的化身"，她们诠释了女人真正的存在意义。

浪漫的爱必然生成浪漫的诗，"在某种意义上，所有的诗是或应该是浪漫的"。关于"浪漫诗"，弗里德里希·施莱格尔在《雅典娜神殿》上发表的断片中给出了如下定义："浪漫诗是包罗万象的进步的诗，它的使命不仅是将一切被割裂的诗的体裁重新统一起来，使诗与哲学和修辞学沟通。它力求并且应该把诗和散文、创作和批评、艺术诗和自然诗时而掺杂起来，时而融合起来，使诗变得富有活力，使生活和交往变得富有诗意……它包罗一切完全属于诗的东西。"这种美好而混杂的诗学形式，融合了"各种庄严的和睦与有趣的享受"，而那种统一单调的形式"令人不堪忍受"。诺瓦利斯赞美诗高于一切，只有诗才能治愈理智造成的创伤。

弗里德里希·施莱格尔指出："浪漫诗是无限的、自由的"，"浪漫诗的韵律形式中的绝对任意性，以及这一既定的任意性的绝对合法性和一贯性是浪漫主义的美，正如女人的妆容和服饰"。在弗里德里希·施莱格尔看来，女人比男人更容易做到这一点，"正如女人的服装胜于男人的服装，女人的精神也优于男人的精神，她们通过一种独一无二的大胆结合就能将一切文化偏见和市民习俗抛到九霄云外，进入纯洁的状态，沐浴在自然的怀抱中"。女人的每个特点都自由而强烈地发挥展现着，并将"所有丰富多样、色彩鲜明的不同特点掺杂在一起，看起来却并不混乱，因为有种精神赋予了它们生命，散发着一股生气勃勃的和谐与仁爱"。诺瓦利斯称赞"妇女是人类的典范，她们比我们更完善、更自由，是天生的艺术家"。

德国早期浪漫主义诗学观突破了艺术传统对小说的偏见，认为在各种文学体裁中，唯有小说具备浪漫诗的特点，"最接近浪漫诗的理想，最少为各种既定的体裁所制约，最能把一切诗意的东西集于一身"。"小说"与"浪漫"一词有着相同词源，是"浪漫的书"。小说"浸透了全部现代诗歌，必须完全是诗，是诗歌的诗歌、反思的反思"，是"进步的全面诗学"之最高形式，也是一种"女性艺术形式"。小说的"情感主题"是"幻想形式的感伤题材"，是"最人性的、最本真的、最神圣的东西"。爱情、友谊和婚姻成为浪漫主义小说的核心主题，"爱与艺术交融，爱成为小说的形式原则，小说作为爱得以构想，爱在小说里并作为小说被创造出来，只有作为小说，生活和爱才能成为艺术"。

弗里德里希·施莱格尔的浪漫主义经典之作《路琴德》完美地实践了这一诗学主张，堪称"浪漫诗的代表"。该小说突破了各种体裁的界限，既有编年纪事、哲学思辨、内心独白，也有抒情诗、散文和书信。弗里德里希·施莱格尔以这部"包罗所有写作向度的浪漫小说"宣扬人生与诗合一，展示现实生活如何化为诗、化为艺术。弗里德里希·施莱格尔断言："全部小说都是女性的。"这一诗学主张不仅使女性在精神上得以解放，而且使女性作家的身份得以合法化，"女人写小说是小说创作时代的全面进步"，这在文学史上具有划时代的意义。

早期浪漫主义诗学解构传统文艺体裁，改变对自然索然无味的陈腐趣味，解放各种情感与想象的禁忌，从而在多重价值层面上具有解放性。自由的"无限"源于诗人随心所欲的创造性和永无止境的想象力，"如果说哲学家只是规范一切、确立一切，那么诗人则要解除一切束缚"。诗人凭兴之所至，不受任何狭隘的规范的约束，"以无拘束的方式显现人类心灵的高贵"，"容不得任何凌驾于自己之上的规则，这是浪漫诗的第一法则"。正如弗里德里希·施莱格尔在《路琴德》中写道："将来我也要凭借自己的创造力，为我们俩将此重现，并着手用我的真情实感为你作诗。随心所欲与爱情的奇特作物便是这样萌发出了它的第一棵幼芽。而我想，正如它自由自在地萌芽一般，它应该也会长成一副枝繁叶茂，进而不修边幅的模样。而我绝不想为了一种对条理与秩序的低俗偏爱和一种低贱的节俭，就把一大团生气勃勃的多余枝叶修剪一空。"

在浪漫主义诗人看来，一切最终化为诗，这是不言而喻的，世界归根到底就是情感，"诗歌带给人的情感激越本质上与纯女性的概念十分契合，所以也可以把它称作女性的热情"。并且认为诗人和女人无须顾忌公众看法，因为公众要求他们的声誉都是错误的。弗里德里希·施莱格尔赞美"伟大的史前时代，那种异乎寻常的形形色色与无拘无束的精神世界里的纵情狂欢都不算有失体面。可没过多久，这场精神上的狂欢便已乱作一团，整个内心世界仿佛遭到电击般地撕裂开来……我感到仿佛有一团火焰从天空坠入了我的灵魂。它在我的骨髓里熊熊燃烧，一点点烧成灰烬；它迫不及待地想要表达自己。我伸手想去抓一件武器，以便能投入这场因偏见而起的狂热战乱，为爱情与真理而奋勇抗争"。浪漫主义的这些诗学纲领有意识地消解各种限制，这些思想不仅是对传统和市民社会的反抗，而且是"对这个被具体化了的世界进行美学反抗"。

"诗歌是一种保证直觉健康的伟大艺术，诗人就是直觉的医生"，"早期浪漫主义诗歌创作不是凭借理智，而是凭借神秘的直觉。事实上，女人对外部世界有着决定性的直觉"。因为"女人天生就是感性与理性上都非常温润的生物，她们拥有对任何一种温情的感受力"，并且"真正的感觉只有女人才有，男人较缺乏，他们没有真正的感觉器官"。"理性在男人中占主导，感性在女人中占主导"，"男人把感受转化为概念，女人则把概念转化为感受。概念会欺骗他们，但感受不会欺骗她们"。专制的理性主义使得人类的情感受到阻碍，世界只有在女人的感性想象、激情、博爱和幻想中才能实现绝对无限的自由，"万能的想象力已用它的魔杖戳穿了这片空洞的幻影，以便她们能将自己的心迹表露无遗"。

诗人凭借想象力能够突破一切界限，克服普遍分裂的困境，即主体与客体、自然与精神、理智与情感、存在与意识、必然与自由的分裂。让·保尔在《美学入门》中把想象比作"爱情女神"和"青春女神"，"想象把所有的部分变成了整体，把残缺不全的世界变得完整起来，它使一切都完整化，甚至使无穷无尽的宇宙变成了完整的"。弗里德里希·施莱格尔在《论狄奥提玛》一文中感叹道："系统条理的思维方式或多或少是分裂的、孤立的；无条理的、诗意的思考方式至少没有那么严重地毁掉作为整体的真理。在感受模糊神秘的真理时，或许纯洁的、受到善和美熏陶的女人们，要比许多男人更胜一筹。"因此，女性是真理和艺术的影射。

女人的情感和感受力从中获得了解放性意义。弗里德里希·施莱格尔主张大肆地挥霍丰富的想象力以求得自由和无限，"热恋中的人非常需要这种能力，它所开启的道路是通往内心世界的，目标是要实现一种强烈的无限度与一种极端的不可分割性"。

他在《路琴德》中写道："我的面前仿佛开启了一种全新的感官；我在自己的身体里发现了一团纯净而柔和的光。我回归到自己的内心世界，回归到那使我看到奇迹的全新感受。它看起来如此明亮而坚决，就好像一只向内心世界张开的心灵之眼。然而，它所感受到的一切既好像能被听觉捕捉到似的，真挚而轻柔，又仿佛触觉体验一般直接而贴近。很快，我便再次清楚地看到了外部世界的景象，但比原先要更为纯粹。而且已经过了一番美化，举头是一件湛蓝色的天空织成的大衣，低头则是一片由富饶土地铺成的青绿色地毯。"

早期浪漫主义反对古典主义的理性和秩序原则，提倡浪漫的迷醉狂热和主体混乱的自由。他们认为"理性是机械的"，"取消理性思维的进程和法则，重新进入想象和美妙的迷乱之中，进入人性原始的混沌状态，这便是一切诗的开端"。而"最高级的美、最高的秩序恰恰是混乱的美和秩序"，"摧毁那个被我们称为秩序的东西，远离它的魔掌，然后将那种具有诱惑力的混乱法则明确据为己有，并通过行动昭告天下"。浪漫主义者把这种具有积极意义和创造潜力的"混乱的想象"称为"女性原则"。女性比男性更为感性，更接近生命的本真，在情感张扬的过程中必然会产生无限的自我，打破一切宗教、道德和社会偏见的束缚而获得无限自由。因此，女性为小说创作提供了丰富的元素，显得尤为重要。浪漫主义者主张挣脱所有传统体裁的约束，将各种形式的语言艺术杂糅，最终实现丰富多彩的"全面诗学"。这一诗学主张恰恰表达了女人对丰富多彩的生活的渴望，即突破家庭的束缚，实现自我发展，满怀兴趣地进入社会公共领域，"最热忱地、完全不知疲倦地、近乎贪婪地参与一切生活，怀有一种挥霍般充实的神圣感"，并以此消除性别限制和角色偏见。两性特征和行为应相互融合、互为补充，最终形成完美的人类，这也是"每部小说所必需的"。

在浪漫主义看来，女性本身就是诗的化身，充满了诗意："一首完整的诗……最早最原始的诗。"换言之，永恒诗歌的载体是女性，永恒女性的载体是诗歌，正如弗里德里希·施莱格尔所说："女人不太需要诗人的诗，因为她们自身最独特的本质就是诗。"诺瓦利斯把女人喻为"史诗"，把男人喻为"抒情诗"，史诗为人类而作，抒情诗只为英雄而作。弗里德里希·施莱格尔驳斥卢梭的"女人与艺术无关"的观点，他在古希腊神话中找到了反例，"艺术传奇里多为有修养的女人，其中包括：缪斯、阿斯帕齐娅、狄奥提玛等；对母性狂热的幻想包括：古希腊酒神颂歌、西利斯、伊西斯、西布莉、黛安娜"，这足以证明女人与诗之间有着非常密切的关系，女人即诗人，女人擅长诗性思维，"有非凡的诗歌感悟力……具有哲学天赋，而且绝不缺乏幻想和对无限的内在直觉"。因此，"没有女人就不存在诗歌，也就不存在艺术和诗歌的直觉与灵感，浪漫主义诗学思想只有寄托在女人身上才有实现的可能"。

事实上，"浪漫化"的过程本质上也是一个语言演变过程，一个话语权的更迭过程。它所追求的"更高级意义"首先必须在语言上得以实现，并从特定的语言意识中获得它的权限。库尔特·吕提对此指出，浪漫主义的诗化语言作为一种与既存的刻板语言相对的崭新话语，它使事物和现象变得陌生，从而赋予它一个新的"更高"的意义，重新诠释世界。因此，传统语言标准的划分、语言等级思维以及语言的二元论遭到质疑和批判。此外，浪漫主义者反对单向思维和日常用语，崇尚富有神话、图像和象征意义的语言。在奥古斯特·威廉·施莱格尔看来，诗歌的起源与语言的起源有着密切联系，而语言本身就是一种诗歌，因为诗歌即由声音和语词组成。浪漫主义语言不同于理性的散文化语言，诗的语言不是逻辑，不是抽象，"不是一般的符号，而是声音，是将各种美好事物集于自身周围的咒语"。一切都在言说着"无限"的语言，诗就是对"无限"的言说。因此，浪漫主义主张通过词语的"乘方"拯救被腐蚀、被工具化的语言，还原其本质意义。这种词语的"批判性"和"乘方"具有解放意义，这也促使原本被束缚在家庭的牢笼、处于社会弱势地位、毫无话语权的女性逐渐开始以浪漫主义文学为媒介，向社会展示自己，发出自己的声音；女人感性丰富的情感语言"是自由而大胆的……它既不像罗马的挽歌以及最强大且血统最为高贵的民族那样庄重，也不像伟大的柏拉图与神圣的萨福那样理性"。这一崭新的话语言说方式是对男人主导的传统语言的批判，必将呈现出新的世界图景。

早期浪漫主义批判传统诗学以男性为中心的性别歧视。女性通常被视为艺术创作的素材和灵感之源，被征用为男人作品中的客体，是"被看"的对象。"与在生活中一样，女人在诗里同样受到不公正的对待"，男作家们全然不顾女性的个人情感和感受，而把对女性的文学剥削视为一种合情合理的诗学创作。弗里德里希·施莱格尔主张消除根深蒂固的"男性诗学"观念，"诗人是为女人而写作的，只要那些可笑的想法还与他对立，就要首先把它们拉到自己近旁并逐个消灭，并且他绝不能半途而废"。诗学创作不仅仅是个人行为，而且是对人类最高尚的本质的弘扬，这种反传统的诗学维度具有深刻的美学意义和道德意义，被誉为令人耳目一新的"女性美学"。这一诗学追求用情感、想象和爱的法则建立"诗的王国"，以此拯救功利化、机械化的世俗世界。

施莱尔马赫指出幻想与女人之间有着特殊联系。由于女人的生活方式被排除在科学、政治之外，因此，她们的想象不受压制和歪曲，具有比男人更强的幻想力和更大的自由想象空间。"通过想象这种创造性的活动，就可以同理想中的美好事物产生精神感应，从而体验到遨游在彼岸世界的狂喜，由此创造出一幅比现实更美更现实的图画。"诺瓦利斯把女人的"想象"奉为"天堂女友"和"生命最精致的因素"，他在《夜颂》（五）中写道："古老世界濒临末日，青春乐园一片衰败景象，成长中的人类不再天真烂漫……孤寂的自然界了无生机，干瘪的数字和严格的量度用铁链将它捆缚。仿佛化为尘烟，无以测度的生命之花肢解为隐晦的言语。忠诚的信仰已消逝，那位天堂的女友——想象改变着一切、维系着一切。"正是女人丰富多彩的、具有创新精神的想象力，引领人类重返黄金时代，解救世界，"永恒的创造性的母性强制力有朝一日将生动地在全宇宙始终在场，感觉与灵魂遍及一切，智慧和爱将统治一切"。

女性成为浪漫主义诗学人生理想具象化呈现的载体，在女性身上可以实现艺术和生活的统一。"只有通过诗成为女性，用爱连接诗和诗人，生活才能成为艺术作品"，这也就意味着诗人的心灵世界必须充满想象、情感和爱，"生活本身对于浪漫主义者来说是富于激情和想象力的，谢林的夫人卡罗琳娜认为，诗意是每个文明人生存的精神根基，因为它是大自然无穷创造力的表现，这种精神创造力的源泉是不会枯竭的"。浪漫派诗人追求"诗化人生"，希望有限的人生在诗意的幻想中消除束缚和对立，实现绝对自由。诗是理想的生活世界，"诗是生活的外形"，诗意地重塑生活，使生活成为诗，意味着人类达致无限、绝对和自由。

二、女性：自然寓意与浪漫表征

德国早期浪漫派批判现代文明带来的道德堕落和情感沦丧，使人类在物欲享受和工具理性思维中丧失了自然情感，人性的异化和扭曲导致生命力持续萎缩。诺瓦利斯在《基督教或欧罗巴》中写道："人们习惯于把自己的全部创作和追求都转向舒适的生活，需求和满足需求的技能变得愈加复杂，贪婪的人须花大量时间熟悉并掌握这些技能，以至于他没有时间修身养性，悉心观照内心世界。在冲突的情况下，他似乎更趋于眼前利益，如此一来，他青春的美丽之花——信仰和爱便凋谢了，结出的是更苦涩的果实——知识和财产。"早期浪漫派诗人赞美未经现代文明污染的自然世界，渴望在简朴纯洁、自由平等的自然状态中重返完美和谐的精神家园，恢复人的自然本性。他们崇尚自然，主张"回归自然"，所谓"自然"，既包括外在的自然界，也包括人的内在自然性。两者相辅相成，都与女性特质相关联。由于女性原始和谐的"自然"天性较少受到工具理性滋生的文明的异化，因此女性作为"自然人"成为爱和自然的载体。

早期浪漫主义将自然性与历史上的女性起源联系在一起，阐释了"人的自然化、自然的人文化"与女性起源、女性象征之间的关联，提出"历史具有女性或母性象征的一面"。浪漫派神学家弗里德里希·克罗策尔在《古老民族——尤其是希腊人的象征和神话》中指出，神话、古代象征和母系社会是完整一体的，人们可以体验宇宙的母性和历史的女性一面；浪漫主义者在女性身上发现了拯救旧世界、创造新历史的力量。诺瓦利斯把"良知"视为宇宙中神秘而富有创造力的核心，而"良知"的本源是女性，"女性是有待解码的秘密和发源地"，她们在历史发展中比男人更纯粹地保持了人性的"良知"，是良知的栖居之所。原始世界和历史起源都处于女性象征符号之中，弗里德里希·施莱格尔断言"整个宇宙存在于每个女人身上"，男人在女性身上可以"看到世界之美"；"当幸福在思念的最后一滴泪水中散发出光芒，伊利斯用她七色彩虹的柔和色调装扮好了天空。迷人的梦想终会实现，像爱与美的女神阿芙洛狄特从忘川河的波涛中升起时带给众人崭新的世界，在消失的昏暗中伸展她的肢体。在金色的青春和纯真中，在大自然圣洁的和平里，时间和人们都在慢慢变化，曙光女神奥罗拉华丽地回归了。"女性是世界之美的全部集合，是人类本质的完美典范。诺瓦利斯赞美宇宙的女王是"神圣世界的崇高宣告者，极乐幸福的爱的守护者"，并宣称"我的爱人是宇宙的缩影，宇宙是我爱人的延伸"。女性是一个自然范畴，是所有存在的起源，也是人类形成的原则。正如弗里德里希·施莱格尔所说："女性是世界的发源地，抑或是人类的诞生地，同时也是创造力的真正核心所在。"女人比男人更接近自然，甚至她们本身就是自然。因此，自然世界的本源也是女性化的，是一个充满自由、爱和幻想的浪漫世界。

浪漫派诗人把眼光转向生机无限的自然界，"在自然中找到了一切……他们在与自然的交往中寻觅黄金时代至高无上的幸福"。自然成为浪漫主义诗人创作灵感的源泉，他们用尽一切感官来享受自然之美和神性的力量。诺瓦利斯在《塞斯的弟子们》中写道："与自然力量交往，与动物、植物、岩石、风暴和波涛交往，必然使人类与这类事物相似，而神性与人性的这种相似、转化和消融便是自然的精神。"诗人的内在自然与自然界相互感应，"诗人赋予自然更多灵性，使其超越日常生活，自然让人们聆听到最神圣和最活跃的思想"。

在浪漫主义者看来，女人意味着自然，在社会异化过程中仍然保持自然的天性，"身处人类社会的大熔炉却依然保持着最自然人性的女人们，具有天真般的单纯"。诺瓦利斯认为，"女人是自然，这意味着她不同于男人，没有受到一些不良的教育，因此，她的生活更接近其本质"。正因为女人更多地保留了人的自然本性，她们与男人相比是更高级的人，"男人代表对认识之追求、理性、分裂、隔离，相反，女人则体现真理的所在、全面的智慧、整体和自然"。自然"赋予女性深度和坚决"，整个自然和精神在女性身上达到统一与和谐，未曾遭到分裂，"她们活在原始天然的状态之中"。因此，"女人是真正的自然人，真正的女人是自然人的典范"。女性具有感受自然的天赋，"女性能够真诚地感受到大自然最细微的声音，并且可以完美地表达出她们的感受。这种天赋在辨识人的性情和道德风俗时，具有不可估量的价值"。男人是精神的准则，女人是纯正的自然（类似于植物），两者互为补充，组成和谐完整的人类。

诺瓦利斯宣称："自然界的万物，生动而谦逊地邀请我们享受其中，因此，整个大自然同时兼备女性、处女和母亲的三重身份。"弗里德里希·施莱格尔在小说《路琴德》中对此做出了完美的阐释，他惊奇地发现："大自然被深深地包围在女人温柔的怀抱里，哪里还会有比这更美的呢？"他这样描述道："环绕在我周围的那种神圣的孤寂感里，一切却是明快而缤纷的，一股新鲜而温暖的生活气息与爱情的微风在我脸上吹拂，在繁茂小树林的枝丫中轻轻拂动，沙沙作响。生机勃勃的新绿，雪白的花骨朵儿，还有金灿灿的果实，为我呈上了一个奢华的视觉盛宴。与此同时，我的心里涌现出让我此生不渝的唯一爱人的各种形象，一会儿是一位天真单纯的少女，一会儿是一名风姿绰约、浑身散发着爱情能量和浓浓女人味的成熟少妇，过不多时，她又以一位仪表端庄的母亲形象出现，怀抱一个神情严肃的小男孩……我心甘情愿地沉浸在这片苦与乐交织的田野里，迷失自我，生活的香料与情感的花蕾在这片土地上应运而生，精神上的快感好似一种感官上的极乐。"自然以其特有的女性情怀抚慰和感染着诗人，他们甘愿为之倾倒。

浪漫主义的自然观是心灵世界的映照，自然成为"心灵的另一存在"。谢林的自然哲学指出，自然和精神是绝对同一的两面，即自然是可见的精神，精神是不可见的自然。"在自然的怀抱中，一切都和谐共存，在自然的境界里，一切理性的、物质的束缚都解除了，人性舒展自如。因此，德国浪漫派的自由观念和生命意识在自然的境界中找到了归宿。"在弗里德里希·施莱格尔的诗歌《致女友》中，大自然成为两性自由精神的象征，是幸福的栖身之所：

　　不知怎么，一个甜蜜的渴望萦绕心头，

　　想要即刻与你离开人世。

　　我希望，我们可以一起，

　　走进大自然，享受晨间的第一抹阳光亲吻额头，

　　远远地，远远地，避开人类的足迹。

　　攀登时聆听着百灵鸟儿婉转歌唱，

　　笑眯眯地望着静寂的田野，

　　我们快乐地丈量着，山顶已近在咫尺，

　　自由就在眼前。

女人在自然界中享有崇高的地位，里特尔指出："女人是自然中的生命的孕育者，这一点正表明了她们更高的地位……男人无论如何低一个等级。"诺瓦利斯进一步指出，男女有着天壤之别，尽管我们都是由黏土而来，但女人却是宇宙之眼和蓝宝石。"当大地醒来，开始生活、孕育和创造，万物的形成一半由内部而生，一半由大气催生。大气是男性，大地是女性。""男人……通过女人亲近大地。女人是大地的延续，男人是陌生的外来者，女人是大地的自家人。尊重女人是男人要经营的事业，因此没有什么比女人卑躬屈膝更可怕的了……了解了女人你便可以明白其他一切。"浪漫主义女性崇拜表达了自然的精神，也完全充满诗意。弗里德里希·施莱格尔在《诗歌漫谈》中写道："生机勃勃的大自然里到处都是种类繁多、形态各异、色彩缤纷的动物、植物，诗的世界也同样无边无际、丰富多彩。甚至那些具有诗的形式和借着诗的名义的艺术作品或自然成果，也很难将它们全部概括在内。不拘形式、浑然天成的诗，在植物中显现，在阳光中闪耀，在孩子们的心中微笑，在青年人的青春年华中闪烁，在女性充满爱的胸脯中燃烧——这就是最原初、最纯朴的诗，没有它必定不存在用文字写成的诗。"诺瓦利斯同样指出："女人就好比植物，诗便是以此为基础的。"蒂克在《施特恩巴尔德的游历》中这样描述诗人对女性的爱恋："这相思如流水穿透他的心胸，如同所有的源泉流入江河，所有的江河不停息地汇入海洋，他心灵所有的力量被她……吸引过去……他赞美她的美，把她的美同天空和大地、海洋和空气包含的可爱而迷人的一切相提并论。"

浪漫派诗人经常把爱情和自然融为一体，"谁不通过爱认识自然，就永远无法认识自然"，"爱情本身是最好的自然诗歌"。弗里德里希·施莱格尔用

纯粹唯美的自然描写谱写了《爱的诗篇》，表达了对爱的向往和歌颂。

蒂克在《施特恩巴尔德的游历》中描写铁匠对姑娘萨拉的爱意时写道："从她的眼睛里有一种惧怕，一种快乐，有整个的天空，飞进了我的眼睛、我的心灵。我觉得，我的全身心变得太狭窄了，像成千上万棵春天的树木和花圃在我心中出现，长出花蕾，竞相开放，五彩缤纷。无数花朵，像阵阵密雨，洒向我心，芳香、色彩、光辉使我的心灵甜蜜、无力、麻醉。此刻，她直立在我的心中，她在延伸，在扩展，踮起脚尖，金发垂下。我呢，在高烧中的幻觉里，像是被缠了进去，她比所有的花、树和天空还要高大。"蒂克将朴素的自然情感与超然物外的内心意境绝妙而和谐地结合在一起。诺瓦利斯形容徜徉在自然之中"宛如依偎在贞洁的新娘的怀抱里"，"河流、树木、花卉和动物改变着人类的情感"。他甚至把爱情喻为植物园，在《赤杨》一诗中表达了对自然和爱情的赞美。

类似的诗作俯拾即是，举不胜举。或许弗里德里希·施莱格尔的一番话是最好的诠释，"生活就是（与尘世和自然缔结的）婚姻"，"能让我们想起大自然的东西，以及能让我们感受到生活无限充实的东西，都是很美好的。大自然是一个有机整体，所以最极致的美好总是永恒的、植物性的，伦理和爱情也同样如此"。在浪漫派诗人笔下，自然、爱情、女人三位一体，女性成为文学艺术不可或缺的灵感和源泉。

女性作为自然的载体，最鲜明地体现为女性的植物性。正如诺瓦利斯所说，"大自然的女性是植物"。植物是"一切自然形式中最端正、最优美的"，"是大自然的语言，一切都在植物身上得以表达"。回归自然，即回归植物状态。浪漫主义者"把女人视为植物"，因为"女性与植物相似"，"人类直立的形态是一种趋向植物性的回归——最初只是在女人身上有所体现，因为她们并不需要走动"，因而"更接近于植物"；"女性的生理周期显得也很植物性，植物内有很多浆液"，"甚至连女人的欢乐和痛苦也是植物性的，它们会凋谢或盛开"。在弗里德里希·施莱格尔看来，女人与植物的相似性也体现为两者的生命具有最密切的和谐和完整的人性，"一个女人并非因为更漂亮，而是因为更具植物性，更具女性，才更迷人"。"每个女人作为植物都包含阳光的胚芽，可以成为圣母玛利亚"，"圣母玛利亚的孩子——灌木结出的果实"。雌雄同体是最高级的植物，具有女人天性和男人精神。弗里德里希·施莱格尔在《路琴德》中形容尤利乌斯和路琴德是"同一株植物上的花朵，或是同一朵花上的叶子"，他甚至把植物学比作女性学，称之为"一门能猜测出她们被掩盖的力量与美，并意识到何时将迎来她们的开花期，又会需要怎样的土壤的神圣艺术"。

女性的植物性这一特性被浪漫派诗人进一步提升为艺术的源泉和表征。弗里德里希·施莱格尔认为，"从绝对植物性的角度看，女人本身就是一种诗意的存在"，并提出诗学创作正是基于女性的植物性这一观点，在女人的躯体里，"快速丰富的生命惯常奏出的狂放音乐听起来会更加柔和、更加美妙，像一朵花，吸入周围各种养料，把它们分解成各种和谐的颜色，然后再以诱人的芬芳归还给四周，这种内在性，即一切创作和追求所具有的宁静的活力"。里特尔也指出："只有在女性状态下男人才会回归宁静。"避开世界的骚乱，像女人和植物一样安宁、静态地生活，找到静寂的归宿，成为浪漫派所追求的理想。弗里德里希·施莱格尔在小说《路琴德》中"欲望和静寂"章节中写道："在美好的静寂中感受那神圣的欲望"，"静寂就是当我们的灵魂不被打扰，只有欲望和找寻，除了自己的欲望再也找不到其他更高级之物时的静谧"。弗里德里希·施莱格尔把这种消极无为视为尽善尽美的状态，认为所有艺术和科学都基于此，"归根结底，如果一个人或一个人的作品越非凡，那么他们越与植物相似；这是自然的各种形式中最合乎道德、最美好的一种。也就是说，这种最崇高、最完美的生活其实无异于一种纯粹的植物性"。在女艺术家路琴德充满爱的自然精神的感染和影响下，画家尤利乌斯的艺术创作趋于完美，他的画作带给人贴近自然、令人愉悦的感受，"正在洗浴的少女们，一位饶有兴致观赏自己水中倒影的少年，或一位笑容圣洁的母亲怀抱亲爱的孩子，作为近乎最崇高的绘画素材跃然于他的笔端。吸引人眼球的那种静谧的妩媚，是平和愉快的存在和享受这种存在的深沉表达，这些与神灵相似的人物形象富有植物的灵魂"。

　　在浪漫主义者看来，"整个世界最初就是植物，而且也应将重新完全成为植物，整个人类也是植物"。弗里德里希·施莱格尔在小说《路琴德》中"处处流露出对资本主义外在的强制劳动的批判，以一种挑衅的方式表达出对无所事事的懒散生活的顶礼膜拜，号召人们回到植物性的生活中去"。换言之，懒散的极致就是植物性生活。在以"悠闲懒散的田园牧歌"为题的小说章节中，弗里德里希·施莱格尔赞颂"像神灵一般的懒散艺术"，主张"应当将其培养成一门艺术与科学，确切地说，成为一种宗教信仰"。"啊，懒散啊，懒散！你为纯洁与热情吹来了一缕清风；享受着永恒幸福的亡灵呼吸着你的气息，谁拥有了你，他便跨入了极乐世界的大门。你是一件至高无上的珍宝！你是近神唯一遗落于天堂之外，永远与我们为伴的一块碎片。我坐在那儿，仿佛一位陷入一部形神涣散的浪漫小说中沉思的少女，端坐在河畔，目送着奔流而逝的滚滚浪涛。然而，波浪的流动是如此不动声色、宁静又感伤，仿佛有一位那耳喀索斯，正在欣赏自己在清澈河水中的倒影，然后深深陶醉于自己的俊美中。要不是我的本性是如此无私，如此注重实际，以至于我在空想的时候也一直为公共财物而操心的话，她本来很有可能会把我也一块儿引诱进去，使我迷失在自己心灵的内部透视中，越陷越深。"弗里德里希·施莱格尔认为神之所以为神，"难道不是因为他们虽然具有意识与愿望，却什么事都不做的缘故吗？不正是因为他们深谙其道，是这方面的行家吗？诗人、智者与圣人也多么向往能变得与神灵们一样高明！他们可以在孤独、闲适和一种自由主义的逍遥与无为的褒奖中展开竞争"！富有神性和诗意的闲散的田园生活与庸俗功利的现实生活形成鲜明对照，现实的"勤勉和功利是手持火剑的死亡天使，他们阻挡人们返回天堂。只有当你以一种平和沉着的心态，达到一种真正不作为的宁静的神圣境界时，你才会回想起自己的全部自我，才能仔细观察这个世界，审视这种生活"。

弗里德里希·施莱格尔笔下的路琴德便是这种热爱慵懒的田园生活、活在自我世界中的人，"她果敢决绝地排除一切顾虑，摆脱一切束缚，畅快自由地活着"。艺术家尤利乌斯深受其影响，憧憬着未来与她共度幸福温馨的田园生活："我现在理解了你对田园生活的偏爱，我因为你也爱上了它，有了和你一样的感觉。我再也不想看到由于人们堕落沉沦或是病态而表现出的笨拙迟钝；通常情况下一想到这些，我的眼前就会浮现链条上的困兽——那些甚至连发怒都无法随心所欲的动物们。在田间，人们可以和谐地相处在一起，没有卑鄙的排挤。这样一来，若是一切顺利，漂亮的居室和可爱的小屋就能像鲜花绿草那样装扮大地，成为一座神灵的庄重花园。"无怪乎文学史家勃兰兑斯感叹道："懒散，任性，享受！这就是浪漫主义的田野上触目皆是的三叶草。"

弗里德里希·施莱格尔把植物静态的生存视为尽善尽美的状态，"最高的、最完美的生活不是别的，是像植物一样活着；总的来说，植物生活是所追求的理想"，心满意足地享受，在闲散的田园生活中提升自己，"大自然本身好像坚定了我的这一计划，也似乎在那多声部的赞美诗中催促我在懒散的征程中渐行渐远，仿佛一个全新的面貌突然呈现在了眼前"。弗里德里希·施莱格尔赞颂懒散、游手好闲的人生态度，把享受闲散生活的权利称为"贵族原则"，"无论在哪里，懒散的权利将高贵与低贱区别开来，是真正的贵族原则"。弗里德里希·施莱格尔把实现贵族式的游手好闲作为人生目标，批判现行教育与启蒙思想是"一种使人永无宁日，催逼人们永无餍足的卑鄙无耻的行径"。正如克尔凯郭尔所言："高贵的懒惰……说到底是一种享乐，而享乐着，便是诗意地生活着。"在小说《路琴德》中，令无数男子倾倒的交际名媛莉泽特"很懂得享受当下"，"讨厌各种属于女人的活儿，她常常整天很土耳其风地一个人坐着，懒散地把双手放于膝间。她最多会用香水提提神，或者让她极英俊的男仆读些故事、游记或童话来听"；"她蔑视一切，除了现实，对其他什么都不感兴趣"，诗文在她眼里有些可笑，她虽做过演员，但自嘲缺乏演戏的天分，"对于雕塑和绘画，她只欣赏其生动性；对于油画，她只欣赏其颜色的魅惑和对肉体的写实，包括光线的迷幻。尽管如此，若是有人正儿八经地和她谈绘画规则、创作理念或所谓的特征标志，她只会付之一笑，或充耳不闻"，"她实在太慵懒，太娇惯，完全沉浸于自己的生活方式中"。尤利乌斯被这位"心灵的尤物"彻底征服，狂热地追求她，她的这种生活方式也赢得了众人的赞赏和尊重。

在所有的植物中，花最受浪漫主义者青睐，不仅因为花是最美的、最神秘的、最富象征意义的植物，而且也因为纯洁完美的花的世界里充满了女性精神，因此，"男人赞美女人……时常将她们与花联系在一起"。诺瓦利斯赞美女人的身体像盛开的花朵，花盛开在她们的身体之中。弗里德里希·施莱格尔在《女性赞歌》一诗中赞美女人"是世间最美的花朵"，"创造的典范在女性身上开花，这是人类之花，散发着圣洁的芬芳"。诺瓦利斯在《新断片》中指出："精神世界的最女性之处便是花的世界，花的世界无限之远……花是我们精神秘密的象征。"在此，花的特性与女人的精神美德达到了统一。

花也是爱情的象征，爱情的本质是花，最美的花为所爱的女人而绽放。诺瓦利斯的恋人索菲死后，他在给朋友的信中写道："花瓣飘进了另一个世界。"但"真正的爱情不是一枝凋谢的花，而是大大小小的生命之花生长出的美好的全部"。对此，弗里德里希·施莱格尔在《路琴德》中做了完美的诠释："坦白说，其实我爱的不只是你一个人，我爱的是女性的阴柔气质本身。而我对它的感情也绝非爱那么简单，我崇拜它，因为我崇拜人类，也因为花朵乃植物之冠，是展现其各种不加雕饰的美态与姿态的精华部分，它是我重新归顺的一种最古老、最朴素、也最童真的宗教信仰。"诺瓦利斯在《日记摘录》中进一步升华和延展了花的隐喻世界："人世间有些花出自超世俗的本源……是一种更好的存在之宣谕官和宣布者，宗教和爱尤其属于这些花之列。"

著名的蓝花象征着浪漫的爱情，在浪漫主义的精神家园里绚烂绽放，成为浪漫主义诗人美好理想的寄托。如果没有"蓝花"的指引，他们"情愿孤零零地死亡"，因为"爱情是生活之生命"。蓝花最早出现在诺瓦利斯未完成的长篇小说《亨利希·冯·奥弗特丁根》中，小说叙述者是男性，讲述的是男人的故事。但小说整体是女性化的，作品的形式构思令人想起一枝花，花的主题一再描述了女性，语言和爱是女性化的。小说开篇，亨利希躺在床上辗转反侧，异乡人给他讲述的"蓝花"令他难以释怀，"我早已没有了贪欲之心，但我渴望见到那朵'蓝花'。它无时无刻不在我心中萦绕，让我无法写作和思考其他。这种感觉我还从未有过：我好像刚刚做了一个梦，又好像在梦中进入了另一个世界；因为在我惯常生活的世界里，谁会对花儿如此牵挂呢？更不用说会对一朵花充满如此罕见的激情"。亨利希对"蓝花"心醉神迷，决然踏上了探花之路。

亨利希在梦中看见了一朵"亭亭玉立的蓝花"，万花丛中它"以万般魔力吸引着他，它立在泉水边，它那宽大鲜亮的叶子轻轻触摸着他。数不清的各色花儿簇拥着这朵"蓝花'，空气中弥漫着最怡人的芬芳。他眼里只有这朵'蓝花'，他满怀难以名状的柔情，久久凝望着它。当他终于想靠近'蓝花'时，'蓝花'突然动起来，开始发生变化，叶子变得更加鲜亮，紧贴着变得粗实的花茎，花儿朝他倾下身来，花瓣中展开一个蓝色花萼，浮现出一张娇嫩的面孔"。这朵"蓝花"在小说里四处飘香，神秘梦幻，若即若离，寓意着诗人心目中爱的憧憬。直到与玛蒂尔德相爱后，亨利希才彻悟玛蒂尔德就是他要找寻的"蓝花"，"那张从花萼中浮现并俯向我的面孔，就是玛蒂尔德天仙般的面容"。在诺瓦利斯的笔下，"蓝色的花最后变成了一张漂亮女人的脸，然而，却是一张不能接近的脸"。意味深长的是，这个"寓言式的人物甚至使我们觉得如此之熟悉"。已故的恋人索菲便是诺瓦利斯所追寻的梦中的"蓝花"，"一朵宁静、复归于人类神性家园的希望之花"。因此，"蓝花象征爱、象征原始女性，也象征对一切人世间凡俗之物的解救"。

第三节　德国早期浪漫主义女性诗学的典型人物研究

一、索菲·梅里奥 – 布伦塔诺的生平

索菲·梅里奥 - 布伦塔诺（1770—1806），原名索菲·舒巴特，是浪漫主义女诗人、小说家、翻译家和出版家。她出身于公爵税务官家庭，自幼接受全面的艺术教育，极具语言天赋，熟谙英语、法语、意大利语和西班牙语。索菲一生追求浪漫主义理想，"自由"是解读她人生的关键词，正如她在诗中写道："如果我只是一只小鸟，我多么想快乐地翱翔……五彩的羽毛，轻盈的翅膀，我尽情在阳光下挥舞，空气中回荡着洪亮的声响，挣脱锁链与缰绳。我越过每

座丘陵，快乐地翱翔，比所有鸟都飞得更高。"

　　索菲渴望爱情，崇尚自由，1788 年曾与达维德·格奥尔格·库尔茨维希订婚，但不久后便解除了婚约。1793 年，与耶拿大学法学教授弗里德里希·恩斯特·卡尔·梅里奥结婚，婚后索菲经常匿名或用丈夫的姓发表作品，为自己赢得相对自由的空间。她在耶拿的家成了诗人和艺术家的社交聚集地，席勒、让·保尔、赫尔德、蒂克、费希特、谢林、施莱格尔兄弟、多罗特娅·门德尔松时常汇聚于此。索菲喜爱哲学，热衷于研究康德的哲学文献，1795 年她作为第一位也是唯一一位女听众聆听费希特在耶拿大学的哲学讲座。但事业的成功却导致了她婚姻的不幸。自由浪漫的索菲令丈夫渐渐感觉到压力和威胁，加紧了对她的控制。索菲婚后一年，因不堪忍受囚禁般的生活，便移情别恋，与耶拿大学法学系学生约翰·亨利希·基普有婚外恋情，两人书信传情，往来密切。1800 年，索菲与弗里德里希·施莱格尔结为密友，保持书信往来。1801 年索菲与丈夫离婚，迁往魏玛。她以自由作家为职业，创作诗歌、小说，积极参与出版和翻译工作，赚得丰厚的稿费，与女儿过着自由独立、悠闲舒适的生活。索菲敢于挣脱传统婚姻的束缚，实现自我的人生价值，她毫不畏惧，"我独自一人能很勇敢地对抗全世界"，"谁都无权要求我参与，并限制我的生活，我只生活在自己的天空下"。

　　1798 年，在卡罗琳娜·弗里德里希·施莱格尔的沙龙上，索菲结识了当时还是大学生的克莱门斯·布伦塔诺，并与之相爱。在男人与自由生活之间，索菲选择了后者，拒绝了克莱门斯的求爱，甚至在 1800 年一度中断与他的关系，直到怀孕后才同意嫁给他。索菲在 1803 年 10 月 28 日写给克莱门斯的信中要求立即结婚，"克莱门斯，我要做你的妻子，并且马上必须这样。这是自然所决定的，直到今天我总以为这是不可能的，可我现在不再怀疑了"。

　　同年，克莱门斯欣然迎娶了索菲。索菲在信中写道："当你说你觉得快乐时，我的心中是何等狂喜啊！我为你的幸福而祈祷，而热烈地斗争。绝不是说谎，我是在心甘情愿地用我的幸福和生命去换取你的幸福！我们的婚姻是无上纯洁、无上美满的，是人世间仅有的结合。"

　　然而，婚姻使索菲的生活和创作再次受到极大的限制，在婚后三年里连续生下的三个孩子都不幸夭折。心灰意冷的索菲不想再要孩子，但克莱门斯非常地渴望拥有自己的孩子，他在给索菲的信中写道："婚姻中不可以没有孩子。"失望的索菲在给女友的信中描述自己与克莱门斯过着"天堂与地狱般的生活，但更多的是地狱"，"痛苦、欢乐、生存、死亡竟凝聚在一个人的身上"！1805 年，索菲分娩时不幸去世，年仅 36 岁。

二、索菲·梅里奥 – 布伦塔诺的成就

索菲是德国最早的职业女作家之一。索菲深受法国大革命的鼓舞，热情歌颂法国大革命自由平等的思想。1791 年，她在席勒主编的文学刊物《塔莉亚》上首次匿名发表了革命抒情诗《法国庆典》。

1800 至 1802 年间，索菲创作了大量诗歌，出版了两部《诗集》，激情满怀地讴歌自由、人类、和谐、友谊和大自然。索菲在《春》一诗中写道："炽热的大自然，流淌得如此澄澈，明亮而生机无限！苍穹庄严地闪着光，拥抱田野，如同新娘拥抱新郎。生命在所有花枝上欢叫，在沼泽和泥地下孤寂地骚动，攀上荒芜的树梢，在岩石和沙砾间不屈地向上涌动。"索菲的自然抒情诗奠定了她的诗人地位，音乐家卡尔·弗里德里希·策尔特、贝多芬、约翰·弗里德里希·赖夏特纷纷为她清新的自然诗谱曲，例如，《大自然》节奏明快，韵律齐整，充满着战胜一切困难的勇气和力量。

索菲创作的抒情诗情真意切，寓意浓浓，深受弗里德里希·席勒这位伟大诗人的赞赏，席勒在 1797 年 6 月 30 日给歌德的信中赞叹道："我们的女诗人梅里奥赠给《季节女神》一个非常令人开怀的礼物，着实令我惊讶……我确实感到震惊的是，如今我们的女人们通过业余爱好的途径具备了一定的写作技巧，并已接近于艺术。"除了自然抒情诗，索菲还创作了许多爱情诗，流露出诗人对爱情的无限向往和勇敢追求爱情的信念，例如《爱人》。

索菲不仅是一位杰出的诗人，也是一位出色的小说家。1794 年，索菲匿名出版第一部长篇小说《感受之花样年华》，小说从男人的视角、以第一人称叙述，主张女人独立自主地生活，不应屈服于男权的统治秩序，积极维护女性在爱情和婚姻关系中的自由权利。该部作品问世伊始即赢得极大关注，好评如潮，席勒十分欣赏她的才华，誉之为"那一代人中最有才华的女作家"。

1795 年至 1802 年间，索菲与席勒信件往来频繁，席勒在美学鉴赏和题材选择方面给予她建议和帮助，还建议索菲翻译斯塔尔夫人的作品，成为索菲十分重要、值得信赖的文学导师。1797 年，索菲开始创作信件小说《阿曼达和爱德华》，席勒破例在杂志《季节女神》上匿名刊登了该小说首稿的前 8 封书信，使索菲有幸成为唯一一位在《季节女神》上发表作品的女性。1803 年，两卷本信件小说《阿曼达和爱德华》完成并出版，上卷共有 27 封信，下卷共 20 封信。小说采用女性叙述视角，用信件、诗歌等形式突出表达女人的内在情感和主体意识。作品融合了古典主义形式和浪漫主义生活感受，例如，小说中的第 18 ～ 22 封书信以索菲与情人约翰·亨利希·基普的信件为素材，描述了一个

女性为摆脱传统婚姻而争取自由的努力。

索菲还创作发表了大量短篇小说，如《玛丽》《艾丽泽》《逃往首都》等，这些小说围绕女性话题，宣扬自由爱情与女性独立，其中，《玛丽》极具自传色彩。索菲笔下的女人同样使用与男人一样的词汇，进入男人的领域，发展并构想了浪漫主义女性观。她的作品备受青睐，甚至刊登在著名文学刊物《德国》上，这标志着她已跻身上流文学圈并获得认可。

除小说创作外，索菲还是一位著名的翻译家，译作包括意大利作家乔万尼·薄卡丘的爱情小说《菲亚美达》、法国思想家孟德斯鸠的《波斯人信札》、法国女作家拉法耶特夫人的长篇小说《克莱芙王妃》，以及法国社交名媛尼侬·德·朗克罗的书信等多部名作。此外，索菲还是多部文学年鉴的撰稿人和出版者。1806 年索菲与克莱门斯共同创作出版了两卷本著作《西班牙和意大利小说》，并参与出版《哥廷根小说年历》《柏林女士年历》、妇女杂志等，这些刊物主要面向女性读者群，为启蒙女性做出了重大贡献。

三、索菲·梅里奥 – 布伦塔诺的主张

索菲毕生追求爱情，实践并发展了浪漫主义爱的理想，赞美爱情的永恒与无限，"爱情永远活在我心中"，"完全消解在爱与和谐之中，星空与人间的崇高音乐鸣响在我的情绪之中，隔膜被轻轻吹散，我潜入爱之无边无际的海洋中，那里的本源是永恒"。在索菲看来，爱是生命中最重要的经历，爱与生命唇齿相依、合为一体，"我的爱情只有一次，我的生命只有一次，不朽的神灵们啊，你们若夺走其中一个，也请将另一个拿去"！索菲把爱情经历升华为宗教仪式般的膜拜，"在爱的宗教中，我感受到永恒和神圣"，"爱情令生灵焕然一新，爱的神圣也照拂了我，崭新而繁茂的青春，在我心中滋长"。她在《神性》一诗中发扬了浪漫主义"爱的宗教"。

索菲在诗中主张女人不是爱的客体，而是爱的主体，爱情可以帮助男人摆脱暴力和沉沦，引领男人重获虔诚和神性。索菲认为，男人倚重理性，对爱情于事无补，反之爱情却对理性大有裨益。理性对爱情是陌生的，但爱情不仅可以丰富理性，还可以拯救理性。爱情是两颗和谐的心的相遇，消除了日常生活中的男女敌对关系。索菲还指出，爱要区别"满意"和"幸福"，人可以通过理性使自己满意，却无法捕捉和表达生活中的幸福情绪，"那些美妙的时光、美好的印象唤起我们的只是图像而不是概念，那些充满无限的时光我们无法言状，因为语言对它们来说太贫乏了"。

索菲论述了爱对女人的价值："只有爱情可把主动和生活带入她们思想的沉闷地带，只有在爱中，她们才可以享受自由的存在，与男人分享生活的权利。"

爱情使女人获得自由活跃的生活意识，是女人作为主体活动和感受的区域。索菲在传记随笔《尼侬·德·朗克罗》中提出，男人与女人在爱情关系中应当承担同样的义务和责任，女人应获得同样的权利和乐趣，尤其是性自由，朗克罗的精神自由成为索菲崇尚的典范。索菲对两性和谐、自由爱情和感性体验的神圣构想，完美地体现在她的长诗《爱之狂想》中，情感奔放，气势宏大，令人荡气回肠。

第七章　德国浪漫主义儿童文学研究

从 18、19 世纪之交到 19 世纪三四十年代，是浪漫主义在德国文坛占主导地位的时期，也是德国儿童文学从不自觉走向自觉并获得迅速发展的时期。德国儿童文学的自觉和发展与德国浪漫主义文学的形成和发展是紧密地联系在一起的。本章分为德国浪漫主义对儿童文学创作的影响、德国浪漫主义童话创作、德国浪漫主义童话代表作品分析三部分。主要内容包括：德国浪漫主义儿童文学的发展、浪漫精神与儿童文学、童话与德国浪漫主义、德国浪漫主义文学中的艺术童话创作概述、格林兄弟与民间童话的搜集整理、格林童话的叙述特征、格林童话文本的多元解读等。

第一节　德国浪漫主义对儿童文学创作的影响

一、德国浪漫主义儿童文学的发展

德国浪漫主义文学的兴起是有着许多很复杂的社会、文化背景的。从总体上说，德国浪漫主义文学是整个欧洲浪漫主义文学的组成部分，它的兴起和发展与整个欧洲浪漫主义文学是息息相关的。1789 年的法国大革命震撼了整个欧洲，它给人们带来了理想、激情、希望，也带来失望和不满。

从某种意义上说，这种失望和不满更迅速、更直接地在文学上反映出来。至少在浪漫主义文学兴起的初期，它与文学的关系更为密切。当然，不同人失望、不满的内容是不一样的。一些贵族或与贵族社会有紧密联系的人，如斯塔尔夫人、夏多布里昂等，他们不满 1789 年大革命是因为大革命使他们失去了自己的天堂；另一些人，如席勒等开始是热诚地欢迎法国大革命的，但随着革命的进展，革命者内部出现分裂、纷争、残杀，道德失去规范，人的粗野的欲望和感情失去限制，任意地宣泄出来，造成人欲横流的局面，他们对此痛心、失望，从另一角度表现出对革命的不满情绪。不管是哪种不满，他们都将目光转向过去，怀念自然、怀念童年、怀念中世纪，到民间文学、中世纪文学中去寻找题材和灵感，在想象、幻想中逃避现实，追求自己在现实生活中得不到的东西。这种超然性使他们都与现实生活拉开了距离，不注重文学的客观描写而侧重作家主观情感的抒发和内心世界的展现。浪漫主义文学起初便起源于这种疏离现实的情绪，都表现出这种特点。

从文学自身发展看，欧洲文学向来具有浪漫主义传统。古希腊罗马神话、中世纪宗教文学、骑士文学，以及数千年来绵延不已的民间文学，都以重主观、重情感为主要特征。文艺复兴以后，理性主义得到高扬，浪漫主义传统受到冲击。理性主义在"三一律"中达到极致，其消极面也在这时暴露出来。由于过分重规则，忽视情感，排斥非理性，取消神秘体验，文学放弃自己的家园而进入了科学的领域，这就走向了极端。在这种情势下，新的调整不可避免。如德国的狂飙突进运动，已将艺术的钟摆拉向主观情感一边。浪漫主义文学发展了这种趋势并将其推向极盛，从文学发展规律来看，也是艺术自身规律使然。

但德国浪漫主义文学毕竟植根在德国社会生活的土壤里，有着德国社会、文化的背景，也表现出自身的特点。就社会发展而言，当时德国还处在封建割据状态，生产力较为落后，政治生活较为压抑，这和已经完成资产阶级革命的英、法、意大利等国是不同的。

英、法等国的浪漫主义，如湖畔派等，提出回归自然、回归童年、回归中世纪，是因为看到资本主义的弊病，如冷酷的金钱关系、大机器对人的异化等，希望用民间文学的刚劲质朴来呼唤人的情感，重建人与自然、人与社会的和谐关系。德国的社会生活并未为其文学提供这样的基础。

德国人最早提出整理国故，把目光转向中世纪和民间文学，是从一个非常具体的现实问题出发的，那就是法国的拿破仑在其执政时期侵占了德国的莱茵地区，并在那里实行资本主义改革。这种改革首先冲击和破坏的便是本地的传统文化。作为一种侵略，法国的占领及其对德国民族文化的破坏自然要激起德国人民的反抗。当时的德国文学提倡整理国故，发掘民族文化遗产，弘扬民族文化传统，主要是对外国侵略的对抗，是有其爱国主义内容、有其积极意义的。不能将爱国主义和消极的怀旧复古混为一谈。

但问题的复杂性在于，作为侵略者和占领者的拿破仑在莱茵地区实行的资本主义改革相对于德国的封建制度又是有某种进步意义的。德国文学为了反抗侵略者的占领，不加区分地反对改革的一切内容，甚至为了反对这种改革而歌颂落后的封建主义生产关系，对中世纪文学也做了过分的颂扬，这就使自身渗进了许多落后的甚至反动的内容。这种混杂了积极与消极、进步与反动的内容都表现在德国浪漫主义作品里。

作为一个影响巨大、延续时间很长的文学思潮，德国浪漫主义不仅包含许多派别，而且经历了许多变化。一般认为，德国浪漫主义文学形成于 1798 年施莱格尔兄弟在耶拿城创办《雅典娜神殿》杂志。主要成员除施莱格尔兄弟外，还有蒂克、诺瓦利斯等，史称"耶拿浪漫派"。耶拿浪漫派重视理论建设，尤其是施莱格尔兄弟，强调文学的超越性，文学不是反抗环境的暴虐而是反抗生活的散文，对浪漫主义美学思想的形成起了极其重要的作用。

比耶拿浪漫派稍迟但创作上成就更大的是海德堡浪漫派，主要由聚集在海德堡的一批作家组成。刊物是《隐士报》，成员有阿尼姆、布伦塔诺、格拉斯等。格林兄弟也属于这一派。耶拿浪漫派和海德堡浪漫派的创作代表着德国浪漫主义文学的主要成就。此外，还有柏林浪漫派，又称北浪漫派，主要成员有克莱斯特、沙米索等；施瓦本浪漫派，又称南浪漫派，主要作家有乌兰德、豪夫等。这些流派的理论主张并不完全一致，但大体保持浪漫主义的主要精神。直到 19 世纪 30 年代以后，德国浪漫主义才渐渐走向衰落。

由于把回归自然、回归童年、回归中世纪作为自己的美学理想，浪漫主义一般都注重对民间文学的搜集和整理，注重表现童心纯洁天真的儿歌、童话的创作，因而和儿童文学发生密切的关系。这在德国浪漫主义的各个流派中都有鲜明的表现。耶拿浪漫派首推蒂克，他的《民间童话》及部分自己创作的艺术童话对浪漫时期童话的鼎盛有开创之功。此外，弗里德里希·施莱格尔、诺瓦利斯都对童话发表过很深刻的见解。海德堡浪漫派搜集童话更是不遗余力。经过阿尼姆、布伦塔诺、格拉斯等人坚持不懈的努力，至格林兄弟，终于将童话的搜集整理推向最高峰。

德国儿童文学的自觉大致也是在这时完成的。此后，霍夫曼、沙米索、豪夫等又创作了大量的艺术童话，将刚刚自觉的少儿文学迅速地推向发展的高峰，这是德国童话、少年儿童文学发展中一个最有声有色的时期。虽然格林、霍夫曼等人并不是完全为少年儿童才去搜集、创作童话的，但他们确实意识到少年儿童这个读者群的重要性，并为适应少年儿童的审美能力和趣味做出了自己的努力。事实上他们后来的作品也以少年儿童为主要读者对象。就是从世界儿童文学发展的角度看，他们的贡献也是具有划时代意义的。

二、浪漫主义为童话文学的独立创造条件

18 世纪末期法国革命中提出了"平等、博爱和自由"的口号，浪漫主义对

儿童文学的影响就是这个伟大口号的文学化，也就是雨果所说的"浪漫主义不过是文学上的自由主义而已"。浪漫主义思潮发祥于18世纪末期的德国和英国。到19世纪初期，浪漫主义文学趋于成熟。成熟期的浪漫主义文学特别重视想象，而民间童话是最富于想象的；浪漫主义文学的想象方式与孩子的想象方式不谋而合，他们的想象都把时间和空间挪得十分遥远，所以，浪漫主义文学对"幼稚"的古代、希腊和北欧的英雄时代，对中世纪的种种故事很感兴趣。于是他们重视搜集、整理民间文学并用其作为创作题材，成了浪漫主义文学的一大特征。浪漫主义者们努力复活作为民间信仰结晶的中世纪民间童话故事、儿歌童谣，使其重新焕发异彩。浪漫主义作家们都喜欢用这种形式来表现自己的愿望和感受。他们追求强烈的艺术效果，常用奇特夸张的修辞方法创造离奇的情节、非凡的人物、神秘莫测的环境、激情洋溢的语言和大开大阖的结构。所有这些都给想象特征鲜明的童话文学的发展和成熟带来极为有利的条件，为童话文学发展开辟了康庄大道。

在欧洲，有一批浪漫主义作家无意中为孩子所青睐的童话文学的成熟发挥了重要作用。格林兄弟专事德意志语言研究，他们不是浪漫主义文学的中坚人物，但他们也受浪漫主义文学思潮的影响，于1806年开始民间童话的搜集工作。当时正值拿破仑着手全面征服欧洲，他们认为战争的旋风必造成兵荒马乱，剧烈的社会动荡会使古老的传说和故事"像星火消泯于水塘里，像露珠消泯在炎阳下"那样消泯得无可觅其踪影。格林兄弟是有远见的。由于他们的努力而复兴起来的德国童话，远比拿破仑征服欧洲的事业要伟大、要持久、要不朽、要有价值。

格林兄弟于1812年、1815年出版了两卷《儿童和家庭童话集》，1816—1818年间又增加了一卷《德国民间传说集》，共计216篇。这些童话故事多半是他们从自己的家乡日耳曼北部黑黝黝的森林中和茫茫原野上采录来的。这些童话描述了"孤零零居住在原野上的人们或在暴风雨之夜，或从高处静观这荒凉原野的感觉。凡是童年时在原野暴风雨之夜感受过并留下了深刻印象的人们，此时原野那可怕的情景又重新活现在他们眼前了……"（《马克思恩格斯文集》第二卷）。格林童话"所展现的是富有德国民间特色的未加修饰的图景"（德国学者哈曼恩语）。

格林兄弟用文学语言谨慎地加工润饰了过于粗朴、过于平淡的民间口头创作。他们的艺术性劳动葱茏了童话的大自然诗意，使森林、原野、草地和花木更富有诗的情性。他们的工作使日耳曼口语文学化、规范化，提高了文化品位。但是，他们保留了德国童话中所有的拟人手法。这种拟人手法孤立起来看似乎是不可理解的，例如缝衣针会从裁缝铺里走出来，会在黑夜里迷路，煤炭会在过溪水时险些淹死，等等。乍一看确实很不可思议，然而在具体的童话故事结构当中，这一切就觉得很好理解。按海涅的说法，这种怪异的幻想透露着人类的智慧。无论植物、动物还是物件，一旦进入童话中，它们就都能活化出一个生命世界。

在216篇童话中，有一些已为世人所熟知，从《灰姑娘》《白雪公主和七个小矮人》《汉赛尔和格蕾蒂尔》等童话中可看到彼时德意志人如何向往着财富、地位、荣誉、美好的爱情和婚姻家庭等。而今天更应该重视的则是《拇指孩儿》故事中那样超越常人想象的高度幻想力，以及《狼和七只小山羊》这类故事中浓郁的童趣。格林兄弟搜集民间的童话本无意于供儿童阅读，但是孩子们却喜欢他们的童话，他们也意识到了这一点："这些给儿童的故事能以它们的纯洁和温柔去唤起孩子对生活的向往，在其人生之初就培养起一种美好的思想和感情。但因为这些童话的朴素诗情能够唤醒每一个人的纯真，又因为这些童话将留在家里并作为遗产一代代传下去，所以又把它们叫作'家庭童话'。"

格林兄弟的贡献中还应该包括，由于他们的成功，影响到许多欧洲作家纷纷起而仿效，在本民族文学中搜集童话。格林兄弟时代还有一位在童话搜集和整理、保存和流传上有功绩的人物路德维希·贝希施泰因，其声誉仅次于格林兄弟。他的童话的价值观念、美学观念与格林童话一致，但是他的童话大多带有其家乡南德意志的风物特色；再则，由于贝希施泰因更注重文学性，因此主观成分和作家本人生活感受的内容也要多些，描写上也较格林童话更细腻。

受浪漫主义文学思潮的影响，威廉·豪夫的作品为肇始期的童话文学发展立下了里程碑。他是德国浪漫主义文学衰退期的讽刺小说家、童话作家和诗人。受司各特、霍夫曼、黑贝尔、富凯等浪漫主义文学家的影响，豪夫重视民间文学、崇尚童年和自然，并且体现在他的创作中。他的童话有这样一些显著特点：①语言通俗易懂；②摹仿《一千零一夜》等东方童话故事的结构，大故事里套小故事；③故事情节多奇险。豪夫于1826—1828年间写成的童话，有些以民间童话为基本素材，有些则是作家利用民间文学因素的独立创作。1826年出版的童话集名为《骆驼商队》，1827年出版的童话集名为《亚历山大和他的奴隶》，1828年出版的童话集名为《什培萨小酒店》（其时作者已经离世）。这些童话集大体包括12篇相当于小中篇篇幅的童话，其中较有代表性的是《鹳鸟的国王》《小穆克》《矮子"鼻儿"》《年轻的英国人》《赛义德的苦难》《冷酷的心》。

《冷酷的心》（1827年写成）是作家去世以后发表的作品。这篇童话虽然采用了德国南部一个民间传说作为故事框架，但是描写的却是当时德国具有典型意义的现实生活。作家敏锐而深刻地感受到了资本原始积累过程的残酷性，并且用童话的方式成功地表现了出来。故事主人公彼得·蒙克本是一个朴实、善良的年轻人，但在资本主义价值观念和生活方式迅速摧毁淳朴民风的情况下，开始爱慕虚荣、厌弃繁重体力劳动和不满社会地位低下的生活，于是在快速发财愿望的驱使下，为立即变成有钱有势的豪阔富翁甚至不惜与魔鬼做了交易，用自己的真心换回一颗冷冰冰的石头心。作为一颗跳荡着人性的真心的代价，他得到一袋金币，变得富有。但是也开始丧失人性和人情味，他变得极端冷酷无情，他美丽的妻子施舍给了一个老人一点食物，他就凶残地活活打死了她。

金钱可以把一个好端端的灵魂扭曲到这等地步，亲情、温情、同情、道义、伦理等在金钱面前一下子变得如此脆弱。金钱所向，一切传统文化中美好的东西迅速为之披靡。彼得胸中那颗虚拟的石头心，在童话中成了资本主义原始积累阶段暴发户灵魂的一个小小缩影。但是财富并不能使彼得免于孤独和空虚。当金钱折磨得他难以忍受时，他愧疚和懊悔了，他向荷兰鬼要回了自己的心。

《年轻的英国人》是一篇有着强烈讽刺意味的童话。故事描述一只猩猩被格林威塞尔士绅们尊为体面的英国人，从而淋漓尽致地揭示出19世纪初期德国市民阶层愚昧庸俗的面貌。作品特点是以被注入了幻想成分的离奇情节，入木三分地讽刺和针砭德国现实。同猩猩同桌吃饭、一起跳舞甚至一块儿讨论问题，分明本是荒唐透顶的事，但是由于豪夫把握住了当时德国小市民愚昧无知、盲目崇尚并追求外国时髦的基本特征，顺势加以艺术夸张，所以离谱的奇幻描写反倒触及了德国社会的本质性深痛。

德国浪漫主义文学思潮还催生了阿德贝尔特·冯·沙米索的杰作《彼得·施莱米尔奇遇记》（又名《出卖影子的人》）。沙米索与施莱格尔兄弟、阿尼姆、布伦塔诺、乌兰德、克莱斯特等浪漫主义文学的代表性作家过从甚密，是浪漫主义文学中影响最大的诗人（他的大量诗篇被配上曲子广泛传唱）和作家之一，在苏联和中国一度被作为"积极浪漫主义文学的代表"进行介绍。

在欧洲，沙米索因其传世之作的深远影响而被誉为"善于把民间神奇幻想同现实生活结合的讽刺批判作家"。出版于1814年的《彼得·施莱米尔奇遇记》，代表着沙米索叙事文学的最高成就。沙米索的这部童话性小说构思取自民间童话传说中多有影子离人体而去的故事。沙米索就从人的影子可以剥离人体而捡拾起来，卷成筒形，或加以折叠收藏这类奇妙无比的想象出发，构思他的中篇童话小说。小说描述了家境贫寒的主人公彼得带着一封介绍信来到一位富翁约翰家里，希望能得到约翰的资助，并给自己谋得一个糊口的职业。在约翰的花园里，他遇见一个身穿灰衣服的神秘人物。这个灰衣人是个魔鬼。在彼得面前，魔鬼拿出一个从里头能不断取出金币的魔钱袋来引诱彼得，表示要用这件宝物来收购他的"美丽的影子"。彼得为钱财所动，拿自己的影子同魔鬼的魔钱袋做了交易。彼得真的立刻变成了大富翁。然而人们很快发现彼得没有了影子，于是理所当然把他看作不同于常人的异类，将他当成了怪物，打心底里鄙视他，像害怕幽灵一样害怕他，处处躲着他、防着他。彼得顿生烦恼和痛苦，而且这种烦恼和痛苦就像影子一样伴随着他。他忠心的奴仆背叛了他，把他用影子换来的钱偷走，还勾引走了他的未婚妻，这给他以沉重打击。他于是躲开人群，来到森林里。但是在这个世界上，无论何地总会有太阳的照耀。他在森林里见到一个农夫，即使他小心又小心，也还是被农夫发现了他是一个没有影子的怪人。彼得为了掩饰自己没有影子而编的故事读来让人心酸，他终于下了决心去找魔鬼要求换回自己的影子。魔鬼倒是同意归还影子，但却要他订立出卖自己灵魂的契约。这回彼得愤怒地拒绝了，他宁愿不要影子也不出卖自己的灵魂，遂将魔力钱袋扔下了山崖。彼得在一双魔靴的帮助下，走遍地球的南极、北极和各大洲，最后在一个山洞里住了下来，从事自然科学研究。他这才懂得了人生的意义和乐趣。童话故事在结尾处这样写道："我的朋友，要是你还打算生活在人世间，那么你首先要重视影子，然后再重视金钱。"

"影子"在童话小说中是作为人的根本性品格而存在的，是作为高尚的象征而存在的。沙米索通过影子的故事探讨了人生的需要和意义。他开始也相信金钱是万能的，以为没有影子也有补救的办法：用金钱去堵住发现了他没有影子的人们的嘴。但是很快他就发现金钱并不是万能的，并不能给他带来真正的幸福。

古希腊哲学家柏拉图将人的需要分为三个层次：财富、名誉和智慧。绝大多数人只停留在第一层次上，一些人达到了第二层次，而达到第三个层次的人是极少数。彼得最后毫无保留地把自己献给了他爱好的科学事业，在追求智慧和理想的高层次上，他找到了自我完善和自我慰藉的途径。"众里寻他千百度，蓦然回首，那人却在灯火阑珊处。"这部童话小说告诉读者：对人生意义的寻觅往往需要经历一个艰辛漫长的过程，这个过程包含种种不寻常的精神痛苦和折磨。

三、浪漫精神与儿童文学

纵观从 18 世纪末到 19 世纪中期德国儿童文学发展的历史不难看出，这段时间既是德国浪漫主义文学蓬勃发展的时期，也是德国儿童文学蓬勃发展的一个时期。在这段时间里，德国儿童文学不仅借对民间童话的搜集整理和艺术童话的创作走向自觉，而且出现一批有很高质量的儿童文学作品，使德国儿童文学在刚刚自觉时就达到一个高峰。德国儿童文学的自觉和最初取得的成就很大程度上是得力于当时的浪漫主义文学思潮的，这是一种历史巧合还是有儿童文学发展的内在原因？

如果将视野稍微放大一些，我们会发现，类似的现象也曾出现在除德国以外的欧洲和世界其他地方的一些国家。比如法国，贝洛尔在17世纪末出版《鹅妈妈的故事》，部分动因为他对以希瓦洛为代表的古典主义的不满，想用清新刚健、富有浪漫色彩的民间童话来冲击当时的古典派文学，以支持他在当时"古今之争"中坚定地站在"今派"一边的立场。尤其是启蒙主义的杰出代表雅克·卢梭，他于1762年出版《爱弥儿》，鲜明地表现出回归自然的倾向，认为一切事物凡出自创世者之手便是好的，一经人手便被破坏了，所以教育就是要防止儿童受人类社会的污染。卢梭的这些主张使他成为欧洲浪漫主义文学的先驱。

在英国，上述情形表现得更为明显。先是彭斯的苏格兰民歌和威廉·希莱克的《天真之歌》，以清新明朗的笔触描写自然和儿童世界，无拘束的表达方式自有一种浪漫情调。后来是以华兹华斯等人为代表的湖畔派，正式打出"回到大自然，回到童年，回到中世纪"的旗帜，成为欧洲浪漫主义文学的主要口号。在这一美学理想的指导下，他们搜集民间童话、歌谣，客观上促成了英国儿童文学的自觉。

即使在中国，类似的发展在一定程度上也曾出现过。明代中期，精英文化的个性主义和民间文化中市民文学的兴起，曾在文坛掀起一股浪漫洪流。而作为这一浪漫洪流在理论上的代表文章之一，便是李贽的《童心说》。《童心说》反对社会文化对人的扭曲，要求以儿童的"真心"为文学创作的尺度，客观上也提高了儿童题材在文学创作中的地位。即使在今天，儿童文学和浪漫精神紧密联系在一起的文学现象还不断地在各国文学中表现出来，这使我们不得不去探讨这种文学现象背后的依据。

浪漫主义文学与儿童文学的相近首先表现在它们的源流上，都与传统的民间文学有着血缘上的联系。儿童文学，特别是早期儿童文学与民间文学的联系是显而易见的。民间文学没有阅读上的障碍。当人类发明文字后，创作文学逐渐成为文学的主体，有文化的读者主要转向创作文学以后，民间文学面对的仍主要是没有文化和少有文化的大众。少年儿童文化较少，作为一个群体，他们主要留在民间文学的接受群里。儿童文学的自觉，大都是借着民间文学的搜集整理来完成的。浪漫主义文学主要是作家创作的文学，它和民间文学的联系主要不是来自读者群的相近上。

作为一种文学思潮、一种文学运动，浪漫主义文学主要产生、兴盛于 19 世纪上半叶的欧洲；但作为一种创作精神、一种以形象把握世界的方式，浪漫主义创作方法、浪漫主义文学作品却是早已有之的。古代神话主要是原始人混沌思维的产物。那时，人们受互渗律的影响，还不能将主体和客体区分开来，以己度人，以己度物，使客体带上鲜明的主体色彩。所以，原始人主要生活在自己想象的世界里，神话、传说等就是他们想象、幻想的产物。这种不自觉地创造艺术世界的方式，主要是浪漫主义的。之后的民间文学大体都延续了这一传统。所以，当欧洲浪漫主义文学思潮兴起时，人们不约而同地将目光投向神话和各种民间文学，从民间文学中寻找题材和灵感，或者更直接地搜集整理民间传说，蔚然而成一种风气。

所谓"回到大自然，回到童年，回到中世纪"，都与民间文学有着很大联系。毫无疑问，浪漫主义文学并不等同于民间文学，19 世纪上半叶，许多优秀的浪漫主义作品都不是直接从民间文学中取材的。但比当时和以后许多文学思潮，从无一个文学思潮与民间文学有如此紧密的联系。这样，儿童文学接近民间文学，浪漫主义文学也接近民间文学，它们自然在很多地方有共同渊源，甚至互相重叠、有共同的特点也就不难理解了。

儿童文学与浪漫主义文学的亲缘关系还表现在它们的艺术世界有相近的表现形态这一点上。从题材上看，浪漫主义文学一般不从现实生活中直接取材。也就是说，在创作的主客体互相作用这一对矛盾中，浪漫主义文学不是强调创作的客体方面而是强调创作的主体方面。强调主体对生活的感受，自然地拉开与生活的距离，神话、传说、冒险故事等，构成浪漫主义文学的主要描写对象。儿童文学也大体如是。儿童文学主要描写儿童较为熟悉的生活，而儿童生活较少社会性，在成人文学中占主要地位的社会矛盾等难以在儿童文学中表现出来，儿童文学的描写对象一般也与现实生活有一定的距离。

正是由于题材上的特殊性，浪漫主义文学中的艺术形象在表现形态上与现实主义文学有较明显的不同。浪漫主义文学不强调细节的真实，不强调艺术形象的逼真性，不强调按照生活的本来样子来塑造艺术世界，而是拉开与现实生活的距离，不一定按生活本身的样子塑造艺术形象，变形形象在浪漫主义文学中大量出现。如神、魔、鬼怪、精灵、仙女、国王、公主等，许多形象不仅是超现实的而且是超自然的。尤其是作品的时空背景，很多浪漫主义文学中的背景都是极度淡化甚至是抽象的。抽象拉开了艺术世界与现实世界的距离，使人无法拿现实世界作为艺术世界的参照，这就为艺术逻辑远离现实逻辑甚至背离现实逻辑提供了依据，这也正是儿童文学的最普遍的特点。

儿童文学中自然也有写实性的作品，但是，相较而言，童话等非写实性作品在整个儿童文学中所占的比重要比一般非写实性文学在成人文学中所占的比例大得多。神、魔、鬼怪、精灵、仙女、国王、公主也是儿童文学中常见的艺术形象，加上拟人化的动物、植物、非生物，儿童文学中的人物形象以非生活本身形式出现的占了很大一部分。包括儿童文学结构上的故事化倾向，其实也是以拉开与现实生活的距离为主要特点的。这种艺术形象上的非生活本身形式特征自然影响到作品的表现方法，或者说，浪漫主义文学和儿童文学艺术形象上的非写实性很大程度是由它们特殊的表现方法所造成的。无论是浪漫主义文学还是一般的儿童文学，它们在塑造艺术形象的方法上都较多使用夸张、比喻、拟人、象征、变形等艺术手段，或将不具象的事物具象化，这样创造的艺术形象必然有变形的特点。浪漫主义文学或一般儿童文学的非写实性也正是通过这种创作方法得以实现的。

但共同的历史渊源也好，相近的艺术形象也好，相对来说，都还是比较表层的现象。在更深层次，儿童文学与浪漫主义文学的亲缘性还在于它们内在的情感和精神的接近性。所谓浪漫主义文学的内在精神，即浪漫精神，最主要的特征即它的主观性、理想性、超越性。人生活在世界上，受具体的时空限制，不能不面对现实，形成人的现实性的一面。但人之不同于动物，在于他有意识，有改造环境的能力，因此总希望挣脱环境加在他身上的束缚，从具体的时空中超越出来以获得永恒，由此形成人的超越性。浪漫精神表现的主要是生命的这一侧面。于是，自原始文学产生以来，我们时常看到这样的作品：它们不是描写具体的现实生活，不是表达具体的社会性的情感，不是侧重生活的已然形态，而是充满激情地呼唤理想，让人的想象从现实的土地超越出来，将未然的东西当作已然的东西来表现，显示出极其神秘瑰丽的色彩。

欧洲 19 世纪上半叶的浪漫主义文学运动就是这种浪漫精神的一次最集中最突出的表现。儿童文学作为一种文学类型，不是以内在的情感精神类型来划分的，也不是所有的儿童文学作品都有浪漫精神。但作为一个整体，儿童文学与浪漫精神的确有更多的联系。因为儿童文学主要是给儿童看的，要反映儿童的情感、愿望，要符合儿童的审美趣味和他们精神发展的总体趋向。儿童不处在社会生活的中心，与成人相比，他们的生活本就具有较多的超越性。儿童处在生命的源头，经验不足但精力充沛，对未来充满希望，生活在他们面前也确实充满着无限的可能性。在他们眼里，世界上没有不可能做到的事情。在他们实际能力尚不能达到的地方，就借助想象力去征服，他们的思维常常是向我的、以自我为中心的。

维柯认为"推理力越薄弱，想象力也就成比例地越旺盛""人由于不理解事物，就变成一切事物"。所以，儿童常常生活在他们自己幻想出来的世界里，他们的思想、情感是超越的，不受羁绊的。这种思维在很大程度上是浪漫的、诗性的。正是在这一意义上，别林斯基称儿童是"天生的诗人"。儿童情感和思维上的这种特点和要求反映到文学上来，自然使儿童文学带上强烈的浪漫色彩。而且，儿童文学侧重描写儿童生活，儿童生活中当然也有苦难、焦虑、烦恼，但相对来说，他们处在迅速成长的阶段，积极的向上的东西是主导向，欢快明朗是他们生活的主色调。描写对象的这种特点也会在作品中反映出来。这种特点和作为群体的人类的童年时代是颇为相近的。这也解释了儿童文学为什么与原始文学、民间文学有那么深厚的渊源关系。总之，人类的超越精神创造了浪漫文学，儿童的超越精神使儿童文学和浪漫精神有了不可分割的亲缘性。

虽然儿童文学在整体上有一种浪漫精神，但不能说每一篇具体的儿童文学作品都是浪漫主义文学作品。儿童文学主要面对少儿读者，有的作品侧重主观的、理想的、超越性的情感，也有许多作品是非常写实的。就是那些有浪漫精神的儿童文学作品，和真正的浪漫派文学也不一定有直接的联系。德国儿童文学的发展历史有其普遍意义，但从根本上说，毕竟是植根在德国文化和德国社会生活的土壤里，我们不能将德国儿童文学的经验推到极端。即使是德国儿童文学，也是随德国社会生活的变化而变化的。所以，它虽然在浪漫时期获得长足的发展，但19世纪30年代以后，浪漫主义文学运动衰歇，德国儿童文学的辉煌时期也逐渐地接近尾声。接下去是席卷欧洲的现实主义文学运动，德国儿童文学也从此进入了一个新的时期。

第二节　德国浪漫主义童话创作

一、童话与德国浪漫主义

"童话是诗的典范——一切诗意的都必须是童话般的。"德国浪漫主义诗人诺瓦利斯的这句话点明了童话与德国浪漫主义文学的关系。

童话对于德国浪漫主义文学的意义，首先表现在人们对于童话（还有神话、传说）艺术特性的认知，它启迪和强化了浪漫主义的思想和理论，进而促成了艺术童话以及文学的创作。浪漫主义诗人蒂克、霍夫曼和豪夫等人汲取民间童话的养料，进行后人称之为艺术童话的创作，将童话作为一门文学体裁推向鼎盛。事实上，几乎每一位浪漫主义诗人都从事过艺术童话的创作。德国的艺术童话基本上被等同于德国浪漫主义艺术童话，在艺术童话这一体裁中，最重要、最具代表性、在文学创作上最为成功的作品，都集中产生于这一时期。

另外，浪漫主义诗人阿尼姆、布伦塔诺及学者格林兄弟等人对民间童话的搜集整理工作也在这一时期全面展开，成果辉煌。尤其是格林兄弟编写的《儿童与家庭童话集》，简称《格林童话集》，在欧洲乃至世界民间童话史上占有举足轻重的地位。"对于我们来说，德国民间童话永远都和《格林童话集》密不可分。"

可以说，不论是耶拿或柏林时期的艺术童话，还是海德堡时期产生的格林童话，都是德国浪漫主义在各个发展阶段具有代表性的重要文学现象。在这个时期，童话受到了前所未有的重视。

二、德国浪漫主义文学中的艺术童话创作概述

浪漫主义文学的理论与实践在童话这里结合得尤为密切。事实上，浪漫主义诗人为后世留下了大量的艺术童话作品，而且在浪漫主义文学创作中，童话被视为一种最理想的形式。人们可以从《谈诗》中找到关于童话的表述，书中称童话是"在一个不浪漫的时代的浪漫产物"。许多浪漫主义者的作品都是以断片形式保留下来的，它们不具有人们按照惯例所期待的那种完整性。因此，浪漫主义的创作理论和实践在多大程度上吻合，这个问题不是本书探讨的对象。但是可以说，童话是浪漫主义文学最成熟的类型之一，童话创作实践也比较典型地体现了浪漫主义的美学理论。艺术童话在浪漫主义的不同阶段有着不同的发展特点。

（一）早期浪漫主义

早期浪漫主义诗人不仅对童话发表过许多理论见解，而且也改编了大量的民间童话。他们的一个重要文学成就是艺术童话的创作，主要作品如瓦肯罗德的《关于一个裸体圣人的奇特的东方童话故事》、蒂克的《金发的艾克贝尔特》《精灵》《鲁嫩山》，以及诺瓦利斯的《亨利希·冯·奥弗特丁根》和《风信子与玫瑰花》等。

其中，蒂克的《金发的艾克贝尔特》赞美与世隔绝的"森林孤寂"，批判

人们在尘世中盲目追求和理性主义的空虚乏味，被公认为德国浪漫主义时期第一部艺术童话（后文将对此篇童话进行详述）；在文学史上，人们也常把蒂克的主要文学成就归于艺术童话，把他视为近代艺术童话的奠基人。此外，蒂克还吸收民间童话的素材，运用了弗里德里希·施莱格尔的浪漫主义反讽理论，改写了传统民间童话《穿靴子的公猫》，并使之成为浪漫主义喜剧的代表作品。诺瓦利斯未完成的《亨利希·冯·奥弗特丁根》也是早期浪漫主义创作的重要作品，其中出现的"蓝花"表示永远无法实现的遥远理想，成了浪漫主义无限追求的象征。这些艺术童话作品寄托了浪漫主义诗人的艺术理念和美学追求，在艺术上比民间童话更精雕细刻，讲究人物的心理描写、悬念气氛的营造和对整个情节的布局安排。如《金发的艾克贝尔特》在叙事上沿用了《十日谈》中的"框形结构"，并尝试着将叙事、诗歌和戏剧等因素相结合运用于艺术童话的表现中。早期浪漫主义艺术童话对现实世界持批判的态度，其结局大多是悲惨的。

（二）后期浪漫主义

浪漫主义后期，以柏林为中心的北部作家和以施瓦本为中心的南部作家，在创作成就上均超过了耶拿派和海德堡派浪漫主义。其中，柏林浪漫主义作家以霍夫曼、沙米索、艾辛多夫、富凯和克莱斯特等为代表；而施瓦本浪漫主义作家主要有豪夫和乌兰德。

在柏林浪漫主义作家中，沙米索的代表作为中篇艺术童话《彼得·施莱米尔奇遇记》。其中吸收了许多民间童话的素材，如土耳其金织巨毯、七里靴等，描述了施莱米尔与魔鬼用影子交换灵魂，最后获得新生的经历。富凯创作的童话《温亭娜》，也吸收了许多民间童话的素材，在创作手法上较大程度地保留了民间童话的风格。

在柏林浪漫主义艺术童话作家中，最有影响力的当属霍夫曼。他的童话创作极为丰富，其中《金罐》最具代表性，《魔鬼的迷魂汤》《胡桃夹子和老鼠国王》以及《跳蚤师傅》等也十分著名。1816年，霍夫曼与富凯等人在柏林每周聚会一次，分别朗诵自己的作品，他们自称谢拉皮翁兄弟。霍夫曼并以此命名自己的小说集，其中收录了他的童话《胡桃夹子和老鼠国王》和《法伦矿山》。

施瓦本派浪漫主义作家在组织上比较松散，在童话创作上最有成就的是豪夫。他留下了15篇出色的艺术童话，分别收录在三个童话集里，其中最著名的有《小穆克》《冷酷的心》《长鼻子侏儒》和《猴子当人》等篇。豪夫的艺术童话在形式上也模仿《十日谈》，通过卷首的引线让书中人轮流讲出一个又一个的故事，故事与故事之间又通过其他的引线贯穿起来。这种故事套故事的形式是豪夫童话特有的风格。这些童话虽然在取材上借鉴了《天方夜谭》等多种民间故事和传说，但经过作者的艺术加工，它们已经在相当深的程度上融入了现实的内容和作家的生活体验。

以霍夫曼和豪夫为代表的后期浪漫主义艺术童话比较贴近现实，富于现实批判性。他们往往对资本主义发展初期的德国庸俗社会现实生活和庸俗世人予以批判，讽刺和揭露统治阶级的愚蠢和贪欲，同时渴望更高的审美情趣和诗意的幻想世界。在创作风格上，他们追求奇特的想象、荒诞诡秘的气氛，讽刺意味更强，笔调更为犀利，叙述结构上更为复杂曲折，其艺术风格也更为成熟。

第三节　德国浪漫主义童话代表作品分析

一、格林兄弟与民间童话的搜集整理

（一）格林兄弟与浪漫主义

雅各布·格林和威廉·格林两兄弟出生于莱茵河畔哈瑙城的一个律师家庭。雅各布未满 10 岁时，父亲菲力普·威廉辞世。几经周折，格林兄弟进入了语言学专业继续学习。雅各布·格林在语言学方面成就突出，他撰写出版了四卷本的《德语语法》。他在这部巨著中研究了德语语法的演变历程，探讨了德语的词源和语音规律，确定了换音与变音、强变化与弱变化的区别，阐明了印欧语系中辅音的转换规律。他还编写出版了《德语语言史》，详细论述了德语的演变和发展历程。自 1838 年开始，格林兄弟合作编纂《德语词典》，生前完成了字母 A、B、C、D、F 至 "Furcht" 的词目部分，出版了该辞典的前三卷。其中每一个词例均选自从马丁·路德至歌德时代的文学作品。由于格林兄弟在日耳曼语言发展史研究领域取得的突出成绩，他们被称作是德国语言学的奠基人。

其实，青年时期的格林兄弟颇为推崇耶拿浪漫主义。威廉在 1805 年 3 月 24 日给雅各布的信中，将耶拿浪漫主义称为"新派"，兄弟俩在来往信件中曾就"新派"的文学动向进行讨论。雅各布在《关于尼伯龙根之歌》一文中就曾谈道："重新唤起对古代德国诗歌的研究，并展现它们的价值，这属于新派的成就之一。"

不仅是耶拿浪漫主义诗人对复兴古代德国文化的追求，还有他们对文学艺术和历史的观点，都对格林兄弟产生了影响。弗里德里希·施莱格尔1802—1803年间在柏林做的文学和艺术讲座，登载在弗里德里希·施莱格尔主编的《欧罗巴》杂志上，被格林兄弟俩全文抄录下来。此外，弗里德里希·施莱格尔刊登在《雅典娜神殿》第一期上的文章《语言——论克洛卜施托克的语法谈话》，引起了雅各布对于语言学问题的关注，也被他借来抄录。威廉在图书馆工作期间，专门为图书馆订购了蒂克于1800年出版的《诗学期刊》和诺瓦利斯的小说《亨利希·冯·奥弗特丁根》。格林兄弟之所以对语言文学产生浓厚的兴趣，以致后来从法学转到语言学专业，应该说与耶拿浪漫主义的影响是有一定关系的。

当然，给格林兄弟带来直接影响的，是海德堡浪漫主义诗人布伦塔诺和阿尼姆。格林兄弟不仅在思想上受到他们的感召，而且还追随他们，开始了具体的实际工作，将理论与实践紧密地联系起来，取得了后来的成就。

（二）格林兄弟的民间童话搜集整理

《格林童话集》原名为《儿童和家庭故事集》，是格林兄弟搜集民间流传的故事并编撰而成的。格林兄弟的民间童话搜集工作范围，起初仅局限于一些文化水准较高的家庭，许多当今最著名的童话故事就出自这些家庭的年轻女士之口。童话中的有些内容也出自这些童话提供者自己的文字记录。从1808年起，来自阿伦道夫的牧师女儿弗里德里克·曼尼尔就一直向格林兄弟提供童话素材，其中包括后来收录在格林童话集中的《菲切尔的怪鸟》《三片羽毛》和《聪明的格蕾特》。对于格林兄弟最早的童话搜集工作有重要贡献的还有卡塞尔"太阳药房"的药剂师威尔德一家，《圣母玛利亚的孩子》和《弗里德尔和卡特里丝》都出自威尔德夫人之口。而《霍勒太太》则应归功于她的女儿，即后来嫁给威廉·格林为妻的多尔沁。另外，还有哈森福鲁格姐妹，《格林童话集》中的《勇敢的小裁缝》《没有手的女孩》《汉斯成亲》和《快活老兄》都源自她们的叙述。

经过6年的搜集整理，格林兄弟积累了为数众多的手稿。布伦塔诺于1809年7月编撰《男童的神奇号角》时，曾请求格林兄弟将过去搜集的民间故事手稿提供给他做参考。1810年，格林兄弟将手稿交给布伦塔诺时，先已保留了副本。后来布伦塔诺并没有归还原稿。19世纪末，这份原稿在阿尔萨斯的奥伦堡修道院内被人发现。由于格林兄弟手中保留的手稿副本在出版后便已经遗失，因此后来发现的这份当年送给布伦塔诺的原稿便显得格外珍贵，人们称这些原稿为"1810年版手稿"，或以发现地命名为"奥伦堡手稿"。20世纪20年代，奥伦堡手稿首次出版。

格林兄弟于 1812 年依据保留的手稿副本出版了《格林童话集》初版第一卷，其中收录了 86 则故事。这是最早出版的一个格林童话文本，其中只是简短的内容记录，没有做更多的修饰。1819 年，《格林童话集》出版了第一个修订版，这是格林兄弟进行了大量补充修订而成的劳动成果。此后，格林兄弟又对《格林童话集》进行了五次改编，在 1857 年，《格林童话集》的故事已经增加到 200 多篇。此外，还先后出版了 10 种仅收录 50 个故事的儿童简易版本。

如果算上后来发现的奥伦堡手稿，格林童话前后共有 8 个完整版本。经过前后八版的修改润饰，格林童话逐渐发展成一种"格林体"，把民间故事加以文学化，内容、文体都趋于成熟。所以，也有一些人认为格林童话绝不仅仅是民间童话，由于文风的修饰，它和其他艺术童话——如霍夫曼、豪夫的童话一样，已经是格林兄弟创作的文学作品。

在此有必要指出的是，在童话整理的学术问题上，格林兄弟的意见也并非完全一致。对于童话集的搜集整理，兄长雅各布一直从一个语言学学者的角度出发，对一切细节持精益求精的态度，他在 1810 年 12 月 15 日写给布伦塔诺的信中说道："如果在出版时加上标题——古德意志集，其中收录普通民众口头记录的传说不带任何批注，您认为如何？"布伦塔诺欣然采纳了这个意见，他要对"所有关注德意志诗歌和历史的朋友"发出号召，每年要出版 10 本民间童话，目的在于，"要记录叙述者的口头和谈话形式及措辞"，并将民众的所有口头传说全都列入其中，"尤其是妇孺童话、夜晚闲谈和纺机旁的故事"。此书于 1812 年 12 月 20 日付印，它包括一个概述的前言、正文和一个详细的附录。

格林兄弟二人相比之下，哥哥雅各布·格林是严谨的语言学家，他希望忠实保留记录下来的原文。弟弟威廉·格林则同时是一名充满热情且感情细腻的诗人，他总想把所搜集的材料改写为适合儿童的叙述方式。为此，雅各布经常会指出威廉在构想上的随意性。《格林童话集》初版的第一卷和第二卷发行以后反响平平，甚至遭到来自各方的批评，被认为"不适合以口语来念给小孩听""文辞不够优雅""故事的取材和表现方式不适宜儿童阅读"，并要求根据教育学的原则对此书进行修改等。在维也纳，这本书甚至被禁止再版。因此，童话集再版时的加工重点落在如何适合儿童阅读的叙述方式上，这正是威廉本来要做的事情。于是，1819 年第 2 版发行之后，兄长雅各布退出了这项工作，再版的修订工作就全部交给了弟弟威廉。威廉努力体会童话故事的情境和人物心理，在描述中进行了更为详尽的润色工作，使之更具有文学性。因此，第 2

版呈现出一种全新风格。在这个版本中，威廉力求寻找和靠近一种与儿童心性相符的民间文学，他追求句子的言简意赅、语句间的明了联系，通过使用命令句和韵句，以及词语和类似情节的重复等方法，来体现言语表达上的民俗性和形象性，并将俗语、谚语汇入描述之中。此后的每一次修订都在统一的风格下，越来越趋向于儿童文学特有的天真、幽默和机智。

经过修订的格林童话很快就取得了成功。格林兄弟还在世时，格林童话就有了 18 种文字的翻译版本，至 1940 年，已增加到 396 种翻译版本。格林童话广受欢迎并迅速传播，产生了巨大的影响，引发了民间童话搜集整理的热潮。随后在整个欧洲乃至在世界范围内，产生了多种多样效仿格林童话的各民族民间童话集。格林童话成为许多外国人特别是少年儿童对德国和德国人的最初印象。在德语国家范围内，《格林童话集》的成功更是直接推动了民间童话的不断发掘，至少有 500 个童话和传说集、共计约 2 万个篇章产生于 19 世纪。

二、格林童话的叙述特征

（一）从口述到笔录

格林兄弟通过搜集整理童话的工作，在文学的形态上建立了相应的叙述模式，并在作品中表现为具有普遍性的特征，体现了相当鲜明的教育意图，成为德国民间童话的典范。在从口述到笔录的过程完成以后，格林童话在文学形态上所体现的叙述特征才真正呈现出来。同时，几乎是忠实记录原始叙述的《格林童话集》初版与 1857 年第 7 次修订后的末版，在文学意图上的差异，也必然在叙述特征的变化上有所反映。当然，二者之间的差距，远比民间童话与艺术童话的差距要小得多。

整体而言，格林兄弟不仅是民间童话的搜集整理者，也是参与创作的作者，从结构与风格上来看尤其如此。格林童话像所有的诗学作品一样，首先是通过文本的叙述使读者获得阅读的文学体验。在格林童话中，格林兄弟完整地保留了他们所搜集的民间故事的题材内容和象征符号，在此前提下，他们将这些故事的叙述方式加以改编和整合。特别是威廉·格林，有意识地对童话的文体进行了改造。

从细节上看，威廉对《格林童话集》的修订使叙述语言在语调上更加温和、亲切，更加富有诗意。在一些故事中，威廉·格林偏好采用直白的并列句型，并经常使用重复句来增强表达的力度。为了使语言更加生动，他喜欢使用直接引语。他善于运用古体语以及民间的俗语和谚语，偏爱使用缩小词。

通篇叙述的情态形式都采用过去时，形象地描述每一个情境，以直接激发读者的想象力。简练和不受时间限制的典范性，是威廉一贯的文风原则。他强调叙述的虚拟性，常常略去确定的时间和地点。在叙述中，格林童话剔除了那些有伤风化的东西，并按市民阶层的教养加以道德化，使这些民间童话更符合最主要读者，即围绕儿童的市民家庭的阅读趣味。对于这一趋势，雅各布·格林曾经评述说："这些民间童话最初并非专门针对孩子们而写，但随着版本的逐次修订，它越来越走向儿童文学。"

格林兄弟所进行的文学意义上的风格化改造，并未有损口头传说故事的内容和意义，最初那些可以追溯到古老观念和行为的素材几乎是原封不动地被保留了下来。专业的民间童话阐释者，以及一些热衷于研究文学的严肃的童话读者，通常会选用格林兄弟在1857年进行加工的末版，因为这一版本通常被看作独立的文学作品。在他们看来，文学阐释的首要任务在于重新发掘那些不可理解的象征符号中所隐含的意义，解码民间童话中的象征性文字。最基本的一点是，他们确信格林童话所涉及的是独立的、致力于大众的、带有强烈表现意图的文学艺术作品。本节在分析格林童话的叙述特征时，依据的也是以1857年末版为底本的译本。

（二）格林童话的叙事特征

对民间童话的解读，集中围绕以下问题展开：民间童话的文学意图是什么？它如何通过叙述显示其独特的文风？民间童话研究专家吕蒂曾就此类问题对民间童话做了最基本的描述，本书借鉴他的分类，意在对格林童话的基本叙事特征进行分析和概括。

1. 一维性特征

一维性特征指的是不分虚幻和现实世界，将两者融为一体。格林童话中的恶魔无须借助闪电雷霆而至，它们都是那么自然而然地出现；故事中的人物遇到仙女或会说话的动物时，丝毫也不觉惊异。来自幻境的人物或动物对于主人公来说，不是对手就是帮手，他们都会自然而然地交流。童话主人公会毫不迟疑地接受那些来自幻境的仙女或动物的帮助，并在关键时刻自然而然地求助于他们。任何不可思议的魔法在童话中都能够轻而易举地成为现实，而不会使人产生丝毫惊异感。这些都是民间童话的真正风格。现实与幻境在民间童话中不存在此界和彼界的鸿沟，任何关系的建立都是可能的、正常的、不言而喻的。也就是说，非现实的事物以存在的形态直接呈现，不用铺垫，也不需要解释。在童话中，幻境并不遥远，而是触手可及。所有的角色都在一个层面上活动。

因此，现实的逻辑关系是无意义的，日常生活中的因果关系也无关紧要。

2. 线性描述手法

在叙述结构上，格林童话遵循的是单轨的线性时间序列，采取平铺直叙的描述手法。童话事件发生的前因后果都极为清晰，故事发生的前后顺序与叙事的发展脉络是一致的。这与民间童话的时间观念有直接的关系，一切都服务于情节的需要。在童话中，小孩就是小孩，老人就是老人，没有从小到大的变化过程，即使睡美人沉睡百年，也丝毫不会变老。所有的一切都是在一个简单的时间维度上呈现的。

在人物塑造上，格林童话中的人物形象简明单纯。人物既无前世，也无来生，没有多余的社会背景和生活经验，有些甚至连名字也没有。所有的描述都围绕着人物的行为和对情节发展起重要作用的事物平铺直叙，塑造出个性鲜明的形象。童话里的主人公，如小红帽、白雪公主、青蛙王子、亨塞尔与格莱特等，喜欢走出家门到外面的世界，到大森林，到野外或城市里冒险，而不是停留在某处观望或思索。一切都化为他们的行动，所有内心的东西都变成了表面的呈现，所有的情感都表现在行为举止上。例如在《金鹅》中，叙述者并没有直接描述小傻瓜的善良，而是通过他把灰饼子和酸酒拿给小矮人的具体行为来表现。

此外，主人公通常没有肉体的痛苦。如《七只乌鸦》中的小姑娘为了救自己的七个兄弟，割下自己的一截手指当作钥匙放进锁孔，得以进入玻璃山中，叙述过程中没有感觉到痛苦和伤害。一切复杂委婉的感受、人物的内心活动，格林童话都不会做深度的描绘。男女主人公的相爱都是一见钟情，不需要任何相互了解与培养感情的过程。主人公经历的一次次冒险都发生在此时此地，他们不会吸取经验教训，也不会预知将要发生的事情。如在《亨塞尔与格莱特》中，当亨塞尔找不到石头做标记时，他固执地相信第一次行动的成功，将面包屑撒在路上，结果被小鸟吃掉。对于人物的外貌也不做具体描写，而是表现在其产生的效果上，如《青蛙王子》中那个"连什么都见过的太阳每次照在她脸上都要对她的美丽感到惊讶"的小公主。主人公都是善良的人物，他们的对手则是邪恶的化身。善者只会行善，恶人永远作恶。

3. 概念化

格林童话所涉及的角色、事物还有环境，如森林、宫殿、城堡、房屋等，多具有概念化特征。它们往往只是粗略的形象，仅通过简化的、概念化的符号加以体现，而不做具体的或多层次的叙述。通常见不到个别的环境描写和对特

165

殊背景的交代，因为格林童话讲述的是没有时间界限的永恒世界，它的主人公也没有专有的名字，而是被笼统地称作公主、王子、巨人、小矮人、木匠、船夫等。

在颜色的使用上，格林童话偏爱简单的原色，如小红帽、金球、金丝银线的鞋、蓝胡子、白雪公主、白雪与红玫瑰、白新娘与黑新娘等。纯粹的、醒目的颜色的使用，体现了童话明丽的色调。在质感上，童话喜欢采用金、银、水晶这些光彩耀眼和华贵的东西，以及坚固不朽的金石。

对于数字的采用，也有一些惯例，比如"三"（包括三的倍数）是童话中出现得最多的数字，有时具有神秘的意义，如白雪公主三次被害，以及三个纺纱女、三片羽毛、魔鬼的三根金发等。类似的数字还有"七"，如七个小矮人、七只乌鸦、狼和七只小山羊等，以及表示多的数字"十二"，如十二兄弟、十二个懒汉、十二个猎人、十二个会跳舞的公主和十二门徒等。

格林童话的概念化趋向，目的在于简化一切，化烦琐复杂为单纯简明，从而以最简单明晰的手法增强故事的表现力。同时，由于民间童话描述的是"永恒的世界"，类型化的人物特征使童话去除多余的枝节，更加突出情节的发展，直接服务于主题，使故事的主题和道德观念更加鲜明。

4. 主人公的独立性和广泛联系

格林童话中的主人公通常离群索居，独来独往。他们没有从前，毫无背景，与社会没有任何固定的联系。他们没有经验，他们所体验的都是新的经历。当他们要出发去完成某个任务时，总是断然离去，不会依依不舍，所以，快乐的流浪汉、漫游的王子都是经常出现的人物角色。正因为他们无牵无挂，也就可以随时与任何人、任何事情建立新的关系。因此，格林童话"能够轻而易举地使一切与世隔绝，也同样能够毫不费力地把一切都联系起来"。

格林童话无拘无束的风格决定了一切都是可能的，具体表现在叙述者可以轻而易举使事物摆脱彼此之间固有的联系，也可以随心所欲建立起原本并不存在的联系。因此，主人公遇到困难时，总是有救星从天而降，他们只在情节需要时起作用，而且总是出现在恰当的时间、恰当的地点。主人公无意中得到来自仙界的帮助，事后也不再回想他们，而是继续孤独地历险。正因为他们的独立，才会在行动时无拘无束，不受固定关系的约束，也能更从容地与周围的一切取得联系。童话中的主人公总是不慌不忙地等待着魔法在最后的瞬间被解除，自己获得拯救。所以，主人公逢凶化吉的例子比比皆是，备受歧视的小人物一步登天的情况也不少见。

在童话《亨塞尔与格莱特》里，可以看到接二连三的超自然的联系：两兄妹能轻而易举地与白鸟、巫婆、白鸭直接交往，伸出的小骨头可以作为亨塞尔的手指。当亨塞尔与格莱特来到巫婆的面包小屋时，他们不会对这个奇特的小屋感到惊异，而是马上理所当然地开始享用美食。当女巫叫喊他们时，他们虽然害怕，却与她携手走进了小屋。他们的害怕只是暂时的反应，并不足以左右他们的行动。不过，这种联系能如此快速地建立，同样也能快速地解除。当孩子们烧死女巫后，便不假思索地卷上宝石回家。此外，当女巫想要将亨塞尔推入炉火中，有意将他烤熟吃掉时，被格莱特识破，反而令女巫自己中计落入炉中。为什么存着害人之心、平素又如此小心狡猾的女巫，此刻会完全预料不到后果？童话在这里没有做任何说明。童话不需要解释，因为独立性和随意性使童话中的一切都不言而喻。这些联系的建立和解除无一不是突兀的，没有任何相关的铺垫、说明与解释，却又无一不是自然的，因为正是这种直接呈现情节的方式才符合民间童话"不言而喻"的规则。

5. 高度理想化

格林童话具有浓厚的理想化色彩。由于童话不擅长描述情感和内心世界，因此，那些矛盾的情感也就不会出现。格林童话中也表现谋杀和惩罚，但由于角色只有行为而没有身体的痛感，没有内心活动的描述，因此，民间童话中不时出现的暴力场面大多通过直接的呈现（而非夸张的渲染）和平静的表达，并不会产生恐怖和血腥的感觉，因为民间童话中"所有的一切并非现实地描绘，而是形象地表现出来的"。所有在现实生活中错综复杂的情感纠葛，在童话中都变得简单明了、轻松自然。此外，格林童话幽默诙谐的笔调也将暴力化解了。如在《亨塞尔与格莱特》中，巫婆用面包小屋来引诱两个孩子，他们不假思索，坐下便吃。巫婆将亨塞尔关起来养肥，他用一根鸡骨代替自己的胳膊便将巫婆蒙骗。巫婆想把亨塞尔放进炉中烤熟，结果自己却爬进烤炉里被烧死。两个孩子以小敌大，以弱胜强，用自己的机智打败巫婆。这样的处理方式，用轻松的语调将恐怖化解于无形。

格林童话中始终描述着主人公的一种"升级"过程，在经历了最初的困难，战胜重重困难，完成看似难以完成的任务后，他们最终非富即贵。社会地位的上升不仅是"因果报应""惩恶扬善"的结果，更多的是主人公完成自我实现和升华的象征，并使读者在这样的结局中感受到理想世界的平衡和正义。童话世界即理想世界。

三、格林童话文本的多元解读

（一）《亨塞尔与格莱特》的叙述模式

《亨塞尔与格莱特》无疑是《格林童话集》中最广为人知的故事之一。童话一开头便是对人物的经济处境的描述，并将此作为整个叙述过程的主导。要养活全家人的贫苦樵夫"平时就缺吃少喝，这一年碰上国内物价飞涨，他就闹得连每天的面包都弄不来了"。这位一家之主愁得夜不成寐，看不到任何好转的希望。这种绝望的处境也正导致了他后果严重的错误决定。

樵夫的妻子接下来被称为继母，在初版中这个角色是亲生母亲，显然这里是受到对继母传统印象的影响。而且樵夫起初称亨塞尔与格莱特为"我们可怜的孩子"，当继母提出抛弃孩子的残忍建议后，他又明确地称他们为"我的孩子们"，因为她已经放弃了一个母亲对孩子的照料责任，男人便也剥夺了孩子对她的所属权。她只有一次被称为"母亲"，后来始终被称作"女人"；而这个男人相反，他几乎都是以"父亲"身份出现的。

这个女人在孩子面前表现得虚情假意。她第一次抛弃亨塞尔与格莱特未遂，两个孩子凭借他们自己丢在地上的石头找到回家的路，她表面欢喜，心里却非常恼怒。而孩子们在头天夜里听到父母决定他们命运的对话时，就已明了她的虚假，而且他们也听到了第二次谈话，因此他们非常清楚究竟谁是主要策划者。对于父亲，他们只能无奈地看到，虽然他的心肠不坏，但由于他过于懦弱而无法主持正义。这个无法养活全家的男人，显然丧失了在家中的话语权。

亨塞尔与格莱特第二次被甩掉后，他们找不到回家的路，面对的是深不可测的大森林，处境甚至比被父母抛弃更加令人绝望。不过他们不像父母那样为出路而争吵，而是相互帮助，共同努力克服困难。在这篇民间童话里，森林是亨塞尔与格莱特从小生长的地方，也是樵夫爸爸每天的工作场所，森林在这里被具体化了。因此，白天孩子们在这里并不感觉害怕，直到夜幕降临，夜晚的森林才会带给他们恐惧，使他们意识到无助。在幽暗的密林中，他们的心情也陷入低谷。这时，一只雪白的小鸟引导他们到了巫婆的小屋前。小鸟在这里不是助人的动物，而是作为诱鸟，以类似诱捕的方式，将孩子们带到一个危险的地方。用面包、蛋糕和糖果做的小屋只不过是女巫吸引孩子的诱饵。就像亨塞尔与格莱特第一次回到家里时，继母的虚假欢喜只不过是为了下次再残忍地抛弃他们，同样，这里充裕的美食也只是巫婆为他们准备的最后的晚餐。

不论是继母还是巫婆，都为了确保自己的生存而牺牲孩子的性命，都贪婪成性。在民间童话中，女巫是邪恶的代表，是主人公最危险的对手。对女巫的描述以及德国民间童话中对这个角色的偏爱，与中世纪的妇女歧视和天主教中关于巫婆的定位直接相关。她们通常被描述得又老又丑，在德国的民间童话中几乎就没有年轻漂亮的女巫。

亨塞尔与格莱特来到巫婆用面包做的小屋前，这是一个不同寻常的屋子，但他们全然没有感到惊奇，马上开始大吃起来。另外，他们见到神奇小屋的主人，即那个长相丑陋得像巫婆的老女人，也没有感到惊讶，而是十分坦然地与之相处。

女巫为了满足她的食人欲望，开始实施她的谋杀计划。第二天一早，她便撕下了伪善的面具，将亨塞尔关进小厩舍里，准备喂肥了再吃掉，并逼着格莱特帮她干活，协助她完成谋杀计划，并且毫不掩饰自己的食人意图。可怜的小妹妹绝望之中呼唤着上帝，但上帝没有显灵，至少女巫对此无动于衷，奇迹没有发生，也没有神仙突然出现。无论格莱特怎样求助于外力都无济于事，只有自己果断采取行动才能改变现状。这里，民间童话又一次显示了依靠自己的力量争取幸福的信念。

格莱特从继母那里积累了对付虚伪和阴谋的经验，把握住了以牙还牙、求得生存的机会。巫婆由于高估了自己的优势，反而中了格莱特的圈套，把脑袋伸进了烤炉口，格莱特赶紧将她一推，把她完全推了进去，然后关上铁门，插紧了销子。老巫婆在炉子里嚎叫起来，声音可怕极了。格莱特赶快跑开，万恶的巫婆被烧成了灰烬。巫婆被杀的场面被描述得有声有色，没有丝毫同情，只有无法掩饰的幸灾乐祸。对狠心继母的惩处象征性地在巫婆身上实施，被继母颠覆的生存秩序重新恢复正常。这种象征性行为也预示了后来的结果。

格莱特成功解放之后所做的第一件事，就是放出被关的亨塞尔。在亨塞尔与格莱特身上既体现了兄妹手足之情，也体现了团结一致战胜困难的精神。民间童话前半段的主角是亨塞尔，是他施计对付父母，不断安慰并鼓励妹妹，进入大森林以后表现出更大的勇气。而在他们被关之后，格莱特开始扮演主角，最后果断采取行动消灭女巫。两个孩子不再依靠父母和外界的帮助，而是通过自己的力量和策略，成功地保护了自己，学会了自立。最初害怕离开家庭的两兄妹，真正摆脱了对父母的依赖，培养了成熟的个性。因此，他们也获得了应有的补偿。巫婆的那些珍珠和宝石成为上天赏给他们的礼物，他们并不占为己有，而是和家人共同分享。孩子们正是以他们团结努力的行为，战胜了自私的继母以及凶残的女巫，从而为他们的幸福生活创造了条件。这一点后来在白色的鸭子身上又一次得到体现。与前面将孩子们引入险境的白色诱鸟相对照，这

回白鸭却扮演了最终将他们解救出险境的角色，将他们平安地驮到对岸。

主人公在经历了各种波折之后，最终满载而归，重新回到他们熟悉的现实中，与父亲过上富足的生活。女巫的灭亡和继母的死去更加强了结局的大团圆效果，凸显了格林童话"惩恶扬善"的基本道德观。

历经数百年口头流传的民间童话，在格林兄弟将它们记载下来并加以整理后，已经在诸多方面趋于成熟，在总体上也形成了一定的叙述风格和模式。民间童话的情节构造通常遵循三部曲或三反复的规则，并通过重复和变化来加强。《亨塞尔与格莱特》中的三反复模式就是一个典型。

第一部分：孩子们第一次被父母放逐到森林后，设法找到了回家的路。

第二部分：孩子们再次遭放逐，在森林中迷路。

第三部分：孩子们在巫婆小屋中历险，最终战胜巫婆，安全回家。

将这三个部分相比较可以发现，第一、二部分中的人物、空间和时间的分布是紧密相连的，而且过程十分雷同。

第三部分的情节发展与前面两部分看上去区别很大，不过仍然可以发现有不少似曾相识的呼应关系。例如，两个孩子在森林里没有找到回家的路，却走进了巫婆的小屋。虽然巫婆富足的面包小屋与兄妹俩贫穷的家形成鲜明的反差，但孩子们在这里却和在家里一样安然自在，马上便开始大吃大喝。对于他们来说，小屋与家里似乎没有很大分别。亨塞尔被女巫关进笼子里，也和他被继母锁在家里遥相呼应。外表和蔼却内心残忍的女巫，和貌似热情却心肠狠毒的继母有着共同的特性，一个将孩子们赶走，一个将他们引来，最终都是要把他们带向死亡。最后，女巫在小屋里被烧死，而孩子们回家后发现继母也已经死亡，两者相互吻合，暗示了继母与女巫的一体身份。显然，在这种三反复的结构中，第三部分往往是在整体的变化中隐藏变体的呼应或隐喻。

这样的结构在格林童话中还可以找到不少例子，如《活命水》中的大王子和二王子因为同样的傲慢态度冒犯了小矮人，连对话都相同，因而受到小矮人同样的诅咒；只有待人礼貌的三王子得到小矮人的帮助，顺利找到活命水。

民间童话中的三反复结构模式有着重要的意义。为了刻意营造一种紧张气氛，童话总是用基本重复的语句来叙述相关情节。通常情况下，第一、二次的过程几乎完全雷同，角色可能不是遭到惩罚就是受到伤害。前两次努力失败之后才会有第三次的成功，第三次的变化与前两次的重复形成鲜明的对比。即便总是第三次情况最艰险，他们也总是能够得到最完美的结局。

民间童话的这种重复加变化，"具有一种几乎神圣的特性"。通过层层递进，童话的主人公方能苦尽甘来，上升到更高的境界，并合乎逻辑与目的，最终实现大团圆结局。

（二）《青蛙王子》的心理学解读

德裔美国心理学家布鲁诺·贝特海姆曾描述了一个好的童话所应具备的特征："一个童话故事能否吸引儿童，首先要看它是否动人，能否给儿童带来愉悦和享受并唤起他们的好奇。但如果要充实他们的生活，则必须激发他们的想象，帮助他们开发理解力，弄清楚自己的情感需要。它必须配合儿童的心性与儿童的恐惧和渴望，考虑儿童的困难，并为他们提供解决问题的办法。"总之，童话应该帮助儿童健康成长。

另外，贝特海姆在德国心理学家威特根斯坦的《童话、梦想和命运》一书的前言中谈到了民间童话与儿童心理的问题：童话以最简单和最直接的方式处理人们生活中最重要的问题：自我认识的必要性；父母与孩子、孩子与父母以及父母之间和孩子之间的关系；儿童成长为少年然后成人所必须克服的困难。如果人们能够正确理解所有这一切并付诸适当的行为，他就能够像许多童话的结局一样，永远过着幸福如意的生活。而帮助人们实现这一切，就是心理分析的任务。心理分析的根源在于对人们梦境的理解；民间童话的根源则在于人们的诗意幻想。

显然，从心理学角度可以明确地认识民间童话对儿童心智发展的重要性。在民间童话中，威特根斯坦看到了人在走向成熟时的成长历程。关于这一思想，可以以《青蛙王子》为例，从心理分析学的角度加以评述。

《青蛙王子》这则童话的主人公是一个公主，一个"连什么都见过的太阳每次照在她脸上都要对她的美丽感到惊讶"的公主。她的年龄介于儿童和成人之间的过渡时期，其心理、行为也不时呈现出或儿童或成人的游移状态。公主整日待在王宫附近一片幽暗的大森林里，在一口水井旁独自玩弄一个金球——她挚爱的玩具。贝特海姆认为，这样一个到了谈婚论嫁年龄的女子，一天到晚用这无聊的金球游戏来打发寂寞，这无论如何都会令人联想到极度的心理自闭症。一切都因那金球而起，金球的形状和材质象征着圆满和珍贵，同时，也代表着少女未成熟的自闭心理。当它跌落到深深的井底时，少女的天真也由此失落，公主为了找回金球，不得不求助于外人，这是她的自闭第一次被突破。这时，一个来自井底（暗喻社会底层）的、浑身冰冷湿滑的丑陋青蛙出现，并为公主捞起了她不可或缺的玩具。作为报答，公主答应了他的要求："……做你（公主）的朋友，陪你一起玩儿，和你同坐一张小餐桌，同用你的金盘子吃东西，从你的小杯子中喝酒，晚上还睡你的小床……"对于自恋且充满等级观念的公主来说，这样一个愿望无异于癞蛤蟆想吃天鹅肉——完全是不现实的。然而，她不假思索，便轻率地答应了他的要求，其实心里却认为，这家伙"只配和别的青蛙一起蹲在井里呱呱叫"。

但是，通过对不同版本的比较可以看到，在手稿中青蛙是逼迫公主对自己做出了承诺，而在初版以后的所有版本中，都是公主自愿提出："你要什么都行啊，亲爱的青蛙。"这种区别无疑将含义深化了：如果说在手稿中公主迫于压力不愿意兑现承诺还情有可原的话，那么自愿答应的诺言就没有理由不遵守了。而且为了得到一个球便做出那么多的承诺，后来还忘得干干净净，这是一种典型的儿童式的瞬间反应，符合儿童正常的心理思维。她在明知不可能兑现承诺的情况下，不负责任地与青蛙缔结了一个约定。她掩盖自己的真实想法而耍弄伎俩，给自己带来了道德上的过错。因此，这则童话的教育意义是非常清楚的：每个人都必须信守诺言。

当青蛙第二天真的找上门来时，公主"赶紧关上门，坐回到桌子边，心里怕极了"。这里是一个重要的转折点：在这之前，公主的反应是儿童式的。此刻，公主第一次感受到异性的追求，而她的慌张态度说明，她的心理从儿童开始走向成熟。这也是开明的国王父亲对女儿的要求。国王熟知女儿的性情，于是试图通过威严的命令帮助女儿完成向成熟转变的过程。公主越是避开青蛙，将它关在门外，国王越是坚持要她守信："在你困难的时候，无论谁帮助了你，过后你都不应该瞧不起！"

万般无奈之下，公主只好带着这个又冷又湿的家伙进了自己的房间。青蛙与公主的距离越来越近，提出的要求也越多：从登门拜访，到坐在她身边同桌共餐，甚至到要求与她同住。公主也越加厌恶它，尤其害怕与它的身体接触："公主一听哭起来，她怕这只冷冰冰的青蛙，碰都不敢碰它一下，更别提让它在她又漂亮又干净的被子里睡觉了。"公主的困境是轻率承诺所带来的后果，同时也显示出了典型的儿童式的忘恩负义。而青蛙的威胁语言也带着十足的儿童口吻："我累了，想和你一样舒舒服服睡一觉。抱我上床去，要不我就告诉你爸爸。"由此可见，公主与青蛙都是十分儿童化的角色。

当青蛙又一次以向国王告发相威胁时，公主的恐惧转化为愤怒和憎恨，故事出现了戏剧性的变化。面对青蛙的得寸进尺，公主已无法忍受，她不再顾及父王的命令，"一把抓起青蛙，狠劲地向墙上摔去"，落地的一瞬间，那只奇丑无比的怪物突然变成"一位长着又美丽又善良的眼睛的王子"。在民间童话的语境中，这种变形隐藏着某种含义。如果比照格林兄弟的童话手稿，可以解读其中的含义。手稿中是这样叙述的："当青蛙躺在床上时，公主必须亲吻它，然后还得和它同床共枕三个星期，然后，青蛙才变成王子。"显然，经过修订后的这一情节，一向遵从父命的公主，首次按照自己的意志、遵循自己的爱憎行事，在摆脱对父辈的依赖、突破自我封闭之后，完成了从女孩到成人的成长过程，确立了成熟而独立的人格。

另外，这一摔也将青蛙从魔咒中解救出来，实现了从青蛙到王子的转变。从儿童心理学角度来看，这可以暗喻孩子从对母亲的依赖状态转变为成人的过程。青蛙的第一次出现是从水里冒出，它黏湿而赤裸的身体几乎可视作婴儿出生时的状态。后来青蛙对公主的纠缠，类似于每个孩子都希望坐在母亲怀里，和母亲共饮共食，爬到她的床上和她睡觉。但是，必须在适当的时候剪断这条纽带，否则将会阻碍孩子成长。虽然这个过程很痛苦，但这是成长过程中不可避免的。就像那只青蛙，体验了被摔的经历后，才脱胎换骨变为男人，从而由一种初级的生存状态进入更成熟的人生阶段，这才符合自然与社会的发展规律。这个民间童话向人们明示，儿童不能如他们所希望或相信的那样，一辈子紧紧地依赖于母亲。民间童话中的主人公只有出去闯天下，才能找到自我。民间童话是面向未来的，它有意无意地引导孩子战胜幼儿期的依赖感，赢得积极的自主生活的能力。

参考文献

[1] 张世胜.德国浪漫主义文学中的反讽 [M].西安：陕西人民出版社，2017.

[2] 吴其南.德国儿童文学纵横 [M].长沙：湖南少年儿童出版社，2015.

[3] 母润生.外国文学 [M].重庆：重庆大学出版社，2014.

[4] 游英慧.比较视角下的欧美文学 [M].北京：光明日报出版社，2015.

[5] 曹霞.诺瓦利斯浪漫主义文学中的和谐整体观 [M].湘潭：湘潭大学出版社，2018.

[6] 刘学慧.德国早期浪漫派的世界文学观 [M].北京：旅游教育出版社，2011.

[7] 贾峰昌.浪漫主义艺术传统与托马斯·曼 [M].杭州：浙江大学出版社，2012.

[8] 耿波.西方文学史简明教程 [M].北京：中国传媒大学出版社，2014.

[9] 姚冬青，周显波，郑仪东.西方文学艺术概论 [M].长春：吉林人民出版社，2014.

[10] 于涛.德国浪漫主义及比德迈耶时期女作家文选 [M].沈阳：辽宁大学出版社，2013.

[11] 尚晓进.什么是浪漫主义文学 [M].上海：上海外语教育出版社，2014.

[12] 袁宪军.启示之音：浪漫主义诗歌批评精选 [M].上海：上海文化出版社，2013.

[13] 张旭春.浪漫主义、文学理论与比较文学研究论稿 [M].上海：复旦大学出版社，2013.

[14] 罗纲.浪漫主义哲学的力度与限度：卢卡奇与德国早期浪漫派的比较研究 [M].广州：华南理工大学出版社，2018.

[15] 龙迪勇.文学艺术化：德国浪漫主义文学的跨媒介叙事 [J].思想战线，2018，44（06）：98-109.

[16] 陈艳波.试析赫尔德思想对德国浪漫主义的影响 [J].贵州大学学报（社

会科学版），2011，29（03）：17-22.

[17] 黄学胜.反叛与继承：德国浪漫主义与启蒙之间的思想关联 [J].武陵学刊，2012，37（04）：16-21.

[18] 冯少虹.海涅的霍夫曼评论：楼角窗口的鬼影憧憧 [J].齐齐哈尔大学学报（哲学社会科学版），2018（07）：115-117.

[19] 杨武能，汤习敏.海涅眼中的"艺术时代"：重读《论浪漫派》[J].湖北社会科学，2016（06）：127-132.

[20] 杰姆·迈克葛莱瑞，王立，王惠丹.德国浪漫主义文学中的疯狂 [J].通化师范学院学报，2004（01）：74-80.

[21] 张宇.去神化世界的空虚与单调："神秘"德国浪漫主义文学的沃土 [J].成都大学学报（社会科学版），2017（01）：53-56.

[22] 张世胜.弗里德希·施莱格尔浪漫主义反讽理论的形成[J].外语教学，2017，38（04）：107-110.

[23] 宋阳.伽达默尔诗性哲思中的德国浪漫主义遗风 [J].江苏第二师范学院学报，2016，32（10）：1-6.

[24] 龙迪勇，杨莉."总体艺术"与西方浪漫主义文学的图文一体现象 [J].文艺争鸣，2018（11）：125-139.

[25] 阚丹.磨砺三十年的一把"利剑"：评《论德国浪漫派》[J].出版广角，2016（20）：92-94.

[26] Frühwald W. Gedichte der Romantik[M]. Stuttgart：Reclam Verlag，1984.

[27] Hacks P. Zur Romantik[M]. Hamburg：Kontret-Literatur-Verl，2001.

[28] Kaiser G. Literarische Romantik[M]. Göttingen：Vandenhoeck & Ruprecht，2010.

[29] Safranski R. Romantik：Eine deutsche Affäre[M]. München：Carl Hanser Verlag，2007.

[30] Schmidt C. Politische Romantik[M]. 6 Auf. Berlin：Duncker und Humbolt Verlag，1998.

[31] Wergin U. Romantik：Mythos und Moderne[M]. Würzburg：Könighausen & Neumann，2013.